Maria Leitner
Hotel Amerika

SEVERUS

Leitner, Maria: Hotel Amerika
Hamburg, SEVERUS Verlag 2013
Text nach der Originalausgabe von 1930

ISBN: 978-3-86347-463-8
Druck: SEVERUS Verlag, Hamburg, 2013

Der SEVERUS Verlag ist ein Imprint der Diplomica Verlag GmbH.

Bibliografische Information der Deutschen Nationalbibliothek:
Die Deutsche Nationalbibliothek verzeichnet diese Publikation in der Deutschen Nationalbibliografie; detaillierte bibliografische Daten sind im Internet über http://dnb.d-nb.de abrufbar.

1

Shirleys Kopf hängt schräg aus dem schmalen Bett. Eine unbequeme Lage. Doch ihre schlafenden Züge sind von einem Lächeln belebt. Shirley hat angenehme Träume ...

Sie tanzt und schwebt dahin auf einer Spiegelfläche, die tausendfach ihr Bild zurückwirft. Sie sieht sich so, wie sie es sich immer gewünscht hat: schön, strahlend, in einem wundervoll fließenden Kleid, geschmückt mit Steinen, in denen sich das Licht in allen Farben herrlich bricht.

Sie schwebt dahin am Arm eines jungen Mannes, der sie nun behutsam eine breite, glitzernde Marmortreppe hinabführt. Blumen leuchten an ihrem Wege.

Unten erwartet sie ein Auto – so groß, wie sie noch keines gesehen hat. Und Koffer sind hinten im Auto aufgetürmt! Sie haben die merkwürdigsten Formen; alle sind farbig, und Shirley weiß im Traum: sie sind vollgepackt mit den schönsten Sachen, die alle ihr, nur ihr gehören. Sie weiß, sie wird durch die ganze Welt jagen mit diesem Ungeheuer von Auto.

Shirley fühlt – jemand hält ihren Kopf zwischen den Händen und flüstert leise ihren Namen. Sie lächelt. Sie wird geliebt ...

Shirleys Kopf ruht wieder auf dem Kissen.

Ihr Name dringt jetzt lauter in sie.

„Shirley, du mußt aufstehen, du kommst zu spät zur Arbeit."

Sie möchte weiterträumen, will nichts hören von der Außenwelt, aber von allen Seiten rütteln die Geräusche an ihr – sie muß die Augen öffnen.

Zuerst sieht Shirley eine große, starke Hand, die sich warm und ein bißchen rauh auf ihren Arm gelegt hat, eine Hand mit vielen dicken Adern und einer von Lauge zerfressenen Haut. Die Hand streichelt leicht ihren Arm. Sie muß aufblicken und in das breite, ruhige Gesicht ihrer Mutter sehen.

Celestina trägt ein blauweiß gestreiftes Arbeitskleid, das die Art ihrer Beschäftigung hier im Hotel verrät; sie ist Scheuerfrau. Wieder flüstert sie Shirley aufmunternd zu.

„Komm, du mußt machen, daß du aus dem Bett kommst. – So ein Faulpelz!"

Wenn Shirley erwacht, ist das fast immer ihr erster Anblick: die Mutter, die an ihrem Bett sitzt und sie aus dem Bett zu jagen versucht.

Aber sie möchte weiterträumen und nicht dieses Zimmer sehen. Wie gut sie es kennt, wie sie es haßt!

Erst sieht sie die Fahnenstange auf dem flachen Vorsprung des Daches. Bei starkem Wind knarrt die Stange, und Shirley hat dann das Gefühl, als flöge das Zimmer wie der Raum eines Luftschiffes zwischen den Wolkenkratzern. Sie scheinen ganz nahe zu sein. Manche der Gebäude sind wie mächtige Berge, andere, die schmalen weißen Türme, ragen wie übergewaltige Eisblöcke in die Luft.

Das Zimmer ist sehr hell, hier im höchsten Stockwerk des Hotels Amerika. Der Trakt des Personals befindet sich in einem abseits gelegenen Teil des Dachgeschosses, fern vom pompösen Dachgarten.

Shirleys Augen kehren zurück von den Wolkenkratzern. Dicht neben dem Fenster bemerkt sie die alte Nanny, die älteste Scheuerfrau des Hotels. Auch diesen Anblick ist sie gewöhnt. Immer, wenn Shirley erwacht, sitzt Nanny da, aufrecht, mit steifem Rücken, als wäre sie aus Holz geschnitzt, aus einem dunkelbraunen, sehr harten Holz. Sie hält eine Tasse in der Hand und tunkt von Zeit zu Zeit langsam ein Stück Brot in den Tee. Nanny kocht schon um vier Uhr morgens ihren Tee und sitzt nun da, den Teetopf in der Hand, und wartet auf das Klingelzeichen, das sie zur Arbeit ruft. Dann erwacht sie erst wirklich. Nanny ist schon fünfzig Jahre Scheuerfrau, aber immer noch kann sie arbeiten; wie eine Maschine reibt und wischt und wringt und bürstet sie. Nach der Arbeit wird ihr Körper wieder hölzern; dann sitzt sie bewegungslos und starrt auf die Wolkenkratzer.

Shirleys Blicke fallen auf Patrizia. Jeden Morgen bietet auch diese Zimmergenossin den gleichen Anblick. Sie kniet, Gebete flüsternd, vor ihrer Kommode, auf der sich Heiligenbilder und eine Fotografie des Papstes befinden. Shirley kann die großen Füße in den ausgetretenen, schiefen Schuhen sehen und den dünnen, kleinen Haarknoten, der etwas verrutscht auf ihrem Kopf sitzt. Und jeden Morgen dringen die gleichen sägenden Laute aus der Richtung des Bettes, in dem das Nachtstubenmädchen Bessie, erlöst von der Arbeit und von einem alten Panzerkorsett, zufrieden seine Leibesfülle ausbreitet.

Celestina möchte Shirley wieder daran erinnern, daß es Zeit sei, aufzustehen, aber sie wagt es nicht.

So kalt, so voll Haß wandern die Augen Shirleys weiter.

Sie prüfen jetzt das Bett. Die Wäsche ist zerrissen. Das Personal auf der letzten Stufe in der Rangfolge der Angestellten bekommt Bettzeug, das nicht mehr ausgebessert werden kann. Die aufgerissene Matratze zeigt die Seegrasfüllung durch zerrissene Laken. Das Polster, hart wie Stein, blickt gleichfalls neugierig aus dem Überzug. Das Gestell des schmalen Bettes, das auf kleinen Rädern steht, ist verbogen.

Shirley muß lachen, wenn sie dieses Bett sieht, aber es ist ein hartes, ein bitteres Lachen. Im Zimmer hat sie nur auf dieses Bett und auf ein Fach des eisernen Schrankes ein Anrecht. Die Kommode dürfen nur die beiden ältesten Mitbewohnerinnen, Nanny und Patrizia, benutzen. Bessie hat einen Schaukelstuhl, in den sie sich nur mit Schwierigkeiten hineinzwängen kann; Celestina verfügt über einen kleinen Tisch.

Shirley muß sich schütteln. Hier hatte sie nun sechs Jahre lang gelebt!

Unter den Betten lagern dicke Staubflocken. Schaben wandern, trotz der Helligkeit, gemächlich umher. Kein Wunder! Das Personal hat wohl eine eigene Bedienung – jedoch eine Frau reinigt hundert Zimmer in sieben Stunden! Keine der Bewohnerinnen aber hat Lust, wenn sie von der Arbeit kommt, das Zimmer noch selbst in Ordnung zu bringen. Wozu? Und dann muß man noch um Besen betteln und um Scheuerlappen. Wozu? Hier ist ja nur der Trakt des Personals. Hier kann es schmutzig sein, hier darf es dreckig bleiben.

Shirley setzt sich plötzlich auf, verschränkt die Arme über dem Kopf und jauchzt: „Heute der letzte Tag. Gott sei Dank, der letzte Tag!"

Alle blicken sie erstaunt an, sogar Patrizia wendet den Kopf von den Heiligen ihr zu.

Celestina aber ist erst ganz starr, sie begreift nicht, worauf Shirley abzielt. Hat ihre Tochter etwas vor, was sie ihr nicht verraten will, verheimlicht sie etwas vor ihr?

Die Mutter beugt sich über Shirley, sie dringt in sie. „Was willst du denn tun, Shirley? Glaubst du, ich weiß nicht, du hast es schwer hier, daß ich dir nicht etwas Besseres gönne? Du kannst mir doch sagen, was du vorhast!“

Shirley bedauert schon, daß sie gesprochen hat. Sie hatte sich fest vorgenommen zu schweigen; nun, mehr wird man aus ihr nicht herausbekommen.

„Ich habe das nur so ohne Sinn hergesagt.“

Celestinas Mißtrauen ist damit nicht beseitigt, doch sie will nicht weiter fragen. Patrizia aber winkt Celestina mit den Augen, während sie weiter ihr Gebet murmelt. Ihre Augen schielen unter Shirleys Bett. Sie scheint mehr zu wissen als die Mutter.

Celestina folgt ihrem Blick und entdeckt nun auch einen Pappkarton.

Sie zieht ihn schnell hervor, bevor noch Shirley sie hindern kann, öffnet ihn und sieht ein mit Flitter dicht besätes Abendkleid, goldfarbene Abendschuhe und eine Fotografie, auf der Shirley lachend, am Arm eines jungen Mannes, in diesem verheimlichten Kostüm abgebildet ist.

Shirley springt blitzschnell aus dem Bett und reißt die Fotografie und das Kleid aus Celestinas Händen.

Dieses Kleid übrigens, das am Abend sie noch entzückt hatte, erscheint ihr hier im hellen Licht recht armselig, ja lächerlich; aber sie wird bald andere haben, die kein Tageslicht zu scheuen brauchen. Oh, man soll nur ruhig über sie lachen.

Celestina denkt angestrengt nach. Der junge Mann auf dem Bild scheint ihr bekannt, sicher ist es ein Gast aus dem Hotel. Was will der von Shirley?

„Kannst du hier nicht genug Männer finden, die deinesgleichen sind?“ Celestina versucht, Shirleys Blicke einzufangen.

Aber Shirley schaut in die Luft, während sie in das Zimmer hineinschreit:

„Soll ich vielleicht mit einem Tellerwäscher oder einem Hausmann dasselbe Leben weiterführen, das ich hier genieße? Danke, ich bin nicht ganz auf den Kopf gefallen."

Patrizia hat jetzt ihre Gebete beendet; in einem Ton, als murmele sie sie weiter, wendet sie sich an Celestina: „Du hättest deine Tochter heute früh sehen sollen, wie sie nach Hause kam. War die guter Laune! Ich wette, ihr Galan hat nicht mit Alkohol gespart. Ja, die Mädchen, die nur an ihr leibliches Wohl denken, können sich ein gutes Leben leisten. Aber was geschieht später mit ihrer Seele?"

Shirley hat ihr rosa Arbeitskleid mit dem großen weißen Kragen angezogen, die Uniform der Wäschermädchen. Ihre dunklen Haare fallen weich auf den Kragen, ihre Haut ist straff und jung, ihre Gestalt schlank. So steht sie vor Patrizia, die ein Gesicht wie eine alte gedörrte Pflaume hat, und sicht sie erst wütend aus dunklen Augen an, dann aber muß sie lachen.

„Du hast sicher Augen in deinem Dutt, denn nichts entgeht dir, obgleich du immer nur deine Heiligen anstarrst. Ich wette, ich werde nie soviel Sünden haben, daß ich die ganze Nacht beten muß, um sie abzubitten. Ihr seid ja nur neidisch, weil euch keiner mehr will."

Celestina versucht, Shirley an sich zu ziehen: „Shirley, du weißt, was ich von dem Geschwätz der Patrizia halte, aber wozu brauchst du mit Gästen auszugehen? Du lernst nichts Gutes von ihnen, sie lachen dich nur aus, ohne daß du was davon merkst. Du hast dir sicher was Dummes in den Kopf gesetzt."

Shirley verstopft sich mit den Fingern die Ohren. „Alle Mädchen gehen aus, wenn man sie einladet – wir wollen doch auch etwas vom Leben haben. Wie konnte ich es nur so lange zwischen euch vier alten Frauen aushalten? Überlaß nur mir, was ich tue! Ich will heraus aus diesem Dreck, ich will, und es wird auch gelingen."

Celestina ist hartnäckig. „Ich will nur wissen, was du vorhast."

Aber Shirley bearbeitet schon ihr Gesicht mit Creme, pudert sich und zeichnet ihre Lippen nach, während sie einen halberblindeten Spiegel vor das Gesicht hält.

Sie ist froh, als Ingrid, das kleine schwedische Stubenmädchen, das mit Celestina auf der gleichen Etage arbeitet, ins Zimmer tritt.

„Heute arbeitest du in meiner Sektion, Celestina." Ingrid ist noch nicht lange in Amerika. Sie sucht Wärme wie ein kleines verlassenes Tier.

„Komm her, Ingrid, ich zeige dir, wie man sich schminken muß", ruft Shirley. „Hast du dich noch nie geschminkt? Willst du, daß alle Leute gleich sehen, daß du eine Eingewanderte bist? Ich werde dich hübsch machen. Gleich siehst du besser aus. Wirst du oft eingeladen von den Gästen? Die alten Damen hier ärgern sich, wenn wir Mädchen mal tanzen gehen. Was sagen dir die Herren?"

„Ich verstehe sie oft nicht, sie sprechen so schnell, dann komme ich mir immer sehr dumm vor. Aber jetzt gehe ich in die Abendschule und lerne Englisch."

Die Glocke in dem Trakt des weiblichen Personals schrillt laut auf. Es ist das Zeichen, daß es an der Zeit sei, jeden Gedanken an das Privatleben auszulöschen.

Shirley zieht Ingrid schnell aus dem Zimmer. Sie will den fragenden Blicken ihrer Mutter entfliehen.

Alle Türen im Trakt des weiblichen Personals sind geöffnet. Man versucht, auf diese Weise Luft in die überfüllten Räume zu bekommen. Die Türen können offenstehen; niemand hat Geheimnisse zu hüten, und es ist auch vollkommen gleichgültig, ob ein halbes Dutzend oder einige tausend Fremde zusehen, wie man sich an- und auskleidet.

In allen Zimmern ist ein abenteuerliches Durcheinander. Alle sind zwar mit den gleichen Betten vollgestopft, in allen stehen die gleichen Blechschränke, doch auf den Kommoden und auf den Betten häuft sich der weggeworfene Tand aus den glänzenden Räumen des Wolkenkratzerhotels. Man sieht großartige, aber schon völlig verwelkte Blumenarrangements, Pfauenfedern, die irgendeiner Modedame als Schreibfeder dienten, zerbrochene Kristallvasen, zerrissene Abendkleider in großartiger Aufmachung, ebenso zerrissene Brokatschuhe mit Straßabsätzen, phantastische Sofakissen mit großen Brandflecken, zerdrückte, zerbrochene Bonbonnieren. Dieses farbige Gerümpel sticht komisch ab von den ärmlichen Habseligkeiten des Personals, den billigen Kleidern, den Heiligenbildern und den alten Postkarten.

Die Korridore sind erfüllt von beängstigendem Lärm, von emsiger Geschäftigkeit, von Schreien und Lachen.

Tausende schwirren herum. Bunte Farben flimmern durcheinander. Die Wäscherinnen tragen blaue, die Laufmädchen aus der Wäscherei rosa, die Scheuerfrauen gestreifte, die Stubenmädchen weiße, die Kellnerinnen in der Sodaquelle ockergelbe, die in dem Teeraum fliederfarbene Arbeitskleider.

Die Frauen und Mädchen kommen aus allen Teilen der Stadt, aus ihren dunklen, trostlosen Quartieren, aus der Negerstadt Harlem, aus Chinatown, aus den italienischen und spanischen, aus den deutschen und irischen Vierteln. Alle Nationen der Welt sind vertreten.

Man hört die gutturalen Laute der Negerinnen, den singenden Tonfall der Italienerinnen, die weichen Zischlaute der Spanierinnen. Ein Sprachforscher könnte hier alle Dialekte der Slawen entdecken, aber auch hindostanische und armenische, griechische und japanische Sprachen vernehmen.

Zwischendurch unterhalten sie sich auch in gebrochenem Englisch und werfen sich gähnend, mit noch schlaftrunkener Stimme, immer die gleichen Sätze zu.

„Ein schöner Morgen heute."

„Ja, wenn man spazierengehen könnte . . ."

„Huch, die verfluchte Arbeit!"

„Ach, ich möchte noch schlafen."

„Keine Nacht hat man seine richtige Ruhe."

„Ich wünschte, ich könnte diesem dreckigen Lausenest adieu sagen."

„Habt ihr euch gut amüsiert gestern nacht?"

„Oh, ich habe getanzt."

„Ihr habt es gut, junges Blut, ich bin nach der Arbeit zu müde."

Shirley zieht Ingrid mit sich. „Kann man das aushalten, ein ganzes Leben lang?"

Celestina hat die beiden eingeholt. „Du mußt mir jetzt sagen, was du damit gemeint hast: ‚heute der letzte Tag'."

Shirley reißt Ingrid mit sich, sie nimmt einfach Reißaus, sie will nicht antworten.

Aber weil sie sich doch aussprechen möchte, flüstert sie geheimnisvoll Ingrid zu: „Ich will heute fort aus dem Hotel, nur als Gast komme ich wieder; paß auf, ich werde reich werden. Du wirst von mir ein extra schönes Geschenk bekommen. In Ordnung?"

Ingrid löst ihre Hand aus Shirleys Arm.

„Ich glaub das nicht, du machst nur Spaß, willst mich nur uzen."

„Du wirst schon sehen, ich werde wirklich gehen, noch heute, alles dalassen, dies ganze häßliche, schwere Leben. Möchtest du das nicht auch?"

„Ja, ich möchte auch anders leben, aber nicht so wie du sagst, als Gast hier im Hotel."

Auf dem Wege an dem Barbierladen für das männliche Personal des Hotels vorbei begegnen die beiden Mädchen Salvatore Menelli.

Seine glänzenden schwarzen Haare sind sorgfältig aus der schönen Stirn gekämmt. Die dunklen Augen unter den regelmäßigen Bogen der Brauen lächeln wohlgelaunt. Blitzblank sieht er aus in seiner Pagenuniform.

Salvatore geht zu den Schuhputzern, mit spitzem Mund vor sich hinpfeifend, und legt den Fuß auf eine Messingplatte. Er stemmt die linke Hand gegen seine schlanke Hüfte, während er mit der rechten Geldstücke in die Luft wirft, die er mit großer Geschicklichkeit immer wieder auffängt.

„Er spielt nur Theater", flüstert Shirley ihrer Kollegin zu. „Er ärgert sich, daß ich mir nichts mehr aus ihm mache."

Ingrid kann sich nicht enthalten, Salvatore einen bewundernden Blick zuzuwerfen.

„Willst du wirklich fortgehen und auch ihn ganz aufgeben?" Ingrid weiß, daß Salvatore früher Shirleys Freund gewesen ist.

Shirley macht eine wegwerfende Bewegung. „Ich kann mir ganz andere aussuchen als diesen kleinen Zuckerbäckersohn aus dem italienischen Viertel. Aber du kannst ihn ja trösten, er gefällt dir, ich habe das schon bemerkt."

Ingrid spürt ein Erröten. Diese Shirley ist schrecklich; man weiß nie, ob sie das, was sie sagt, auch ernst meint. Aber sie will hoch hinaus, das ist sicher. Alle im Hotel sagen es von ihr.

Zum zweitenmal ertönt die Glocke in allen Abteilungen des Personals. In der Luft schwirren Nummern, man hört das Knarren der Kontrolluhren, das Klirren der Schlüssel. Im Wäscheraum beginnen elektrische Nähmaschinen zu surren, die Hausmänner sind schon dabei, die Wäsche für die dreißig Stockwerke in große Rollwagen zu verstauen, die Stubenmädchen binden ihre Schlüssel um die Taille, die Haushälterinnen sehen die Listen mit den Zimmernummern durch. Überall werden Befehle erteilt, das tätige Leben hat schon voll begonnen.

„Wir kommen zu spät zum Frühstück." Ingrid blickt in den Speisesaal des weiblichen Personals unterster Stufe, der gleichzeitig auch als Küche und Abwaschraum dient. Er ist von fast unübersichtlicher Ausdehnung.

Eingezwängt zwischen Wolkenkratzern, nahe dem Keller, liegt er wie in einem endlos tiefen Schacht und bleibt immer dunkel und luftlos. Man müßte sich platt auf den Boden legen, um ein Stückchen Himmel zu erspähen. Es riecht hier immer unangenehm nach ranzigem Fett und Spülwasser.

Im Saal ist schon allgemeiner Aufbruch; die langen, lehnenlosen, nur gehobelten Bänke sind leer, die Holztische abgeräumt. Es stehen nur noch einige Gruppen zusammen.

„Ich schenke mein Frühstück der Direktion", sagt Shirley. „Na, ich brauche ja nicht mehr lange diesen Fraß in mich zu zwingen, ich habe ja auch heute nacht gut gegessen. Aber du, hast du Hunger?"

„Eigentlich nein, ich mache mir nichts daraus, daß ich kein Frühstück habe. Nachts bin ich immer hungrig und kann kaum einschlafen. Aber morgens, wenn ich erwache, dann ist es weg, das Hungergefühl. Ich denke dann gar nicht mehr gern ans Essen."

Es hat schon zum drittenmal geläutet. Der Raum vor den für die Angestellten bestimmten Aufzügen ist auch schon entvölkert. Er sieht dunkel und ungepflegt aus. Die Aufzüge funktionieren meist nicht einwandfrei. Jetzt sind die Klingeln nicht in Ordnung, und man muß schreien, um sich den Aufzugführern bemerkbar zu machen.

„Hinauf!" ruft Ingrid.

„Hinab!" schreit Shirley, die in die Wäscherei hinunterfahren muß.

Die Verbindungstüren, die sonst sorgfältig abgeschlossen sind und die zu dem eigentlichen, für die Hotelgäste bestimmten Teil dieses Stockwerkes führen, sind weit aufgeschlagen, und man kann den unteren Ballsaal übersehen, einen prächtigen, durch sinnreich angebrachte Spiegel grenzenlos wirkenden marmornen Saal.

Shirley erinnert sich, daß der im Traum gesehene Saal Ähnlichkeit mit diesem hat.

Ingrid starrt neugierig hinein.

„Was sie hier wohl feiern werden?"

Es werden jetzt prächtige Bäume hineingetragen, exotische, üppige Bäume, überschüttet mit roten Blüten, lilafarbene Sträucher, die betäubend duften, Blumen mit merkwürdigen gelben Dolden. Man sieht, die Vorbereitungen zu der Ausschmückung des Saales haben erst begonnen, aber schon jetzt hat er Ähnlichkeit mit einem unwirklichen, traumhaften Feengarten.

Shirley lacht. Sie könnte der kleinen Ingrid nähere Auskunft geben, wenn sie nur wollte; sie weiß mehr als die anderen. Aber jetzt sagt sie nur:

„Man wird hier eine große Hochzeit feiern. Siehst du, so heiraten die reichen Mädchen. Sie ist die Tochter eines Millionärs, ich weiß einiges über sie – na, aber ich schweige."

Shirley lacht über die erstaunten Augen Ingrids.

Diese beginnt wieder zu rufen: „Hinauf!", und Shirley schreit: „Hinab!"

Und in dem Fahrstuhl, der in die Wäscherei fährt, der langsam hinabsinkt in die Tiefe, zu den erstickenden Dämpfen, denkt sie: es ist heute zum letztenmal, zum letztenmal hinab – morgen schon wird sie steigen ...

2

In der Frühstücksbar des Hotels Amerika sitzt an dem braun polierten Holztisch, der in einem Halbkreis durch den ganzen Raum läuft, Herr Fish, ein junger Mann mit gepflegtem Äußern, und löffelt seine Grapefruit. Die anderen, hohen runden Stühle sind noch leer. Herr Fish ist der erste Gast und genießt demzufolge aufmerksamste Bedienung.

Der Kellner stellt ihm jetzt mit eleganter Handbewegung Haferbrei mit Sahne auf den Tisch und bleibt dann in angemessener Entfernung vor ihm stehen.

Herr Fish ist leutselig und mitteilsam.

„Ein feiner Morgen heute, ein schöner Tag, ganz entschieden." Er reibt sich die Hände.

Dann entfaltet er die Zeitung und beginnt, die Börsenmitteilungen zu studieren. Während des Lesens redet er fortwährend auf den Kellner ein: „Millionen, wohin man blickt, Milliarden, und was alles hinter diesen Milliarden steckt! In Brasilien sprießen Gummiwälder, echt amerikanische, mein Lieber. Ja, man wird England ein Schnippchen schlagen, Amerika, das mächtigste Land der Welt. Hier sehen Sie: ‚Wall Street finanziert Kanalisationsarbeiten im Sudan‘, ‚Hungersnot in China‘ soll finanziell ausgebeutet werden. ‚Rationalisierung in Deutschland befestigt das dort angelegte amerikanische Kapital‘. Man muß Börsenkurse lesen können, mein Lieber, die sind interessanter als der phantastischste Roman."

„Hehe", kichert diskret hinter der hochgehobenen Serviette der Kellner. Er findet den Gast reichlich merkwürdig. Man liest Börsenkurse, spricht aber nicht soviel.

Der Gast redet immer weiter.

„Man muß nur schlau sein, dann kann man auch seinen Teil aus dem trüben fischen."

Der Kellner, der seinen Spitznamen „der schöne Alex" gerne hört, beginnt aufzuhorchen. Aus dem trüben fischen – hm, das läßt sich hören. Man kann nie wissen, ob man nicht auch einmal brauchbare Tips bekommt, obgleich es bekannt ist, daß die Kleinen immer über den Kamm geschoren werden. Man kann nie vorsichtig genug sein. Der Kerl ist vielleicht ein Agent, der gern Aktien loswerden möchte.

Von meinen sauer verdienten Dollars bekommst du nichts, denkt der „schöne Alex" und geht in die Küche, um dem gesprächigen Gast seine verlorenen Eier auf Toast und den Kaffee zu bringen. Herr Fish ist anscheinend noch mit seinen hochfliegenden Gedanken beschäftigt.

„Das Ganze durchschauen, das ist alles! Das Chaos

analysieren, dann findet sich auch ein Weg, der richtige Weg für den eigenen Gebrauch und zum eigenen Nutzen."

Der „schöne Alex" denkt wegwerfend: Man muß nur wissen, was man will, das ist die Hauptsache, man muß ein bestimmtes Ziel haben. Das hat er auch. Er will eine Flüsterkneipe in der 81. Straße New York-Ost, das ist sein Traum. Ja, er kennt die 81. Straße im Osten besser als seine Westentasche. Er hat eigentlich eine schöne Karriere gemacht: Kellner sein in dem feinsten Hotel der Stadt ist keine Kleinigkeit. Und trotzdem spürt er Heimweh, wenn er an die alten Zeiten denkt, obgleich man ihm übel mitgespielt hat. Aber er wird Rache nehmen. Er sieht sich wieder in der „Bar Lohengreen" (wirklich mit zwei „ee" geschrieben). Freilich, da stellte er mehr vor als einen Kellner. Er war die rechte Hand der Besitzerin, der Witwe Lohengreen, ja, mehr als die rechte Hand: er war die große Liebe der Witwe, und der „schöne Alex" sah sich schon als Besitzer, als „Lohengreen" selbst, enthoben dem harten Kampf der Abhängigen.

Herr Fish hängt gleichfalls seinen eigenen Gedanken nach und trinkt den Kaffee in ganz kleinen Schlucken.

Der „schöne Alex" durchlebt wieder einmal die demütigenden Minuten seines Sturzes. Die Witwe Lohengreen überraschte ihn bei einem Vergnügen mit einer kleinen hübschen Kellnerin. Statt einzusehen, daß er, der „schöne Alex", ein Mann sei, den man nicht mit gewöhnlichem Maße messen könne, gab sie ihm noch am selben Abend seinen Lohn mit den dürren Worten: „Morgen brauchen Sie nicht mehr zu kommen." Das ihm, dem „schönen Alex"! Wenn er an die Flüsterkneipe denkt, die er einmal in der 81. Straße New York-Ost haben wird, träumt er zugleich von Rache.

Herr Fish beginnt jetzt wieder zu reden, der „schöne Alex" kann seinen Gedanken nicht länger nachhängen.

„Haben Sie auch manchmal dieses kitzelnde Gefühl, hineinsehen zu wollen in alle Häuser, in alle Wohnungen, Lokale, Geschäfte, in die Warenhäuser, Fabriken, Wolkenkratzer, Hospitäler, hineinsehen in alles: die Gedärme, das Herz, das Gehirn, das ganze Innere, die Triebfeder, die Hintergründe sehen, entdecken, erkennen können? Überkommt Sie nicht auch manchmal diese Neugierde?"

Der „schöne Alex" murmelt etwas Bejahendes. Er sagt sich, daß im Hotel Amerika die Gäste immer recht haben, aber er ist zufrieden, daß er selbst nie so verstiegene Gedanken wie dieser Herr da hat; er weiß, was er will, und das ist die Hauptsache, wenn man wirklich etwas erreichen will. Wenn er das Geld für seine Flüsterkneipe zusammenhätte, so wüßte er schon, den Betrieb nutzbringend zu führen. Er würde sich gegenüber der „Bar Lohengreen" ansiedeln – sie würde bald pleite gehen, die Witwe. Nun, sie könnte ja zu ihm arbeiten kommen; der „schöne Alex" würde es ihr sogar anbieten. Und dann eines schönen Tages würde er ihr den Lohn auszahlen und sagen: „Morgen brauchen Sie nicht mehr zu kommen." Ja, sein eigener Herr sein, Leute wegschicken können, das möchte er auch...

„Sie verdienen hier wohl gut", fragt der neugierige Gast; er macht keine Anstalten, mit seinem Frühstück fertig zu werden.

„Na, es geht so lala; Sie würden staunen, Herr, wie oft die vornehmen Leute Trinkgelder zu geben vergessen."

Ja, der „schöne Alex" hält nicht viel von feinen Gegenden. Auch wenn er von seinen Racheplänen absieht, möchte er sich nicht in den „tobenden Vierzigern" ansiedeln, in den Straßen zwischen 40 und 50 an beiden Seiten des „Weißen Weges", wie man den Broadway dort nennt, wo er Vergnügungen bietet. Die dort florierenden Nachtklubs, geheimen Absteigequartiere und Tanzlokale sind nicht das Ziel seiner Sehnsucht; dafür braucht man klotzige Gelder, und im übrigen ist alles in einigen wenigen Händen; der Außenseiter wird schnell zermalmt. Aber in der 81. Straße New York-Ost, da könnte es auch noch der kleine Mann zu etwas bringen. Er sieht die Straße dunkel und schmal im East River verenden. Die Gäste ihrer Kneipen sind armselige Burschen, Leute, denen es schlecht geht, die Heimweh haben, die schon halb verkommen sind, Leute mit geheimem Kummer, Einwanderer, die sich noch nicht richtig verständigen können. Mit einem Wort, lauter Menschen, denen es ganz dreckig geht. Aber gerade an solchen Menschen ist etwas zu verdienen, stellt Alex fest. Die anderen, die fest im Sattel sitzen, die sind so scheußlich wach, sogar dann, wenn sie viel getrunken haben. Sie sind immer nur auf ihren eigenen Vorteil bedacht. Ja, so unglaublich es auch scheint, gut verdienen kann man nur an Leuten, die in der Patsche sitzen. Vor Alex' Augen tauchen die Betrunkenen auf, die das Pflaster der 81. Straße besäen und zwischen denen die Polizisten friedlich daherwandeln.

Herr Fish aber hat sich während dieser Überlegungen des „schönen Alex" in Begeisterung geredet.

„Immerhin, was Sie hier alles sehen können...! Haben Sie schon darüber nachgedacht, was für eine ungeheure Stadt dieses New York ist? Sie können sich große Reisen ersparen, wenn Sie sie nur genau studieren. Ungarn und China, Schweden und Japan, bitte, hier sitzt alles zusammen. Die Ausgestoßenen aus allen Teilen der Welt haben sich in dieser Stadt ein Rendezvous gegeben. Sie können hier im Hotel Amerika glänzende Studien machen. Wie?"

„Nun, man tut seine Arbeit, da hat man keine Zeit zu Studien, mein Herr, und dann hat man auch seine eigenen Sorgen und kümmert sich nicht soviel um die der anderen."

Aber der „schöne Alex" beginnt doch aufzumerken. Ob er hier Studien macht? Das klingt gut. Aber es scheint, daß dieser merkwürdige Gast etwas Bestimmtes von ihm will. Man wird ja sehen.

„Sie haben hier im Hotel allein ein Dutzend Restaurants, nicht wahr?"

Der „schöne Alex" winkt zum Zeichen der Bejahung mit seiner Serviette.

„Sie bedienen wohl auch abends gelegentlich im großen Ballsaal?"

Der „schöne Alex" beginnt aufzuhorchen. Jetzt kommt's doch, man wird ja hören, was der gesprächige Mann will.

„Na ja, es kommt schon vor."

„Heute abend?"

„Mag schon sein, müßte mal nachsehen."

Der „schöne Alex" langt nach seinem Notizbuch und überlegt. Man muß schlau sein. Dem jungen Mann da, der gar soviel spricht, geht es wahrscheinlich nicht so gut, wie er den Anschein geben möchte. Menschen, denen es gut geht, reden nicht soviel mit einem Kellner, man hat schon so seine Erfahrungen. Aber mit Menschen, denen es schlecht geht, kann man wiederum gute Geschäfte machen.

Er blättert in seinem Notizbuch.

„Ja, heute abend ist große Hochzeit."

„Die Hochzeit Marjorie Strongs mit Edgar Sedwick?"

„Mich interessieren die Namen nicht, aber es wird schon stimmen."

„So etwas aus der Nähe zu sehen, das würde mich interessieren – ich meine als dienstbarer Geist, nicht als Gast."

Der „schöne Alex" ist jetzt ganz Ohr.

„Hm, hm, so was läßt sich aber nur schwer durchführen . . .

Und warum gehen Sie nicht als Gast, mein Herr? Lassen Sie sich doch eine Einladung geben. Ich muß schon sagen, ich möchte mir so ein Fest lieber als Gast ansehen, das würde mir mehr Spaß machen."

„Nun, erstens, sehen Sie, ist das auch mit einer Einladung nicht so einfach, und dann, wie ich Ihnen schon gesagt habe, möchte ich einmal ein solches gesellschaftliches Ereignis aus einer anderen Perspektive, von der anderen Seite ansehen."

„Was Sie sich wohl denken, Herr? Dabei gibt es doch gar nichts zu sehen. Wenn man arbeitet, hat man keine Zeit zum Sehen und auch kein Interesse dafür. Haben Sie eine Ahnung, mein Herr, wie es bei uns zugeht, wieviel man rennen und wie man aufpassen muß!"

„Na, sehen Sie, deshalb will ich doch eine Ahnung von der ganzen Sache bekommen."

„Aber warum wenden Sie sich gerade an mich? Wie sollte ich Ihnen denn helfen?"

„Man hat mich zu Ihnen gewiesen, Sie sind als fixer Kerl bekannt, mein Lieber; man hat mir erzählt, daß Sie nicht abgeneigt sind, kleine Nebeneinnahmen zu erzielen, ohne Risiko, versteht sich."

„Ich möchte wohl wissen, wer Ihnen das von mir erzählt hat; da hat man Sie schön angeführt, Herr."

„Also, ich könnte auf Sie nicht rechnen, meinen Sie? Ich habe natürlich auch Adressen von anderen Kellnern."

„Habe ich Ihnen vielleicht ‚nein' gesagt? Kann man überhaupt ‚ja' oder ‚nein' sagen, wenn man nicht weiß, um was es sich handelt?"

„Sie sind zu klug, als daß Sie nicht erraten hätten, was

ich will. Leihen Sie mir Ihre Arbeitskarte und Nummer für heute abend, das ist alles, verstehen Sie jetzt?"

„Verstehen kann ich nicht, wie jemand zu so etwas Lust haben kann. Eine Hochzeit ist kein Spaß, für niemanden, mein Herr, aber für die Kellner schon ganz gewiß nicht. Sie wollen also Kellner spielen, darauf läuft wohl Ihr Vorschlag hinaus?"

„Passen Sie auf, Sie können heute einen freien Abend haben und mich zur Aushilfe schicken – und der Verdienst gehört doch Ihnen."

„Daß ich nicht lach, mein Herr, meine Stellung soll ich aufs Spiel setzen und nicht mehr haben als das, was Sie verdienen können? Glauben Sie denn, es ist so leicht, Kellner zu werden, daß es nicht auch eine Kunst ist, die gelernt werden muß."

„Beruhigen Sie sich, ich werde schon meine Sache gut machen, ich war schon Kellner, ich war schon alles. Sie würden schwer einen Beruf ausfindig machen, den ich nicht schon ausgeübt hätte."

„So, Sie waren früher Kellner? Vorhin erzählten Sie etwas von einer Perspektive, die Sie studieren möchten. Wenn Sie schon Kellner waren, warum wollen Sie jetzt wieder einer sein? Wenn man den Dreh kennt und nicht unbedingt Geld zum Leben braucht, hat man keine Sehnsucht, noch einmal anzufangen."

„Ich habe Ihnen schon gesagt, ich will dieses bestimmte gesellschaftliche Ereignis von der Hintertreppe aus sehen."

Alex überlegte schnell. Was will eigentlich der Bursche? Juwelen stehlen? Armer Mensch, der würde seine Enttäuschung erleben. Auf jeden Gast kommt ein Detektiv und auf jeden Kellner zwei. Da könnte er schon leichter Juwelen auf der Fifth Avenue klauen. Andererseits: Unannehmlichkeiten könnte ich ja doch nicht haben, wenn ich ihn auch wirklich einschmuggelte; ich wüßte schon, wie ich mich ausreden würde. Und es würde ihm schon Hören und Sehen vergehen, wenn ihn unsere „Kapitäne" hin und her kommandieren.

Er läßt seine Augen über Herrn Fish auf und ab wandern.

„Mein Herr, Sie glauben, es ist so leicht, im Hotel Amerika als Kellner eingestellt zu werden. Ich bin nicht eingebildet, aber sehen Sie sich mal meine Figur an, sehen Sie sich mein Profil an. Wer Kellner im Hotel Amerika werden will, noch dazu Aushilfskellner bei einer erstklassigen Hochzeit, der muß über ein tadelloses Äußeres verfügen, mein Herr. Ein Tenor kann einen Bauch haben, ein Liebhaber auf der Bühne krumme Beine, aber ein Kellner im Hotel Amerika muß aussehen, daß die Leute Appetit bekommen, wenn sie ihn erblicken. Wenn Sie nur eine Pustel haben, schickt Sie der Ober nach Hause." Der Kerl ist unverschämt, denkt Herr Fish. Aber er läßt sich auf keine weitere Diskussion mehr ein.

„Also hören Sie, Sie leihen mir heute abend Ihren Frack, Ihre Nummer und Ihre Arbeitskarte. Ich wette, keiner wird merken, daß ein anderer Kellner zur Arbeit angetreten ist, trotz Ihres vollkommenen Profils. Machen Sie sich also keine Sorgen."

„Mein Herr, Sie denken, Sie können nur so ohne weiteres über mich verfügen, das Ganze muß noch genau überlegt werden. Wie soll es sich mit meinem entgangenen Verdienst verhalten?"

„Wieviel pflegen Sie an solchem Abend einzunehmen?"

„Na ja, 25 Dollar ist das wenigste", – der „schöne Alex" ist der Meinung, daß es nichts schaden kann, wenn er seine Verdienstmöglichkeiten vergrößert – „multiplizieren wir diesen Betrag mit sechs, und dann will ich noch über die Angelegenheit nachdenken."

„Sie wollen mich ganz ausplündern?"

„Wir brauchen über die Sache ja nicht weiter zu reden."

„Also mit vier."

„Mit fünf, oder ich spreche kein Wort mehr."

Der „schöne Alex" sieht Zahlen vor seinen Augen. Eintausenddreihundertfünfundsiebzig Dollar hat er auf der Sparkasse, kämen heute abend noch die hundertfünfundzwanzig Dollar dazu, so hätte er rund eintausendfünfhundert. Die Hälfte der Summe, die er unbedingt haben will. Mit dreitausend Dollar könnte er in der 81. Straße schon etwas anfangen, aber wann wird er so weit sein? Auf der Sparkasse hat er erst eintausenddreihundertfünfundsiebzig, das sind sechs Jahre Bücklinge, das sind Geschirrwaschen in einem schmutzigen Lokal in Cherry Street, Nachtarbeit in einer Matrosenkneipe in Hoboken, vierzehn Stunden Arbeit bei vierzig Grad Wärme in einem Seebad. Das ist Schöntun bei der Witwe Lohengreen, das sind Entsagungen an freien Tagen, das sind schmutzige kleine Dienste, die schlecht bezahlt werden. Ein Sparkassenbuch über eintausenddreihundertfünfundsiebzig Dollar, das sind sechs Jahre Robot, Qual und Dreck, und er braucht dreitausend. Zum Teufel auch, es wäre Zeit, daß auch er einmal Glück hätte!

„Mit vier“, sagt Herr Fish, der schon viel auf eine Karte gesetzt hat. „Sie bekommen Ihr Geld, wenn Sie mir die Arbeitskarte und die Uniform übergeben. Was tragen Sie überhaupt für einen Frack?“

„Mit fünf, dabei bleibt es. Der Frack hat eine dünne Silberborte unter dem Aufschlag. Aber für ihn und die Arbeitskarte müssen Sie extra ein Pfand hinterlassen.“

„Man muß es Ihnen lassen, Sie verstehen sich auf Geschäfte.“

„Es bleibt also dabei, mein Herr, wenn Sie meine Hilfe unbedingt in Anspruch nehmen wollen – und vergessen Sie nicht das Pfand. Kommen Sie heute abend zu mir. Hier ist meine Adresse. Sie können sich bei mir ankleiden, und ich werde Sie ein wenig abrichten, denn ein perfekter Kellner sind Sie nicht, ich habe gute Augen für so was. Ja, und was ich fast vergessen hätte: können Sie auch etwas Französisch parlieren? Wir Kellner, versteht sich, dürfen bei einer so feinen Gesellschaft nur französisch sprechen.“

„Auch darüber brauchen Sie sich keine Sorgen zu machen. Ich war drüben mit der Armee, habe geholfen, Ordnung zu schaffen, hehe.“

„Na, dann ist ja alles in Ordnung.“

„Möglicherweise aber werde ich Ihre Dienste nicht einmal benötigen. Ich bereite mich nur auf alle Fälle vor, Sie werden natürlich auch dann entschädigt, beruhigen Sie sich. Nur müßten Sie in dem Fall allerdings doch heute abend arbeiten.“

3

Heinrich Klüter aus Hamburg und Fritz Globig aus Berlin sitzen im Vorzimmer des „Timekeeper" („Zeithalter"), des Mächtigen, der darüber zu entscheiden hat, wer in das Hotel Amerika zur Arbeit aufgenommen werden kann.

„Nur keine Bange", sagt Heinrich Klüter zu seinem Freund.

Aber die hat ja Fritz gar nicht, obgleich er auf Arbeit wartet wie ein Hund auf ein Stückchen Knochen. Er ist mager und schlecht in Schale, und er hat schon die Erfahrung gemacht, daß solche Arbeitskräfte nicht gerade begehrt sind.

„Sie sind zu schwach", diesen Satz bekam er immer wieder zu hören, als er nach seiner Krankheit, die ihn stark abgezehrt hatte, auf die Arbeitsuche ging.

„Sie sind zu schwach." Das bedeutet: Du kannst ruhig verhungern, mein Lieber, aus dir kann man doch nicht viel Arbeit herauspressen! Ja, er hat eine scheußliche Zeit hinter sich. Im Anfang wollte er nicht daran glauben, daß sich keine Arbeit für ihn finden würde.

Den ganzen Tag lief er die 6. Avenue auf und ab. Man hätte meinen können, daß hier die Arbeit einfach auf Stellungsuchende warte. Eine Agentur neben der anderen. Ganze Häuser vollgeklebt mit Zetteln, kleinen weißen Zetteln: Koch gesucht, Geschirrwäscher gesucht, Portier gesucht, Hausdiener gesucht. Am ersten Tag war Fritz mächtig begeistert von diesen vielen Zetteln, die alle Arbeit anboten. Aber oben in den Agenturen verlangten sie überall erst Geld. Leicht gesagt – von wo hätte er Geld hernehmen sollen. Er versuchte, das Herz der Vermittler zu erweichen, versprach, später das Doppelte zu zahlen. Aber die hatten wohltrainierte Ohren.

„Nichts zu machen, mein Junge."

Andere, erfahrenere Arbeitsuchende beruhigten ihn. „Glaub nur ja nicht, daß du schon Arbeit hast, wenn die dir dein Geld abknöpfen. Wir haben gezahlt; aber glaubst du, deshalb hätten wir Arbeit? Jetzt können wir unserem Geld nachlaufen. Die vielen weißen Zettel sind nur Lockspeise."

„Ja, besonders dann, wenn sie merken, du bist ein Grünhorn, kannst du allerlei erleben.“

Fritz ist schon ungeduldig, er möchte endlich wissen, ob er heute Glück haben wird. Glück! Wenn man durch schwere, harte Arbeit gerade so viel verdient, daß man nicht verhungert, so hat man schon „Glück“. Eine verrückte Welt das!

Es dauert aber lange, bis man zu dem „Zeithalter“ vorgelassen wird.

Eine komische Bezeichnung: „Zeithalter“. Da sitzt einer und hält die Zeit fest, gebietet über die Zeit, über unsere Zeit. Wir müssen dankbar sein, wenn er uns ein Stück Zeit hinwirft, in der wir arbeiten dürfen.

„Ich bring’ dich schon herein“, läßt sich wieder Heinrich vernehmen, „ich arbeite hier lange genug, die werden schon auf mich hören.“

„Man muß es erst am eigenen Leibe erfahren, dann begreift man, wie irrsinnig unsere Welt eingerichtet ist.“

Darin gibt Heinrich seinem Kameraden recht.

Heinrich Klüter ist seit drei Jahren Nachtwächter im Hotel Amerika. Er hat eben seine Nachtarbeit beendet. Sein Gesicht ist grünfahl, und unter seinen geröteten Augen lagern schwere Tränensäcke. Heinrich hat seit drei Jahren keine Nacht geschlafen. Sein verantwortungsvoller Posten verleiht ihm eine gewisse Würde. Mit einer Laterne, einem Revolver und einer Alarmglocke am Gürtel durchwandelt er Nacht für Nacht die Korridore des Wolkenkratzers. Jedes Stockwerk des Hotels wird lautlos von den Nachtwächtern umkreist, nichts darf unbemerkt geschehen.

In den ersten Nächten empfand Heinrich Klüter vor allem in den frühen Morgenstunden ohnmächtigen Neid, wenn er das gleichmäßige Atmen, das Schnarchen der Gäste hinter den geschlossenen Türen hörte.

Langsam aber gewöhnte er sich an die Nacht. Sobald es still und ruhig um ihn wurde, schärfte sich sein Ohr. Der Tag konnte alles verbergen und war übertäubt von Lärm und Geschrei, zuviel Geräusche machten ihn stumm. Die Nacht aber machte alles wieder klar. Die Menschen, die tagsüber taten, als wären sie Maschinen, hörten auf, sinnlos zu rattern, und verrieten ihr wirkliches Sein. Der Nachtwächter Heinrich Klüter, dessen Amt und Aufgabe es war, nachts vor geschlossenen Türen zu horchen, wurde ein Weiser. Er kannte die Auflösung, die Fäulnis unter der glänzenden Oberfläche des Tages. Er hätte vieles erzählen können, von Leid und Jammer, von geheimen Tragödien, aber er schwieg. Nur – er konnte nachts nicht mehr schlafen. Auch dann nicht, wenn es ihm erlaubt war; er mußte, er wollte wachen.

Heinrich Klüter hatte auch während einer freiwilligen Nachtwache Fritz, der jetzt neben ihm saß, kennengelernt.

Es war in einer seiner freien Nächte, auf die er zweimal im Monat Anspruch hatte.

Die Wache hielt er in dem Hotel, in dem er selbst wohnte. „Onkel Sams Hütte" hat allerdings nicht die geringste Ähnlichkeit mit dem Hotel Amerika. Die Bezeichnung ist keineswegs zu bescheiden, obgleich die meisten Gasthäuser ähnlichen Ranges bedeutend hochtrabendere Namen führen und sich „Palace" und „Grand" nennen, als dienten sie Luxusbedürfnissen.

„Onkel Sams Hütte" ist eines von Hunderten, von Tausenden „Hotels", die über ganz New York verstreut sind, natürlich in angemessener Entfernung von den besseren Gegenden. In diesen Häusern wohnen die männlichen Angestellten der Luxushotels und Appartementhäuser, hier wohnen Fabrikarbeiter, Geschirrwäscher aus feinen Restaurants, mit einem Wort, hier wohnen Leute, die nur über geringe Mittel verfügen.

Diese Hotels nehmen sogar Rücksicht auf eine eventuelle Verschlechterung der Finanzlage ihrer Gäste. Man kann, wenn man ständige Arbeit und damit auch ein ständiges Einkommen hat, ein eigenes Zimmer besitzen. Für einen Dollar pro Nacht. Man kann mit einigen anderen zusammenwohnen und fünfzig Cents zahlen. Der billigste Platz aber kostet fünfundzwanzig Cents; man schläft dann zusammengepfercht mit seinen Leidensgenossen im großen Schlafsaal.

Es gibt in diesen Hotels auch „Gesellschaftsräume", die sich gleichen, wie ein Ei dem anderen, wie sich das Schicksal all ihrer Insassen gleicht.

In der Mitte des „Gesellschaftsraumes" steht der große Ofen; im Winter sind die Plätze um ihn herum heftig umstritten. Die Stühle stehen rings der Wand entlang. Man spielt Karten oder liest Zeitungen. Es wird nur wenig gesprochen.

Auch Fritz wohnt in „Onkel Sams Hütte". Anfangs fand Fritz lohnende Arbeit in seinem Beruf als Dreher, Qualitätsarbeiter. In der Fabrik gab es bald Kämpfe. Die Arbeiter versuchten, sich gewerkschaftlich zu organisieren. Fritz war ganz dabei. Die Arbeiter merkten, daß er etwas vom Organisieren verstand — aber auch der Unternehmer! Er war der erste, der gefeuert wurde. Was aber Fritz am meisten wurmte, war, daß seine Arbeitskollegen nicht viel Aufhebens aus der Sache machten. Man wagte noch nichts Rechtes, jeder hatte zu große Angst um sein Stückchen Brot.

Und Fritz machte die Erfahrung, daß diese Angst nicht ganz unberechtigt war, obgleich er bereit war, auch ungelernte Arbeit anzunehmen.

Bevor er krank wurde und noch von etwas Erspartem leben konnte, lastete die Erwerbslosigkeit nicht so schwer auf ihm.

Er saß den ganzen Tag in der Bibliothek, wartete gespannt, daß auf der schwarzen Tafel seine Nummer rot aufleuchtete und ihm anzeigte, daß das Buch, das er verlangt hatte, ihm zur Verfügung stände.

Die Bücher, die sich mit der Geschichte der Arbeiterbewegung befaßten, zeigten ihm klar, daß das, was ihm geschah, nicht blinder Zufall war, daß er kein Einzelschicksal haben konnte. Sie wiesen aber auch einen Ausweg, gaben die Gewißheit, daß nach heftigen Kämpfen eine völlig andere, eine neue, vernünftigere Zeit kommen wird. Ohne diesen Ausblick mußte das Leben, das er zu führen gezwungen war, unerträglich erscheinen.

Er versuchte über diese Frage mit seinen Kameraden in „Onkel Sams Hütte" zu sprechen. Es war nicht leicht. Jeder hatte eine andere Sprache, und man mußte jedes Wort lange hin und her wenden, bis es von allen verstanden wurde. Aber dann kamen doch Diskussionen in Gang. Bei einer solchen Gelegenheit machte Fritz die Bekanntschaft Heinrich Klüters.

Aber der Geschäftsführer von „Onkel Sams Hütte" machte solchen Gesprächen ein baldiges Ende. Hier werden keine aufrührerischen Reden gehalten. Im „Gesellschaftsraum" wird eine große Tafel angebracht mit der Aufschrift: „In diesem Raum ist das Reden verboten."

Fritz war empört.

„Wie, sogar dann, wenn wir zahlen, wenn wir nicht arbeiten, bindet man uns den Maulkorb um?"

Heinrich Klüter nahm die Sache gelassener auf.

„Solche Aufschriften findest du in allen diesen Hotels. In den ‚Gesellschaftsräumen' soll man Karten spielen, alte Zeitungen lesen und das Maul halten."

Heinrich Klüter wohnt schon drei Jahre in „Onkel Sams Hütte", seitdem er seinen Dienst im Hotel Amerika verrichtet. Die Hochbahn fährt an seinem Fenster vorbei. Anfangs hatte er immer das Gefühl, als sause sie jedesmal über seinen Körper. Doch dann gehörte auch sie zu seinem Schlaf, genau wie das Halbdunkel des Zimmers und aller Lärm des Tages.

Die enge Freundschaft zwischen Heinrich und Fritz nahm ihren Anfang in einer der freien Nächte, als Heinrich wieder seiner Gewohnheit gemäß „Onkel Sams Hütte" durchwanderte. Er konnte nicht anders, er mußte Nachtwache halten, aber sie war anders als die im Hotel Amerika. In „Onkel Sams Hütte" gibt es wenige Geheimnisse, vor allem ist jede „Unsittlichkeit" ausgeschlossen. Vor den Eingängen dieser „Onkel Sams Hütten" stehen Tafeln:

„Hier ist der Eintritt für Frauen streng verboten."

Trotzdem konnte der Nachtwächter Klüter auch hier viel Merkwürdiges bei seinen Nachtwanderungen entdecken. Er hörte die Schreie und Seufzer der Schlafenden, sah, wie gerade die Armseligsten ihr wertloses Hab und Gut sogar im Schlaf krampfhaft umklammerten. Am mißtrauischsten sind die sehr Armen und sehr Reichen, dachte der Nachtwächter Klüter.

Viele schrien im Traum nach den Ihren, die in der alten Heimat lebten; er hörte aber auch wilde Wutschreie und Verwünschungen, die tagsüber unterdrückt werden mußten.

In jener Nacht fand der Nachtwächter Klüter Fritz unter der Treppe schlafend. Er konnte die Schlafstelle nicht bezahlen; schon seit Tagen blieb er die fünfundzwanzig Cents für ein Bett schuldig. Der Geschäftsführer machte nicht viel

Federlesens mit ihm; er behielt Fritz' Mantel und wies ihm die Tür.

„Mach, daß du hinauskommst“, schrie er ihn an.

„Aber wohin soll ich denn gehen, was soll ich machen?“ Fritz war richtig verzweifelt, so daß er schon den Geschäftsführer um Rat bat.

Der war kurz angebunden.

„Geh auf die Bowery, da gehört ihr Strolche alle hin.“

Diesen Rat aber wollte Fritz nicht befolgen; er wartete ab, bis der Geschäftsführer sich verzog, dann machte er es sich unter dem Treppenabsatz unbequem.

Er ist sonst nicht ängstlich, aber vor der Bowery hat er doch Angst. Sicherlich ist sie die phantastischste Straße der ganzen Welt, denkt Fritz, man soll lieber nichts mit ihr zu tun bekommen.

An die Bowery denkt er auch jetzt, im Vorzimmer des „Zeithalters“. Sie flößt ihm wahres Entsetzen ein. Er ist noch von Berlin allerlei Elend gewöhnt, aber das hier ist doch etwas anderes, diese wildwuchernde Unordnung.

Fritz kennt eine behördlich registrierte, gestempelte, statistisch und amtlich festgestellte Armut, mit Anstellen und Aufschreiben, mit Zetteln und Ämtern, mit eingezogenen Erkundigungen und alphabetischem Verzeichnis.

Auf der Bowery kann man sich höchstens um eine verdächtig aussehende Suppe anstellen, die in einem Blechtopf zusammen mit Gebeten und Predigten serviert wird. Es gibt Nachtasyle in Kirchen, in denen man auf Zeitungspapier schläft und wo man von Neugierigen, die in Touristenautos angefahren kommen, gegen Eintrittsgeld, das aber nicht ihnen, sondern der Kirche zugute kommt, bestaunt wird.

Heilsarmeesänger vermischen sich mit Betrunkenen und schweren Jungens; Stellenvermittelungsbüros, die Sklavenmärkte genannt werden, sind Gebethäusern und Juwelengeschäften, in denen beste „Sore“ feilgeboten wird, benachbart. Fritz hat vor allem vor den Stellenvermittelungsbüros Angst. Sie vermitteln nur Stellen nach auswärts. Transporte gehen von dort ab in menschenleere Gegenden, um Wege zu bauen, oder nach einem primitiven Bergwerk, in dem alle Sicherungen fehlen, die das Leben der Arbeiter schützen.

Noch schlimmer. Hier werden Streikbrecherkolonnen organisiert, ohne daß die Beteiligten etwas davon ahnen. Erst wenn sie die Reise hinter sich haben und keinen Cent mehr besitzen, um zurückfahren zu können, erfahren sie den Zweck ihrer Fahrt.

Sagt einer „ja" in diesen Agenturen, so ist er schon Sklave.

„Na, Junge, bleib man da, deine Kolonne geht bald ab."

Und schon sitzt er in der Falle.

Nein, das ist nichts für Fritz, da will er lieber die Hände von der Bowery lassen.

Fritz hatte Glück, daß ihn Heinrich fand und, als er das Schicksal Fritz' erfuhr, mit dem Geschäftsführer eine Abmachung traf, wonach Fritz nachts, wenn Heinrich auf Arbeit ging, in dessen Bett schlafen durfte.

Jetzt werden beide hineingerufen zu dem Mächtigen.

Der Nachtwächter Klüter dreht seinen Hut in der Hand und entwirft ein schmeichelhaftes Bild Fritzens.

Der „Zeithalter" beugt sich über eine riesige Tabelle mit vielen Zahlen, die das Personal bedeuten. Er macht grafische Zeichnungen wie ein Feldherr.

Nein, Nachtwächter kann Fritz nicht werden.

Er wird bleich. Sollte auch heute alles vergeblich sein?

Aber der Mächtige will doch mal sehen; er setzt eine wichtige Miene auf. Dann stößt er mit dem Bleistift, sagt kurz: „Küche" – und somit kommt Fritz in die größte Kochanstalt der Welt.

4

Shirley ist unten in der Wäscherei angekommen. Alles hier ist ihr vertraut und alles verhaßt.

Die Luft, diese neblige, weiße, schwere Luft, der Geruch der Lauge, der nassen Linnen, der gebrauchten Wäsche, der frischgewaschenen Wäsche.

Sie kennt alle Geräusche, das Knarren der elektrischen Rollen, das schnelle, taktmäßige Rattern der Waschmaschinen, ihre gellenden Pfiffe – die Zeichen, daß sie die ihnen vorgeschriebene Arbeit verrichtet haben –, das Summen der Gasflammen in der endlosen Reihe der Gehäuse, die die Gestelle zum Trocknen bergen.

Diese Geräusche vermengen sich mit dem gutturalen Lachen, mit dem Gesang und Geschrei der Negerinnen.

Sie stehen stark und breit in dem riesigen Raum, dort, wo die Arbeit am schwersten ist, und lachen. Elfenbeinfarbene, kaffeebraune, erdschwarze Negerinnen, eine Farbenskala von Gelb, Braun und Schwarz in allen Tönungen. Aber wenn sie lachen, scheinen sie sich alle mit ihren lebensvollen Lippen, mit ihrem schneeweißen, blendenden Gebiß zu gleichen.

Die schwarzen Finger glätten die Laken auf den elektrischen Rollen; die vielen dunklen Hände, die die Bügeleisen führen, bewegen sich gleichzeitig, als hingen sie an ein und demselben Draht. Heute aber ist noch etwas im Raum, eine geheime Erregung, ein Flüstern, das verstummt, wenn die Aufseher vorbeigehen.

Der Führer eines der Wäscheaufzüge, ein schmächtiger, älterer Mann, liegt auf dem Boden, in der Nähe eines Wäscheschluckers, durch den die Linnen der täglich frisch bezogenen viertausend Betten in die Wäscherei befördert werden.

Wie ein Wasserfall strömt die Wäsche auf ihn herab, sie verbirgt ihn fast ganz, aber es ist ihm recht so. Er will nicht von unberufenen Augen entdeckt werden, und die unberufenen Augen gehören den Vorgesetzten, die nicht sehen dürfen, daß er außer Atem, keuchend auf dem Boden liegt. Ein Neger, der auch sonst öfter die Aufzüge der Wäscherei bedient, fährt jetzt für ihn; vorläufig hat die Aufsicht noch nichts bemerkt.

Er versucht, den Atem zurückzuhalten, das Keuchen, das immer wieder aus ihm hervorbricht, zu bewältigen, aber es gelingt ihm nicht; im Gegenteil, ein Hustenreiz überfällt ihn, er spürt blutigen Schaum auf den Lippen.

„Komm, wir führen dich zum Arzt", sagen die Wäscherinnen, die mitleidig immer wieder nach ihm sehen, aber nicht weiter helfen können.

Die Worte kommen nur mühselig aus seinem Mund.

„Nein, nein, niemand darf wissen, was geschehen ist, sie würden mich fortschicken."

„Aber du bist doch nicht schuld, im Gegenteil, wir werden Lärm schlagen! Man sorgt nicht dafür, daß unsere Aufzüge in Ordnung sind, wir werden unser Leben nicht gefährden lassen."

Folgendes war geschehen: Der Aufzugführer fuhr einige Wäschereiwagen in höhere Stockwerke. In seinem Aufzug nahm er auch Personal mit. Bis zum 10. Stockwerk ging alles in Ordnung. Hier stiegen verschiedene Hausmänner mit den Wäschereiwagen aus. Um ihnen Platz zu machen und sie hinaus zu lassen, verließ auch der Führer den Lift und hielt die Tür offen. Es waren nur noch Frauen in dem Aufzug.

In diesem Augenblick stieg der Lift, ohne den Führer, ohne sichtlichen Grund plötzlich in die Höhe. Die Frauen kreischten; keine wußte, wie der Aufzug zum Stillstehen gebracht werden konnte. In tödlichem Schreck rennt der Führer die Treppen hinauf, dem Aufzug nach; er kann ihn nicht erreichen, der Aufzug ist schneller als er. Bis der Führer im nächsten Stock ankam, stieg der Aufzug schon weiter. Die Frauen schrien in Panik und winkten ihm zu. Je höher er steigt, um so schwerer fällt ihm das Rennen, um so größer wird seine Angst. Später kann er überhaupt nicht mehr denken; er weiß nur, er muß den Aufzug erreichen, sonst geschieht ein schreckliches Unglück.

Die Treppen schienen zu wachsen; der Aufzug hatte schon einen Vorsprung von zwei Stockwerken, es war keine Hoffnung vorhanden, ihn zu erreichen, und doch kroch er ihm nach, auf Händen und Füßen!

Endlich, es erschien ihm eine Ewigkeit, eine Ewigkeit voll Grauen und Schrecken, erreichte der Aufzug das höchste Stockwerk, das dreißigste, und hielt an, ganz ruhig, so als ob nichts geschehen wäre. Der Führer kam herangekrochen, kalkweiß, als hätte jeder Blutstropfen sein Gesicht verlassen, mit schäumendem Mund, an allen Gliedern zitternd, öffnete den Aufzug, ließ die Frauen hinaus und fiel dann hin, halb bewußtlos.

Die Frauen schrien nach dem ausgestandenen Schreck durcheinander.

„Mensch, wir dachten schon, das ist unsere letzte Fahrt."

„Nicht für eine Million Dollar möchte ich das noch mal mitmachen."

„Mach dir nur keine überflüssigen Sorgen, keiner wird dir eine Million Dollar geben, aber wenn die Herren denken, die Aufzüge für das Personal brauchten nicht extra gut zu funktionieren, kannst du den Spaß ganz umsonst noch mal erleben."

„Wir beschweren uns, zum Teufel auch."

Der Führer lag am Boden und konnte noch immer nicht sprechen.

„Eine Maschine kann schon mehr als so ein armes Menschlein."

„Ja, für den Lift sind dreißig Stockwerke nichts, und der Mensch ist gleich hin, wenn er nur sechzehn Stockwerke schnell hinauflaufen will."

Man schaffte den Führer hinunter in die Wäscherei. Nur langsam kam er zur Besinnung. Das erste, was ihm einfiel, war, daß seine Vorgesetzten nichts erfahren durften, man würde ihn entlassen. Man würde nie zugeben, daß der Mechanismus versagt hatte, sondern erklären, er sei der Schuldige. Er hatte Angst um sein Brot, nicht um sein Leben; er wollte keinen Arzt, er wollte weiterarbeiten.

„Warte doch, bis du dich beruhigt hast, du stirbst ja."

Eine Negerin mit safrangelber Haut und mächtiger schwarzer Haartolle brachte ihm Wasser und einen Stuhl.

„Komm, ruh dich aus, sei nicht so wild auf Arbeit, die läuft dir schon nicht weg. Auf Jonny kannst du dich ruhig verlassen, der vertritt dich schon richtig, und keiner wird was merken. Komm hinter den Wäscheberg, niemand wird dich sehen. Soll ich dir was vortanzen, damit du auf andere Gedanken kommst?"

Sie schnalzt mit der Zunge, bewegt rhythmisch ihre schmalen Hüften.

Auf dem verzerrten Gesicht des Aufzugführers erscheint ein leichtes Lächeln.

„Siehst du, du kannst schon lachen, nun wird noch alles gut mit dir. Verlaß dich darauf, wir werden schon das Maul öffnen und unsere Meinung sagen, ohne dir zu schaden."

Mit wiegenden Schritten verläßt sie ihn.

Diese Neger, die in dunklen, schmutzigen Straßen zusammengepfercht in einem Stadtteil leben, den kein Weißer bewohnen möchte, sind die einzigen, die den amerikanischen Befehl „Du sollst lächeln" auch wirklich befolgen. Sie, die die schwierigsten, die schmutzigsten Arbeiten verrichten, die durch Verbotstafeln immer wieder auf ihr Sklavendasein aufmerksam gemacht werden, diese Parias bestimmen einen großen Teil des Rhythmus dieser Stadt.

Der Aufzugführer sieht mit leeren Augen der Tanzenden nach; er versucht vergeblich, seinem Atmen den ruhigen Rhythmus wiederzugeben; auf seinen Lippen erscheint immer wieder blutiger Schaum.

Die Belegschaft der Wäscherei pilgert hinter den Wäscheberg, alle wollen ihn sehen. Alle schreien, daß sie ihre Meinung über die schlecht funktionierenden Aufzüge den zuständigen Stellen nicht verhehlen werden, – aber sobald Aufsichtspersonal in Sicht kommt, schweigen sie.

Shirley legt zierliche, in Seidenpapier gewickelte Wäsche in ihr Körbchen. Sie trägt Wäsche aus, keine besonders schwere Arbeit. Shirley kommt überall hin, hört allerlei, aber sie ist heute froh bei dem Gedanken, daß es zum letztenmal sein wird, daß es aufhören wird, dieses Hinundherrennen durch das ganze Haus, das Klopfen an den Türen, die Höflichkeitsbezeugungen. Sie wird dann auch nichts Schlechteres sein als die Gäste, die Damen mit der feinen seidenen Wäsche, sie wird genauso schöne tragen wie sie, wenn nicht noch schönere . . .

Alles, was um sie herum jetzt geschieht, hört sie nur mit halbem Ohr. Ja, die Aufzüge für das Personal, da kann man sich manchmal ärgern. Überhaupt, es gibt so vieles, worüber man sich ärgern kann, wenn man arm ist und kein Geld hat. So eine arme Kreatur rennt dem Aufzug nach, macht sich Sorgen und hat Gewissensbisse; und wenn sie draufgeht, kümmert sich kein Teufel um sie. Nun, Shirley wird herauskommen aus all dem Dreck, sie wird ein anderes Leben führen als bisher, ein gutes Leben. Sie wird nicht ewig ausgeschlossen bleiben von allem, was angenehm ist.

5

Jedesmal, wenn Celestina das Reich der Gäste betritt, wird sie überwältigt von der wunderbaren Stille und Ruhe, die hier in jedem Winkel herrschen. Die Schritte ersterben in weichen Teppichen. Mit Bedacht wird bei der Arbeit Lärm vermieden; die Stimmen des Personals senken sich zum Flüstern. Der Gang der Stubenmädchen wird schwebend, die Haushälterinnen scheinen überhaupt nicht den Boden zu berühren, wenn sie die Korridore der Gäste betreten.

Celestinas Arbeitsstätte zeichnet sich durch besondere Vornehmheit aus. In diesem Stockwerk befinden sich die teuersten Appartements, große Konferenzsäle und dem „individuellen Geschmack" entsprechend eingerichtete Empfangsräume.

Jedes Stockwerk untersteht einer besonderen Haushälterin. Sie tragen alle das gleiche schwarze Seidenkleid und das gleiche verbindliche Lächeln; das allen gemeinsame Lächeln wie die Kleider scheinen in der gleichen Fabrik angefertigt zu sein. Nur die Namen der Haushälterinnen sind verschieden. Celestinas Vorgesetzte ist Frau Magpag.

Die Etagenvorsteherin heißt Fräulein Wesley. Ihr Schreibtisch steht in der Halle, den Personenaufzügen gegenüber. Es gibt nicht weniger als ein Dutzend Aufzüge für die Gäste, aber niemand kann hinauffahren oder hinabfahren, ohne von Fräulein Wesley gesehen zu werden.

Fräulein Wesley nimmt auch die Nachrichten, die an die Gäste ihrer Etage aus allen Teilen der Welt kommen, entgegen. Mit dem „ticker", dem elektrischen Fernschreiber, zeichnet sie mit merkwürdigen Buchstaben die Mitteilungen auf, die sie an ihre Gäste gelangen lassen muß. Der elektrische Stift schreibt von selbst, als führe eine Geisterhand Fräulein Wesleys Finger.

Was Fräulein Wesley nicht zu wissen bekommt, erfahren die Detektive, die lautlos und unauffällig umherwandeln und nur manchmal vor einer Tür stehenbleiben.

Hinter den sorgfältig geschlossenen Türen führen die Gäste ihr Leben für sich, und man weiß von ihnen nur das, was zufällig durchsickert.

Celestina beginnt, die Marmorfliesen der Aufzüge zu

scheuern. Die Lifts für die Gäste sehen ganz anders aus als die riesigen schmutzigen Kästen, die dem Personal zur Verfügung stehen; die Böden sind mit Perserteppichen belegt, die Wände mit Leder tapeziert; es gibt besondere Vorrichtungen, die jede unangenehme Schwankung auffangen; wie leichte Vögel schießen diese Aufzüge lautlos auf und nieder.

Während Celestina mechanisch die ihr zufallende Arbeit verrichtet, muß sie immer wieder an Shirley denken. Sie findet es wohl begreiflich, daß ihre Tochter dem schweren Leben entfliehen möchte – aber kann ihr diese Flucht gelingen? Wird es ihr später nicht noch schlechter gehen?

Shirley ist mir böse, denkt sie, während sie den Boden wischt und vor ihrer Nase elegantes Schuhwerk vorbeidefilieren sieht; Shirley ist böse auf die Mutter, die ihr kein besseres Leben geboten hat. Ja, Celestina hat nichts tun können, damit Shirley es besser habe als sie selbst. Aber wie und was hätte sie das Mädchen lernen lassen sollen, wo das Geld nicht einmal für das Allernotwendigste reichte...? Und dann schien es Celestina überdies gar nicht notwendig, daß Shirley auch so ein Büromädel wurde, das auf andere, die noch schwerer arbeiten, herabblickt. Nein, ihre Tochter sollte das Leben, das sie zu führen gezwungen war, kennenlernen, sie, die jung und frisch ist und auch nicht dumm. Die Junge könnte eher als die alten, müden Köpfe auf Gedanken kommen, die einen Ausweg aus dem Elend zeigten. Aber wenn sie sich einfach aus dem Staube macht, nützt sie niemandem, nicht einmal sich selbst...

Man beginnt, die Frühstückstafeln für die Gäste zu bringen; sie werden von den Kellnern aus einem sehr geräumigen, zu diesem Zweck besonders reservierten Aufzug mit viel Sorgfalt herausgehoben.

Die Frühstückstische werden von allen mit Interesse betrachtet, sogar von Fräulein Wesley und Frau Magpag. Sie sind aber auch entschieden sehenswert.

In einer schlanken Vase steht eine Blume in der Mitte des Tisches, um kundzutun, daß hier nicht nur auf materielle Genüsse Wert gelegt wird. Die gerösteten Brote liegen zwischen weißen Servietten, wie kleine Babys liebevoll zugedeckt. Der Kaffee in den silbernen Kannen duftet angenehm

und aromatisch und scheint nicht die geringste Verwandtschaft mit dem gleichnamigen und gleichfarbigen Gebräu,
das in der Angestelltenküche gereicht wird, zu haben. Die
Schlagsahne schmiegt sich in zierliche Silberschälchen, während die Milch in einem schön geschwungenen Kristallglas
serviert wird. Erdbeeren liegen rosig zwischen grünen Blättern, frische Pfirsiche, das goldgelbe Fleisch sorgfältig auf-
geschnitten, noch mit den blutroten Spuren der abgetrennten
Kerne, liegen aufgeschichtet daneben. Braungekräuselter,
dünngeschnittener Speck, gebratene Würstchen und geröstete
Hammelkoteletts, mit weißen, gekräuselten Papiermanschet-
ten verziert, ruhen, wie es sich gehört, unter schützenden
silbernen Schalen, die aber von Zeit zu Zeit von Neugierigen
aufgehoben werden. Die Kellner müssen allerlei Späße anhören, die sich auf die reich gedeckten Tische beziehen,
aber auch Begehrlichkeiten wehren, die sich gegen diese
Tische richten.

Sogar Fräulein Wesley flötet jedesmal, wenn sie einen
Frühstückstisch vorbeischweben sieht, den Kellnern freund-
lich zu: „Vergessen Sie mich nicht, mein Lieber, wenn etwas
Kaffee übrigbleibt, ich habe solchen Durst."

Aber sie hat nur selten Gelegenheit, ihn zu stillen; es
kommt nicht oft vor, daß von den Gästen etwas verschmäht
wird.

Sogar Frau Magpag verliert beim Anblick der Tische ihre
Würde und notiert sich die Nummern der Zimmer, in denen
sie verschwinden. Auf diese behält sie ein Auge, und sie ist
die erste, die nachkontrolliert, sobald die Gäste das Zimmer
verlassen.

Aber leider wird auch Frau Magpags Aufmerksamkeit
selten belohnt. Ja, der Appetit der Gäste ist staunenswert.

Ingrid nimmt ihren Zimmerbestand auf. Sie notiert auf
einem Zettel die freien Zimmer, meldet Fräulein Wesley,
wenn jemand auswärts geschlafen hat, und prüft dann, aus
welchen Zimmern die Gäste schon ausgegangen sind. Zu
diesem Zweck ist an jedem Schloß ein Knopf angebracht.
Kann man ihn herunterziehen, so ist das ein Zeichen, daß
von innen kein Schlüssel in dem Schloß steckt; ist ein Schlüssel drin, bleibt der Knopf unbeweglich.

„Die Leute sollten wirklich nicht vergessen, daß sie ihre

Schlüssel nicht abziehen dürfen, wenn sie zu Hause sind", sagte Ingrid zu dem dänischen Kellner, der gerade mit einem besonders reichgedeckten Tisch in ein Zimmer wollte. „Es ist schrecklich, wenn man plötzlich in ein Zimmer gerät und die Bewohner sind noch drin, die sich allein und ungestört glauben. Wirklich, man müßte eine Tafel anbringen und die Gäste darauf aufmerksam machen, wie sie sich einschließen sollen."

„Als ob die sich viel daran kehren würden, ob wir sie sehen oder nicht! Der Kerl, zu dem ich mit der großen Bestellung gehe, hat sicher wieder zwei Weiber in seinem Bett. Nun, wenn er ein gutes Trinkgeld gibt, kann er meinetwegen auch tun, was er will, sonst mache ich Krach."

„Wenn er seine Rechnungen bezahlt, kannst du lange Krach machen, dann darf er tun, was er will."

„Na, ich werde ihn schon so ansehen, daß er das Trinkgeld nicht vergißt."

„Also viel Glück!"

„Wenn sie etwas übriglassen, werde ich an dich denken, Kleines."

Celestina ist heute der Sektion Ingrids zugeteilt und hat die Badezimmer gründlich zu reinigen, während Ingrid die Zimmer in Ordnung bringt.

Dieser Teil ihres Tagewerks beginnt in einem Zimmer, das zu den merkwürdigsten Räumlichkeiten des Hotels Amerika gehört. Hier wohnt eine alte Frau, eine Kaffeeplantagenbesitzerin aus Westindien, die ihr Zimmer in einen Miniatururwald verwandelt hat: mit zwei Palmen, einem Affen, der auf diesen Palmen umherklettert, einem Papagei und einem weißen Kakadu. Vor allem aber gibt es, dank dieser Tiere, sehr viel Schmutz, den die Besitzerin nur nach einem gewissen Plan wegräumen läßt. Es gibt in diesem Zimmer „Wege", die rein zu sein haben, alles andere ist „Wald", und hier soll der „Naturzustand" aufrechterhalten bleiben.

Die alte Frau beaufsichtigt selbst die Reinigungsarbeiten und schimpft mit einer Stimme, die der des Papageis ähnelt.

„Du kannst keinen Besen richtig halten!" schreit sie Ingrid an.

Ingrid kostet es Mühe, ihr nicht ins Gesicht zu lachen.

Die Alte folgt dann Celestina ins Badezimmer. Mit zusammengekniffenen Augen beobachtet sie, wie Celestina die Wanne reinigt.

„Da sieht man, warum du nie auf einen grünen Zweig kommst. Du bist viel zu verschwenderisch, du brauchst viel zuviel Seife. Ihr jammert immer, daß ihr arm seid, aber wie man sparen muß, das lernt ihr auch auf eure alten Tage nicht.“

Celestina schweigt. Oberster Grundsatz des Hotels Amerika ist: Die Gäste haben immer recht.

Die Alte schimpft weiter. Da ihre Gesellschafterinnen immer wieder ausrücken, benutzt sie die halbe Stunde des Zimmeraufräumens, um ihren Herrschergelüsten freien Lauf zu lassen. Sonst kommandiert sie ihre Tiere, aber an ihnen kann sie nie ein Zeichen von Unwillen wahrnehmen.

Jetzt, da sie in Celestinas Gesicht eine leise Röte aufsteigen sieht, ist sie zufrieden.

„Nun, du brauchst dich nicht gleich zu ärgern, wenn man dich belehren will.“

Dann beginnt sie fieberhaft in einem Schreibtischfach zu suchen und drückt endlich mit großartiger Gebärde ein Zehncentstück in Celestinas Hand.

Diese Zehncentstücke, die sie in seltenen Fällen zu verteilen pflegte, hatten ihr von dem Personal den Spitznamen „der weibliche Rockefeller“ eingebracht.

„Hat sie dir wieder ein ‚dime‘ gegeben? Sie ist doch so reich. Fräulein Wesley erzählt, daß auf ihrer Plantage viele hundert Neger arbeiten. Vor ein paar Tagen gab es sogar einen kleinen Aufstand. Fräulein Wesley hat gerade die Nachricht aufgenommen, als ich abends Inspektion hatte.“

„Was meinst du, wieviel Geld die Alte zahlen muß, um sich hier solche Verrücktheiten zu erlauben? Es wohnen hier auch andere, die nicht richtig im Kopf sind, aber sie müssen sich mit ihrem Steckenpferd doch anpassen, kein anderer dürfte das Parkett so zuschanden machen.“

„Ach, ich habe vergessen, meinen ‚Brief‘ nachzusehen.“

Frau Magpag hat die wenig beliebte Gewohnheit, allen Stubenmädchen der Etage die kleinen Verfehlungen, den Mangel an Vollkommenheit, den sie beim Reinigen der Zimmer zeigen, auf einer langen Liste aufzuschreiben.

Wenn die Haushälterin ein Zimmer inspiziert, entgeht nichts ihren Späheraugen.

Ingrid buchstabiert mit Schwierigkeit den Zettel, das Englischlesen fällt ihr noch schwer.

„Du meine Güte, was habe ich alles verbrochen! Allein in Nummer 17: Die Nickelknöpfe des Wandspiegels glänzen nicht, im Spucknapf ist nicht genug Wasser, es fehlen Ersatzstecknadeln, das kleine Löschpapier ist zu stark gebraucht, auf dem Schrank liegt Staub, die kleine Tischdecke muß gewechselt werden – das geht ja noch weiß Gott wie lange weiter! Frau Magpag gibt mir für eine Stunde Lesestoff.“

„Ja, die Haushälterinnen müssen zeigen, wie notwendig sie sind.“

„Sie schreibt an alle ihre Briefchen; ich glaube, sie schläft nachts nicht. Sicher denkt sie an nichts weiter als an die Zimmer, und ob nicht achtzehn Stecknadeln in einem Zimmer sind statt zwanzig und nur fünf reine Handtücher statt sechs.“

„Sie ist eben die Haushälterin und muß daran denken.“

„Aber sie verdient auch nur fünfzehn Dollar die Woche und muß noch länger arbeiten als wir.“

„Sie bekommt aber besseres Essen und ißt am gedeckten Tisch.“

„Ja, sie steht über uns; sie ist Vorgesetzte ... Ob das ein angenehmes Gefühl ist?“

„Das wirst du wahrscheinlich nie erfahren, ein Stubenmädchen wird selten Haushälterin.“

„Will ich ja gar nicht werden, ich denke nur nach, wie es sein mag, etwas anderes zu sein, als man ist.“

„Aus mir kann nie etwas anderes werden als was ich bin: eine Scheuerfrau.“

„Das Dumme ist, ich weiß, es nützt mir nichts, und doch muß ich oft an die Arbeit denken, auch wenn ich schon frei bin. Sogar im Traum hatte ich heute Angst, ich hätte nicht genügend Streichhölzer in ein Zimmer getan.“

Unter solchen Gesprächen sind sie jetzt in einem Zimmer angelangt, das sowohl die fromme Gesinnung wie die Mondänität der Zimmerbewohnerin verrät. Ein Gebetbuch liegt mit dem Theaterprogramm zusammen, die Puderdose mit einem goldenen Kreuz, ein Rosenkranz neben dem Lippenstift.

„Sie ist wenigstens reinlich", sagt Celestina, „die Badewanne ist sauber."

„Aber Celestina, vielleicht hat sie gar nicht gebadet?"

„Das ist mir ganz gleich, die Hauptsache ist, daß die Wanne ganz rein ist."

„Und für mich ist es die Hauptsache, daß sie den Puder nicht ins ganze Zimmer verstreut."

„Ob die wohl reich ist?"

„Wenn sie eine wirklich Reiche wäre, würde sie nicht dieses billige Zimmer bewohnen, und dann würde sie auch kein Gebetbuch haben."

Beim nächsten Zimmer hat Ingrid keine Zweifel über den Reichtum der Bewohnerin.

„Die hat bestimmt viel Geld."

Sie beginnt die Schuhe zu zählen, die den Boden des ganzen Wandschrankes bedecken.

„Soviel Schuhe werde ich in meinem ganzen Leben nicht besitzen, auch wenn ich noch so alt werde und meine Babyschuhe nóch mitrechne."

„Hör auf mit dem Zählen, du machst ·dir auch Arbeit, die du nicht unbedingt nötig hast."

„Schau, Celestina, wieviel Kleider und Mäntel! Wie würde ich aussehen, wenn ich solche Kleider trüge? Besser als die Frau, der sie gehören. Ich hab sie einmal gesehen. Fabelhaft elegant angezogen — aber schön war sie doch nicht. Celestina, wenn du die Tür bewachen und darauf achten wolltest, daß Frau Magpag nicht hereinkommt, möchte ich schnell dieses Abendkleid anprobieren."

„Du bist wohl ganz verrückt! Als ob ich nichts Besseres zu tun hätte! Du wirst dir auch allerlei dumme Gedanken in den Kopf setzen, genau wie Shirley. Ihr seht all die schönen Sachen und denkt an nichts weiter als daran, wie ihr auch alles genauso haben könntet."

„Celestina, sei doch nicht so langweilig, ich möchte doch nur ein bißchen Spaß haben. Es fällt mir nicht ein, so werden zu wollen, wie die sind."

„Du merkst es kaum, und schon denkst du immer an schöne Kleider."

Das nächste Zimmer wirkt kahl, alles ist sorgfältig weggeräumt.

Aber Ingrid lacht, als sie den Inhalt des Papierkorbes entleert.

„Das muß eine kindische Person sein, die hier wohnt. Celestina, sieh dir mal all die Papierfetzen an."

Sie sind zum Teil zerrissen, aber überall sind die gleichen Buchstaben, ist das gleiche Wort zu entdecken; manchmal sind auch die Buchstaben durcheinandergeworfen, doch immer kehren sie wieder: A-R-Z-T; Arzt steht da überall, klein und groß geschrieben, manchmal im Kreuz, manchmal im Kreis, erst in dichter, dann in ganz weiter Reihenfolge, immer das gleiche Wort: Arzt.

„Ein komisches Spiel, nicht wahr?"

Ingrid findet auch Zeichnungen, die genauso kindisch sind. Eine Männergestalt im weißen Kittel, sehr primitiv hingezeichnet, manchmal hält die vorgestreckte Hand ein Messer oder irgendein ähnliches Instrument.

„Lach doch nicht so albern", Celestina sieht sich auch die Zettel an. „Wenn man einen Arzt braucht, ist das nie zum Lachen."

In diesem Augenblick tritt die Bewohnerin des Zimmers ein. Ingrid will erschrocken mit dem Papierkorb abziehen.

„Ich komme wieder, wenn Sie fort sind."

„Sie können ruhig weiterarbeiten, Sie stören mich nicht."

Die Dame mustert Ingrids frische Jugend, und Ingrid kann sich nicht enthalten, einen neugierigen Blick auf ihr verfallenes Gesicht zu werfen. In ihren Augen liegt Verzweiflung.

Sie setzt sich vor den Toilettenspiegel und beginnt, sehr sorgfältig Rot aufzulegen. Dabei hantiert sie mit allerlei Tuben und Pinseln. Während Ingrid Staub wischt, ordnet die Frau ihre Haare. Sie scheint das Mädchen überhaupt nicht zu bemerken.

Das eben noch verfallene Gesicht leuchtet ihr jetzt aus dem Spiegel frisch und rosig entgegen, die Verzweiflung scheint aus ihren Augen gewichen zu sein. Die Frau entfaltet eine Zeitschrift, „Gesellschaftliches Leben im Süden", sieht sich einige Bilder aufmerksam an und geht wieder zum Spiegel, prüft sich von allen Seiten: sie sieht jetzt gut aus, eine strahlende, noch junge Frau. Schon ist sie wieder fort, wahrscheinlich will sie nicht allein in ihrem Zimmer sein.

„Ich habe Angst vor ihr gehabt", sagt Ingrid zu Celestina, die schon in ein anderes Zimmer vorausgegangen war, „es ist etwas unheimlich an ihr."

Dieses Mal ist es Celestina, die sich die Gegenstände im neuen Zimmer genau betrachtet. Hier wohnt ein junger Mann, und Celestina möchte erfahren, ob nicht er mit Shirley im Zusammenhang steht.

An dem Kleiderhaken hängt ein Waschbärpelz, der geeignet ist, selbst den schmächtigsten Burschen in einen wahren Bären zu verwandeln. Auf dem Schreibtisch liegt ein „Lehrbuch der neuesten Bridgeregeln" und ein „Juristischer Ratgeber für Autofahrer". Golfschläger und Boxhandschuhe und eine Sammlung von Fotografien ausgesucht hübscher Frauen, die alle sichtbar unter dem Glas der Tischplatte liegen, vervollständigen die Einrichtung.

„Der wird es wohl doch nicht sein", sagt Celestina, die kein besonderes Vertrauen zu ihrem Detektivtalent besitzt. Sie muß Ingrid einweihen, zusammen werden sie schon herausfinden, was Shirley vorhat.

„Nein, der ist es nicht", das ist auch Ingrids Meinung, und in dem Zimmer, das sie danach betreten, brauchen sie ihn wohl auch nicht zu suchen.

Dieser Raum ist mit einer wahren Batterie von Arzneiflaschen ausgestattet. Eine an der Wand angeschlagene Tabelle enthält genaue Anweisungen über die Zahl der einzunehmenden Tropfen mit genauer Zeitangabe.

„Der Alte könnte schon ruhig sterben, ich hasse die vielen Arzneiflaschen."

„Aber Ingrid, schämst du dich nicht?"

„Fällt mir nicht ein, ich mache doch nur Spaß."

Aber die Menschen leben zu gern, auch wenn sie alt und krank sind.

„Ich möchte nicht in einem Zimmer mit der Nummer 13 wohnen", sagt Ingrid im nächsten Zimmer, das sie reinigen, und öffnet den Schrank.

„Warum bist du so neugierig, Ingrid? Wir wollen uns beeilen, du brauchst dir doch nicht jedes einzelne Kleid anzusehen."

„Aha, wir sollen wohl nur die Zimmer genau nachsehen, in denen Männer wohnen!? Celestina, wenn Frau Magpag das von dir wüßte! Übrigens habe ich den Auftrag, mich um dieses Zimmer besonders zu kümmern, vom Etagendetektiv selbst.“

„Warum denn?“

„Sicher hat sie kein Geld. Der Detektiv hat mich gefragt, ob die Dame viel Herrenbesuch bekommt, – als ob er das nicht besser wüßte als ich. Wahrscheinlich konnte sie ihre Rechnung nicht bezahlen, deshalb fällt ihnen ihr Lebenswandel plötzlich auf. Sie wird sicher fliegen, die Arme. Mir hat sie gleich am ersten Tag einen Dollar gegeben, dachte mir gleich, daß etwas nicht mit ihr stimmt; die Frauen sind doch sonst so geizig.“

„Mach schnell, Ingrid.“

„Sehen wir uns mal den Schrank an; zwei Kleider und ein Paar Schuhe. Die wird noch heute gehen, paß auf. Sie stellt es sicher nicht schlau an bei dem vielen Herrenbesuch.“

„Ihr bildet euch immer ein, es besonders schlau einzurichten, und fallt erst recht herein.“

Celestina muß immer wieder an Shirley denken; der Gedanke an die Tochter quält sie, sie möchte wenigstens klarsehen.

Das Zimmer, das sie nun betreten, gibt Celestina einen Ruck. Sollte hier jener wohnen, den sie sucht?

Man kann sich schwer ein wilderes Durcheinander vorstellen. Der ganze Boden ist mit Konfetti besät, an den Lampen und an den Möbeln hängen farbige Papierschlangen, in der Badewanne liegen Whiskyflaschen, zerbrochene Gläser bedecken den Tisch, Zigarrenasche ist in alle Ecken verstreut. Einige Puppen sind in den höchsten, kaum erreichbaren Plätzen und Ecken mit verrenkten Gliedern aufgestellt.

„Ist es nicht eine Schande, wie es hier aussieht? O Gott, wenn nur nicht Shirley hier –“

„Ach nein, Celestina, hier wohnen doch zwei Männer, und sie sind erst gestern eingezogen, sicher aus der Provinz; sie machen sich in New York einen guten Tag.“

„Sieh dir nur die Wanne an und den Boden! Merk dir das, nur Männer benehmen sich so. Eine Frau, und wenn sie von der übelsten Sorte ist, wird nie so dreckig sein. Die sollten mal selbst aufräumen."

„Du hast recht, Celestina, aber ich bediene Männer doch lieber als Frauen, sie sind nicht so knickerig und suchen nicht in jedem Winkel nach Staub."

Celestina blickt auf das Mädchen, das sich bei der Arbeit beugt und reckt. Sie empfindet einen gewissen Widerwillen, aber sie weiß, Ingrid selbst hat nichts damit zu tun. Diese Junge erinnert sie nur stark an ihre Nichte, die eines Tages – es ist schon eine lange Reihe von Jahren her – mit Celestinas Mann auf und davon lief.

Das war noch in den ersten Jahren des Aufenthalts in Amerika. Man schrieb ihr damals aus der irischen Heimat, daß die Eltern der Kleinen gestorben waren, daß sie allein auf sich gestellt sei und hungern müßte. Celestina ließ die Nichte kommen, und da erschien dann eines Tages so ein gesundes, strahlendes Mädchen. Die sollte gehungert haben? Da wußte Celestina schon besser, was hungern hieß; aber böse wurde sie dem Mädchen freilich erst, als es mit Celestinas Mann plötzlich das Weite suchte und sie mit Shirley alleinließ.

Nun, wozu sich über Vergangenes den Kopf zerbrechen? Die Arbeit drängt auch, es bleibt nicht viel Zeit übrig für Gedanken über die Vergangenheit.

„So viele Bücher", sagt Celestina anerkennend. Sie sind jetzt in einem Appartement, das mit einigen eigenen Möbeln der Bewohner ausgestattet ist. Sogar ein Bücherschrank ist da; eine Seltenheit im Hotel Amerika.

Die Bücher verraten die vielseitigen Interessen und die Bildung ihres Besitzers, was allerdings weder Celestina noch Ingrid feststellen können. Aber die Bücherreihen wirken auf sie trotzdem angenehm.

Diese Zimmer zeichnen sich überhaupt durch besondere Gediegenheit und eine gewisse Ruhe aus.

Die Wände sind mit Bildern geschmückt, die sowohl Celestinas wie Ingrids Beifall finden; es sind Radierungen, die Szenen aus der Bibel darstellen.

Die Korrespondenzen und Arbeiten auf dem Schreibtisch lassen vermuten, daß der Bewohner an einem Buche über die Geschichte der frühen amerikanischen Literatur beschäftigt ist. Er benutzt sein Arbeitszimmer auch als Schlafraum, während der nächste Raum als Empfangszimmer dient. Er ist mit Perserteppichen und schönen chinesischen Vasen ausgestattet, und auch hier liegen verschiedene wissenschaftliche Werke und Schriften herum.

Der daran stoßende dritte Raum ist das Schlafzimmer der Frau Professor; denn man geht wohl nicht fehl in der Annahme, daß der Bewohner des Appartements etwas Ähnliches ist.

Allerdings zeigt das Zimmer der Frau einen Unterschied zu den anderen, einen gewissen Riß, es ist zu auffällig ehrbar und einfach. Am Fenster steht ein Nähtisch mit Strickzeug und mit einem Buch, das nur eine sehr primitive Seele erfreuen kann. Alle Gegenstände in diesem Zimmer, auch die Kleider, zeigen einen etwas provinziellen und wenig gewählten Geschmack.

„Sie ist eine ganz alte Dame", stellt Ingrid fest, die von einem Polster ein langes weißes Haar nimmt.

„Hast du sie schon gesehen?" fragt Celestina.

„Nein, aber ihn. Wie gefällt es dir hier, Celestina?"

„Na, jedenfalls sieht es hier besser aus als vorhin bei den versoffenen Kerlen."

„Und doch habe ich hier etwas Dummes erlebt."

„So?"

„Komm, ich zeige dir etwas." Ingrid geht zurück in das Arbeitszimmer des Professors und kramt auf dem Schreibtisch.

„Nein, sie sind nicht mehr hier, er hat sie sicher verschlossen. Er hatte so merkwürdige, häßliche Bilder. Als ich seinen Schreibtisch in Ordnung bringen wollte – alles lag in einem solchen Durcheinander –, habe ich eine Mappe verschoben, und dabei sind einige Bilder herausgefallen."

„Na, und?"

„Und nichts. Gerade, als ich mir die Bilder ansah, ist er hereingekommen; ich habe ihn erst später bemerkt und einen Schreck bekommen – aber er auch. Er hat mir ein großes Trinkgeld gegeben."

„Ein großes Trinkgeld, weil du seine Bilder angesehen hast?"

„Nein, nicht deshalb "

„Sondern?"

Ingrid erinnert sich wieder an die Szene, aber sie schweigt.

Während sie die Möbel abstaubt, muß sie wieder daran denken. Auf den Bildern waren nackte Menschen in merkwürdigsten Stellungen abgebildet, und Ingrid hatte sie mit solchem Interesse betrachtet, daß sie sogar ihre kornfarbenen Haare, die eine Neigung hatten, ihr vor die Augen zu fallen, nach hinten strich, um besser sehen zu können.

Da fühlte sie, vor Schrecken fast erstarrend, eine Hand auf ihrem Arm, eine Hand, die gegen ihre Brust vorrückte. Ingrid konnte mit weit aufgerissenen Augen diese Hand sehen, die lang und schmal war, mit einer gelblichen, schon pergamentenen Haut überzogen, mit länglichen, ins Bläuliche schimmernden Fingernägeln, die zitternd ihren Körper abtastete.

Sie wollte aufschreien, aber der Schrei blieb in ihrer Kehle stecken. Schuldbewußt hielt sie immer noch die Bilder in ihrer Hand.

Nur langsam drehte sie den Kopf zur Seite und erblickte das Gesicht eines alten Mannes, ein durchgeistigtes Gesicht, das aber verwüstet aussah – und doch befreit, als hätte es eben eine Maske fallen lassen und könnte nun freier atmen.

In diesem Augenblick hörte man Schritte im Nebenzimmer. Die Stimme einer alten Frau schallte herüber.

Der Professor – denn sicher war der alte Mann der Zimmerbewohner – schien vollkommen erstarrt zu sein, er wurde aschfahl, seine Hände fielen von Ingrid ab und blieben an einer Stuhllehne hängen.

Ingrid warf schnell die Bilder hin, sie mußte noch ihre Reinigungswerkzeuge zusammensuchen.

Der Professor antwortete nicht der Stimme draußen; er hatte sein Gesicht in die Hände verborgen, schüttelte sich wie in Ekel vor sich selbst und flüsterte vor sich hin:

„Wann kommt nur das Ende?"

Bevor er die Tür des Nebenzimmers öffnete, reichte er mit abgewandtem Gesicht Ingrid eine Banknote.

„Er hat mir ein Trinkgeld gegeben, weil er ein schlechtes Gewissen hatte", sagt Ingrid zu Celestina. „Sie geben nur dann etwas."

„Dann müßte ich aber mehr Geld bekommen; ich habe

46

in einem Vierteljahr nur fünfundvierzig Cents Trinkgelder verdient."

„Fünfundvierzig Cents in einem Vierteljahr?"

„Zwei dimes von der Verrückten, die immer mit mir schimpft, und einmal einen Vierteldollar, von einer Frau, die mit irgendeinem Zeug die Badewanne verdorben hatte; ich hatte eine Stunde Extraarbeit damit, bis sie halbwegs rein wurde."

„Siehst du, ich habe doch recht. Deine Trinkgelder hast du nur bekommen, weil man ein schlechtes Gewissen dir gegenüber hatte."

„Da könnte man aber schon ruhig öfter ein schlechtes Gewissen haben."

Im nächsten Zimmer lag auf dem Tisch eine große Kristallkugel, daneben ein Buch, „Offenbarungen der Geheimnisse des Kristalls", und ein anderes mit dem Titel „Wege, in die Zukunft zu blicken".

„Die Frau, die hier wohnt, habe ich schon ein paarmal gesehen. Einmal saß sie vor dem Kristall und blickte ganz starr hinein. Ob sie wohl zaubern kann?"

„Ingrid, du redest viel Unsinn."

Ingrid steht jetzt vor dem Kristall und blickt hinein.

„Ich sehe mich selbst drin, ganz klein und winzig. Ob du es glaubst oder nicht, Celestina, ich kann meine Zukunft sehen."

„Komm, jetzt laß das."

„Ist es so schwer, die Zukunft vorauszusehen? Ich kenne meine und brauche nicht mal zu zaubern. Ich werde immer arbeiten müssen, mein Leben wird nie leicht sein, immer die gleiche schwere Arbeit. Jeden Tag das gleiche schlechte Essen, immer nur billige Kleider und die Angst, wirst du auch morgen weiterarbeiten dürfen oder mußt du nun wieder auf die Arbeitsuche gehen. Vielleicht werde ich Kinder haben. Werden sie das gleiche Leben weiterführen? Die ganze Welt müßte sich ändern, nicht wahr? Nur dann könnte sich unsere Zukunft ändern."

„Ja, das ist es, was ich Shirley sage. Was nützt es, wenn sich das Leben nur für einen von uns ändert? Vielleicht könnte sie es besser haben als jetzt, aber für wie lange? Wenn ich nur genau wüßte, was sie vorhat."

„Wahrscheinlich meint sie es nicht im Ernst, was sie sagt."

Sie stehen noch vor der Kristallkugel, als die Bewohnerin, eine kleine alte Frau mit stark geröteten Augen, das Zimmer betritt.

„Was macht ihr da?" Sie betastet die Kugel, als ob sie die Unversehrtheit feststellen wollte.

Ingrid ist schon bei der Tür.

„Wir wollten das Zimmer machen, aber wir kommen dann lieber später wieder, wenn Sie nicht da sind, wir wollen nicht stören."

„Aber laßt meine Kugel in Ruhe, auch wenn ich nicht da bin, sonst beschwere ich mich."

„Wir tun nur unsere Arbeit."

„Ja, und schnüffelt überall herum."

„Sie ist bestimmt eine Hexe", sagt Ingrid zu Celestina auf dem Korridor.

Die Frau mit der Kristallkugel ist keine Sondererscheinung; es gibt viel mehr von Ziellosigkeit gequälte, das Unmögliche suchende Menschen, als man ahnt, wenn man ihr scheinbar nüchternes Äußere sieht.

Fräulein Wesley und alle anderen neunundzwanzig Etagenvorsteherinnen haben eine Liste, die die Eigenheiten, Besonderheiten, Extrawünsche der ständigen Gäste enthält. Nur Passanten, die wenige Tage bleiben und nicht die Gelegenheit haben, ihr inneres Wesen zu verraten, erscheinen normal. Alle anderen haben ihre „ticks". Sie haben das höchste Ziel ihres Lebens erreicht, sie sind reich, sie haben jedenfalls Geld und brauchen sich nicht um das Morgen zu sorgen. Und nun martern sie ihr Gehirn, um noch mehr vom Leben zu erzwingen; sie wollen Unsterblichkeit, übernatürliche Kräfte oder übermenschliche Macht wie Doktor Faustus im Mittelalter.

„Celestina, schau her, vierundzwanzig Spucknäpfe, ach, das ist zum Verzweifeln. Ich reinige lieber ein Dutzend Schlafzimmer als einen einzigen Konferenzsaal. Jeder einzelne muß seinen Spucknapf haben, sonst kann er nicht beraten. Wie findest du das, Celestina? Die vielen Papierschnitzel und die Asche in allen Ecken; ich wünschte, es gäbe überhaupt keine Konferenzen, oder ich hätte wenigstens nichts mit ihnen zu tun."

Ingrid besieht sich verzweifelt den großen Konferenz-saal, der zur Zeit für den Verleger Strong reserviert ist.

Die Mitte des Saales nimmt ein langer Tisch ein, um den herum die großen gewichtigen Sessel geradezu auf ebenso gewichtige Personen zu warten scheinen. Vor den Sesseln stehen die Spucknäpfe, die Ingrid zur Verzweiflung gebracht haben. Es fehlt auch nicht an besonderen Diktiertischen und an einer eigenen Telefon- und Fernschreibanlage.

„Soll ich dir helfen, Ingrid?"

Shirley steht in der Tür. Sie hält ihr Wäschekörbchen in der Linken und beugt sich schnell, um mit der Rechten einige Papierschnitzel aufzusammeln.

„Weißt du auch, wem der Saal jetzt gehört?" fragt Shirley Ingrid. „Hier war eine große Konferenz, nicht wahr?"

„Ich hab keine Ahnung. Ich weiß nur, daß ich verteufelt viel Spucknäpfe zu reinigen habe."

„Aber ich kann es dir verraten! Hier wohnt ein Millionär, ein mächtiger Mann, dem schrecklich viel Zeitungen gehören und der schreiben lassen kann, was er will. Er weiß alles, was in der Welt vorgeht. Siehst du hier den Fernschreiber? Damit bekommt er aus allen Teilen der Erde Nachrichten. Wenn man aber sehr schlau ist, kann man herausbekommen, was er alles weiß und was er macht, und dann kann man auch mächtig werden."

„Woher weißt du denn das alles, Shirley?"

„Das verrate ich dir nicht."

„Hast du deshalb die Zettel aufgehoben, weil du etwas erfahren willst?"

„Ach, schweig, du brauchst über das, was ich sage, zu nie-mandem zu reden."

„Warum tust du nur so geheimnisvoll?"

„Vielleicht wirst du es noch einmal herausbekommen und dann denken, diese Shirley ist doch klüger, als wir alle ver-muteten."

Celestina beobachtet Shirley gespannt.

„Wenn Frau Magpag dich hier sieht, wird sie schimpfen."

„Wieso denn? Ich habe hier in diesem Stockwerk zu tun, ich muß Wäsche austragen."

„Du hast hier sehr oft zu tun."

„Ich dachte, Mutter, du freust dich, wenn du mich siehst."

Shirley ist in Eile; mit vielen Zetteln in der Hand verschwindet sie.

Celestina bittet Ingrid:

„Jetzt paß gut auf, wohin sie geht, wir werden schon ihr Geheimnis herausfinden."

Doch Shirley ist vorsichtig, sie klopft erst an verschiedenen Türen, die sie nicht verraten können. Erst als sie aus Celestinas Sehweite ist, beginnt sie auch die Zettel, die sie vom Boden des Konferenzsaals aufgelesen hat, zu studieren, aber sie sind zerrissen, nur halbe Sätze, einzelne Wortfetzen buchstabiert Shirley:

„Die Kolonien Großbritanniens bedeuten heute einen schlimmeren Krankheitsherd als seinerzeit die Nationalitäten der Doppelmonarchie."

„Eine Revolte in den Kolonien darf auch die Vereinigten Staaten nicht ungerüstet finden."

„Japan und Großbritannien."

„Eine Zollabsperrung des britischen Imperiums, Gefahr für den Handel der Vereinigten Staaten."

„Englischer Gummiwucher und die Regierung."

„Die Gefahren des Freundschaftsvertrages zwischen..."

„Englische Intrigen, die die Erschöpfung amerikanischer Ölfelder bezwecken."

Shirley starrt die Sätze verständnislos an und begreift keine Silbe; aber eine Bedeutung wird das alles sicher haben. Aber „Er" wird sie verstehen, ihm werden sie sicher nützlich sein, er wird sehen, daß Shirley ihm helfen kann, daß sie nicht dumm ist und das, was er ihr aufgetragen hat, auch wirklich tut. Shirley weiß jetzt schon, wie man gewisse Zimmer beobachtet. Ja, sie kann so manches von ihm lernen, er ist klug, viel klüger als die anderen; kein Wunder, daß er reich sein wird, und es ist gut, daß sie ihm ein wenig helfen kann. Sie nimmt ein Paket aus ihrem Korb. Bevor sie aber an der Tür ihres Freundes klopft, sieht sie sich vorsichtig um. Pochen. Doch das Zimmer bleibt stumm, niemand antwortet.

6

Herr Fish hat sich auf der Estrade, die die Halle des Hotels umsäumt, in einem Sessel niedergelassen. Er sitzt der großen Uhr gegenüber; das ist bequem, er braucht nicht immer nach seinem Handgelenk zu blicken. Herr Fish hat Zeit, aber manchmal ist die Zeit, die man noch hat, geeignet, auch einen kaltblütigen Menschen nervös zu machen. Wenn man nämlich vor Entscheidungen steht, vor wichtigsten Entscheidungen, wie das gerade bei Herrn Fish der Fall ist.

Noch eine halbe Stunde, und er hat die Möglichkeit, seine Angelegenheit bestens zu ordnen. Herr Fish zweifelt nicht an dem Erfolg. Er wird den Schlüssel zu allen Herrlichkeiten der Welt in die Hand bekommen: Geld. Er hat eine gute Waffe in der Faust, besser gesagt in der Brusttasche. Herr Fish befühlt zärtlich ein Päckchen über seiner Brust, ein Päckchen, das ihm Macht gibt.

Manchmal scheinen die Zeiger der Uhr wie verhext, sie bleiben unbeweglich, die Zeit will nicht weiterrücken.

Dabei hat Herr Fish einen Aussichtsposten, der geeignet ist, die Wartezeit kurzweilig zu gestalten.

Er hat einen guten Überblick. In die Marmorhalle, die sich vor ihm ausbreitet, münden Zugänge vom Bahnhof und von der Untergrundbahn, aus Straßen und Plätzen. Ohne Unterlaß flutet eine Menschenmenge durch die Säulenhallen, Koffer werden hinaus- und hereingetragen, Pagen wiederholen hartnäckig Namen, Telegrafenboten durcheilen schreiend die Gänge, Pakete werden von Boten gebracht, Auskünfte an Schaltern erteilt.

Genau wie Herr Fish, so sitzen auf der Estrade, versunken in ihre Sessel, gut gekleidete Damen und Herren und blicken in die Halle hinunter, als wären sie im Theater und säßen in ihrer Loge. Nur sind sie hier nicht nur Publikum, sondern auch Akteure. Ihre Beschaulichkeit dauert immer nur eine kurze Weile. Sie warten – genau wie Herr Fish – auf eine bestimmte Minute, auf das Erscheinen eines Partners, auf ein Stichwort, um aktiv auf der Bühne zu erscheinen und ihre Rolle herzusagen.

Herr Fish ist noch Zuschauer; er versucht, soviel er kann von dem Gehabe der scheinbar Müßigen aufzufangen.

Sie spielen Variationen zu dem einen Thema: Geld. So scheint es jedenfalls Herrn Fish, der aus allen, von mehr oder weniger gewichtigen Männern gebildeten Gruppen gleiche Worte heraushört, wie: „Zahlungsbedingungen", „Lieferungszeit", „Produktionskosten", „Sparmaßnahmen", „Kaufkraft", „Import, Export", „Zoll", „Neues Trustgesetz", „Senat", „Politik", „Ruhe und Ordnung", „Bestechung". Alles untermischt mit Zahlen. Freilich sind auch Politik und Gesetze nichts weiter als Geldangelegenheiten, denkt Herr Fish und blickt mit gespanntem Interesse auf alle diese überhitzten oder übermüdeten Männergesichter, die so wenig Ähnlichkeit haben mit dem „Typus des Amerikaners", der in Hollywood hergestellt wird.

Die Frauen sehen den von ihnen plagiierten Idealgestalten ähnlicher. Aber wieviel Arbeit und Mühe kostet sie diese Ähnlichkeit! Geld haben, Geld, dann fallen sie einem mit Leichtigkeit zu, diese in Pelze gehüllten, mit Juwelen geschmückten, sorgsam gepflegten und gehegten, überirdisch wirkenden Feen. Man kann sie natürlich auch ohne Geld bekommen, aber dann kosten sie viel zuviel Zeit, Mühe und Arbeit. Geld haben – Geld!!

Wenn sie miteinander flüstern, erzählen sie sich, wieviel ihre Schuhe oder ihr seidenes Unterkleid gekostet haben, wieviel ihr Freund oder Mann für den diamantenen Ring oder für den Champagner im Nachtklub bezahlen mußte.

Es gibt allerlei zu sehen, auch wenn man das Hotel nicht verläßt. Eine Geschäftsstraße bietet Herrn Fish alle Schätze der Welt an. Herr Fish flüstert: „Geld, nur Geld", und seine Hand tastet zu dem bewußten Päckchen, das an seiner Brust ruht. Hoho! er wird Geld haben, er wird schon dafür sorgen, daß er es bekommt, nur noch etwas Geduld, nur noch wenige Minuten Geduld . . .!

Die Autos bewegen sich auf einer Drehscheibe, um sich von allen Seiten den Zuschauern zu präsentieren, er braucht nicht in Verlegenheit zu geraten, wenn er sich das beste aussuchen will.

Schneider locken ihn mit einem Bild des Prince of Wales, der hier einen Anzug hat anfertigen lassen. Ja, auch er wird das Beste aus sich herausholen.

Eine riesige, irisierende Perle in einer Krawattennadel,

garantiert echt, würde besonders geeignet sein, die Blicke der Frauen auf sich zu lenken. „Geld, nur Geld..."

Aber diese äußeren Kleinigkeiten sind das wenigste, das Bedeutungsloseste, sogar die Schulden, die man los wäre, sind nicht so wichtig. Die Hauptsache wäre die Freiheit. Man könnte endlich über dem niederen Leben stehen, die Dinge überblicken, alle Zusammenhänge aus einer Höhe übersehen, die einem bisher verwehrt wurde. Endlich ist die Zeit um. Herr Fish steht Herrn H. W. Strong gegenüber, dem mächtigen H. W., wie er allgemein von seinen Freunden und Feinden genannt wird.

Jetzt, da Herr Fish vorläufig am Ziele ist, fühlt er mit Schrecken eine gewisse Befangenheit in sich aufsteigen, die seiner Redegewandtheit, vielleicht sogar seinem Erfolg hinderlich sein könnte. Er findet, daß der Blick, den Herr H. W. Strong über ihn gleiten läßt, zu gleichgültig, ja zerstreut ist.

Sie befinden sich in dem Empfangsraum des Zeitungsmannes. Herr Fish bucht es als einen Erfolg, daß kein Sekretär zugegen ist, und betrachtet enttäuscht diesen mächtigen H. W. Strong, der durchaus nichtssagend aussieht wie ein ganz gewöhnlicher Mitmensch.

Herr Fish hatte von H. W. Strong erwartet, daß er hinter einer faszinierenden Glätte etwas Dämonisches verriete. Aber er scheint im Gegenteil den Ehrgeiz zu haben, unbedeutend und einfach auszusehen. Sein Anzug sieht aus, als hätte er ihn von der Stange in der 14. Straße gekauft.

Das stört Herrn Fish. Seine ganze wunderbare, wohldurchdachte, gut aufgebaute Rede kommt ins Wanken.

Er gerät in Versuchung, seine Augen zu schließen, um Herrn H. W. Strong richtig zu sehen: diese Spinne, die ihre Fäden über die ganze Welt zieht, diesen Mann, der in ungeheuren Höhen wohnt und Zusammenhänge übersieht, die den winzigen, um ihr tägliches Brot kämpfenden Menschlein unbekannt bleiben, denn er, H. W. Strong, beschließt, was der Masse bekannt werden soll. Seine Reporter sind wie Rennpferde, die den Nachrichten nachjagen. Sieger bleibt, wer als erster die Information telegrafiert. Aber Herr H. W. Strong oder seine Bevollmächtigten entscheiden allein darüber, ob die Information zum Druck geeignet ist.

Welche Macht! Herr Fish blickt auf den ungepflegten
älteren Herrn, der wie ein schlechtbezahlter Methodistenprediger aussieht, und bezweifelt fast, daß dieser mit dem
Mächtigen identisch ist.

Aber jetzt hört er dessen scharfe, befehlende Stimme, und
er zweifelt nicht mehr.

„Beeilen Sie sich", sagt Herr H. W. Strong.

Herr Fish räuspert sich und beginnt dann unvermittelt
gleich damit, was er eigentlich erst viel später, gleichsam als
Pointe, zu sagen sich vorgenommen hatte.

„Ich weiß nicht, Herr Strong, ob es Ihnen bekannt ist,
daß ich das große Glück hatte, mit Marjorie –"

Herrn Strongs Augenbrauen heben sich plötzlich zu einem
scharfen Dreieck.

„Verzeihung, ich meine natürlich Fräulein Strong – wie
gesagt, ich hatte das Glück, mit Ihrer verehrten Tochter be-
freundet zu sein."

Es verhält sich tatsächlich so, daß noch vor einigen Monaten Herr Fish bedeutend höhere Ambitionen hatte als
heute. Er hatte nichts weniger erwartet, als der Schwieger-
sohn des mächtigen Herrn Strong zu werden. Herr Fish hatte
ohne Zweifel auf die verwöhnte Marjorie Strong einen starken Reiz ausgeübt, aber natürlich dauert nichts ewig, am
allerwenigsten die Zuneigung Marjorie Strongs.

Herr Fish aber ist nicht bereit, sich ohne weiteres aus dem
Schlaraffenland vertreiben zu lassen. Vorläufig besitzt er nur
Schulden, die zu machen er nur dank dieser Verbindung in
der Lage gewesen war.

„Wie gesagt, Fräulein Strong sah in mir einen Freund,
einen intimen Freund."

Herr Strong zeigt mit einer ironischen Handbewegung auf
einen Stuhl, der nicht weit von ihm steht.

Herr Fish läßt sich eilig nieder.

„Ich interessiere mich zwar nicht für die Freunde meiner
Tochter, aber da ich annehme, daß Sie nicht nur hier sind,
um mir das mitzuteilen, reden Sie."

Herr Fish fühlt sich noch immer unbequem. Er redet sehr
schnell.

Es handelte sich um eine Freundschaft, die überaus warm
war, doch sei er – so beteuert Herr Fish – nicht der Mann,

der der schönen Braut etwa Unannehmlichkeiten an ihrem Hochzeitstage bereiten wolle. Ja, es sei auch nicht sein Fehler, daß die Angelegenheit erst jetzt zur Klärung käme, seine bisherigen Bemühungen, von Herrn Strong empfangen zu werden, seien bislang gescheitert. Es läge ihm auch fern, etwa das Lebensglück Marjories – – –

Herr H. W. Strong zieht seine Augenbrauen wieder in die Höhe.

Er meine natürlich Fräulein Strongs – setzt Herr Fish fort – zerstören zu wollen, um so weniger, da er ja selbst nicht frei sei. Diese Tatsache war auch wohl Fräulein Strong bekannt, und man hatte eine Scheidung erwogen, die aber nicht zur Ausführung kam, als sich Marjorie –

Herr Fish erblickt wieder die drohenden Augenbrauen Herrn H. W. Strongs.

Verzeihung: als sich Fräulein Strong mit Robert Sedwick verlobte. Nun handelt es sich um folgendes: Herrn Fishs Gattin hat unglücklicherweise Briefe Fräulein Strongs gefunden, und sie trägt sich mit der Absicht, gegen Fräulein Strong eine Schadenersatzklage wegen Diebstahls der Gattenliebe anzustrengen. Ja, das wäre also die Sache.

Herr Fish hat sich freigeredet. Er beginnt, seine Sicherheit wieder zu erlangen, und prüft eingehend Herrn H. W. Strongs Miene.

Diese aber verzieht sich nicht im geringsten, und in überaus trockenem Ton erwidert H. W. Herrn Fish:

„Nun, ich werde der letzte sein, der Ihre Frau von solchen Schritten abzubringen versuchen wird.“

Herr Strong steht auf, doch Herr Fish macht nicht die geringste Anstalt, ihm nachzuahmen.

„Darf ich Sie daran erinnern, Herr Strong, daß ein solcher Prozeß in aller Öffentlichkeit stattfände und daß es sich natürlich nicht vermeiden ließe, daß auch die Briefe bekannt würden?“

Tatsächlich setzt sich Herr Strong wieder, er ist ein Mann, der die Gefahr, die ihm droht, genau kennen will. Nun, es kann nicht schaden, diesen obskuren Jüngling aussprechen zu lassen.

Herr Fish merkt, daß seine Drohungen einen gewissen Eindruck nicht verfehlt haben, und spricht zufrieden weiter:

„Meine Frau ist durch die Aufregung schwer erkrankt, sie ist etwas konservativ in ihren Ansichten und paßt nicht ganz in die heutige Zeit. Aber wir dürfen uns nicht verhehlen, daß sie sicher Sympathien bei einem großen Teil des amerikanischen Publikums finden würde. Leider hat sich Fräulein Strong in ihren Briefen keinen Zwang auferlegt und hat offen über Ihr Familienleben, ja sogar über Ihre Geschäftsangelegenheiten geschrieben.“

Herr Fish merkt mit aufrichtigem Vergnügen den aufflackernden Ärger in H. W. Strongs Augen.

„Ein unverzeihlicher Leichtsinn von Marjorie – verzeihen Sie, ich meine: von Fräulein Strong! –, aber sie war gewöhnt, mich als einen Bruder, für mehr als einen Bruder: als den vertrautesten Freund zu betrachten.“

Und jetzt nimmt Herr Fish ein beschriebenes Blatt Papier aus der Tasche und reicht es Herrn Strong.

„Das wäre der Vertragsentwurf. Gegen den hier angeführten Betrag würde ich Ihnen sämtliche Briefe Marjories ausliefern, und meine Frau würde sich verpflichten, von allen weiteren Schritten abzusehen. Dieser Betrag könnte auch die Heilung meiner Frau ermöglichen, die jetzt in dürftigen Verhältnissen dahinvegetieren muß.“

Herr Strong wirft das Stück Papier, nachdem er einen Blick hineingeworfen hat, dem jungen Mann wieder zu.

„Ihre Frau mußte also dahinvegetieren, während Sie in der Lage waren, den Begleiter meiner Tochter zu spielen.“

Herr Fish streicht sorgenvoll seine Stirn.

„Das ist es eben, deshalb will meine Frau Fräulein Strong, oder heute schon Frau Sedwick, verklagen.“

„Sie wollen also erpressen.“

„Erpressen? Man würde vielleicht in Europa davon sprechen, Herr Strong. Ich halte nicht sehr viel von unseren amerikanischen Einrichtungen, aber diese eine, die die finanzielle Wiedergutmachung seelischer Beleidigungen ermöglicht, scheint mir in sittlicher Hinsicht ein ungeheurer Fortschritt zu sein.“

„Es wäre mir angenehm, wenn ich das Wort ‚sittlich‘ aus Ihrem Munde nicht hören müßte.“

„Ich hätte Sie gerade in dieser Hinsicht nicht für so empfindlich gehalten, Herr Strong, da Sie die ‚Sittlichkeit‘ mit

Hilfe von Druckerschwärze immer gleich millionenfach mißbrauchen können, ohne daß jemand in der Lage wäre, sich dagegen zu verwahren."

„Kommen wir endlich zur Sache."

Doch Herr Fish scheint den Einwurf überhört zu haben.

„In Europa versucht man noch heute, Liebesschmerzen und Eifersucht mit Revolver und Vitriol abzureagieren. Wäre es nicht schrecklich, wenn meine Frau nach diesem Muster versuchen wollte, Marjories, – Verzeihung, ich meine Fräulein Strongs wunderschönes Gesicht zu zerstören?"

Er verbirgt, wie in einer Aufwallung von Entsetzen, sein Gesicht in den Händen.

Herr H. W. Strong mustert ihn mit Widerwillen, doch ohne etwas zu entgegnen.

Herr Fish ist wieder zu sich gekommen.

„Wie beruhigend wirkt es dagegen, wenn man weiß, daß man sein Unglück in Zahlen umrechnen und dem Zerstörer seines Glücks die Rechnung präsentieren kann. Wenn es etwas gibt, worauf Amerika mit Recht stolz sein kann, so ist es sicher dieses. In Chikago, in allen großen Städten der Staaten ist die Zahl der Verbrechen ungleich höher als in den Großstädten Europas . . ."

„Was fällt Ihnen ein, wollen Sie mir hier einen Vortrag über das Polizeiwesen halten?"

Aber Herr Fish läßt sich nicht ablenken.

„. . . Dagegen können wir mit Genugtuung feststellen, daß bei uns Verbrechen aus Leidenschaft, Eifersuchtstragödien und ähnliches überhaupt nicht vorkämen, wenn wir keine Fremden und Neger hätten."

„Wenn Sie es weiter für nötig halten, sich in allgemeinen Redensarten zu ergehen, bin ich nicht mehr in der Lage, mir meine Zeit von Ihnen stehlen zu lassen."

„Verzeihen Sie, Herr Strong, aber es liegt mir viel an Ihrem Urteil. Ich möchte, daß gerade Sie, der Sie so gern auf die sittliche und moralische Überlegenheit Amerikas hinweisen, meinen Schritt richtig begreifen."

Herr Strong schlägt sich auf die Knie und zeigt sein Gebiß: „Ihre Unverschämtheit ist wirklich erheiternd, junger Mann."

„Nun, vielleicht könnten wir doch noch zu dem gewünschten Abschluß kommen", antwortet Herr Fish, während seine Hand schützend auf der Brust liegt, als hielte er dort ein kostbares Amulett verborgen.

„Zur Sache!" ruft wieder Herr Strong.

Herrn Fish scheint es an der Zeit zu sein, mit dem größten Trumpf herauszurücken. Seine Hand verschwindet in der Brusttasche und bringt das bewußte Päckchen zum Vorschein, ein Bündel Briefe.

Jetzt ist er aufgestanden. Die Briefe fest in der Hand, läßt er auch die Tür nicht außer acht, denn er befürchtet, Herr Strong könnte auch vor Gewalttätigkeiten nicht zurückschrecken, um ihm die Briefe zu entreißen.

Er hält sie ihm also in vorsichtiger Entfernung vor die Augen, doch immerhin so nahe, um eine Prüfung zu ermöglichen.

Zweifellos: Herr Strong hat die wenig regelmäßigen, wild durcheinandertanzenden Schriftzüge seiner Tochter erkannt. Er setzt eine Brille auf, wodurch seine Ähnlichkeit mit einem Methodistenprediger noch unterstrichen wird.

Herr Fish kann nicht umhin, die Situation komisch zu finden.

Dieser ehrbare, ältliche, graue Herr versucht mit nicht geringer Mühe und mit Hilfe einer sehr großen Brille, Sätze zu entziffern, die ihn als einen mächtigen Dämon entlarven. Sätze, die seine Tochter über ihn geschrieben hat, allerdings ohne viel von den Ungeheuerlichkeiten, die sie beschreibt, zu begreifen.

Herr Fish beginnt, in dem ziemlich umfangreichen Paket scheinbar unbeabsichtigt zu blättern, und läßt so Herrn Strong einen Blick auf jene Stellen tun und Sätze aufschnappen, die er für geeignet hält, den Unnahbaren zu erschüttern.

Vorläufig ist von Heliotrop Helis, der berühmten Filmschauspielerin und Favoritin Strongs, die Rede. Der Brief stammt aus Paris und noch aus jener Zeit, als Marjorie ernstlich daran dachte, sich mit dem merkwürdigen Herrn Fish zu verbinden.

„Dein Interesse, das Du Heliotrop Helis bezeugst, mein lieber Junge, finde ich recht merkwürdig", schrieb Marjorie Strong, und Herr Fish gibt nun aus einiger Entfernung und mit allen nötigen Vorsichtsmaßregeln Herrn Strong Gelegenheit zu lesen, was seine Tochter geschrieben hatte. „Aber da ich nicht annehmen kann, daß sie Dir persönlich gefällt, will ich gern alles über sie schreiben, was ich weiß. Ich kann mir auch gar nicht vorstellen, daß Du einen so schlechten Geschmack haben könntest wie mein armer Papa. Aber ich glaube, da spielt auch was anderes mit als nur Geschmack, dumm ist diese Frau sicher nicht. Es ist ja auch keine Kunst, in ihrem Alter klug zu sein. Sie ist mindestens doppelt so alt wie ich. Schlecht sieht sie trotzdem nicht aus. Aber, du lieber Gott, wie mag es da unter der Tünche aussehen! Von dem Puder und der Emaille auf ihrem Gesicht und Körper könnte sie ihr Geburtshaus weiß streichen lassen. Sie ist in irgendeiner Hütte geboren, also übertreibe ich wirklich nicht. Das Rouge genügte für die Fensterläden und Türen. Es könnte ein nett hergerichtetes Haus werden, netter als sie selbst ist.

Aber ich weiß, Du möchtest etwas anderes erfahren. Man sieht sie wirklich immer mit dem Senator, der eine so wichtige Rolle am Quai d'Orsay spielt. Sie interessiert sich brennend für auswärtige Angelegenheiten und europäische Politik. Der Senator sieht aus wie ein siebzigjähriger Menjou. Er hat schneeweiße Haare und einen kleinen rabenschwarzen Schnurrbart. Von diesem Schnurrbart wird übrigens eine drollige Anekdote erzählt. Auf einem Ball erschien sein Abbild, auf dem Rücken Heliotrop Helis. Seitdem ist es hier Mode, statt ‚Fliegen' ‚Schmetterlinge' zu tragen. Wie findest Du das?

Das mit der légion d'honneur ist wirklich wahr. Sie hat sie bekommen. Die ganze amerikanische Kolonie ist perplex. Durch die Vermittlung des Senators, so erzählt man; in Wirklichkeit aber hat es Vater durchgesetzt, zur Belohnung ihrer fabelhaften Verdienste. Ich werde Dir noch verraten, warum. Eine Frau wird nur selten Mitglied der Ehrenlegion. Neben Madame Curie und Sarah Bernhard sind es nur noch ein paar alte Weiber. Wie findest Du das? Übrigens hebt die légion d'honneur ihre Sittlichkeit nicht wenig. Man muß das rote Band irgendwo an der Brustgegend befestigen, und sie ist nun gezwungen, ihren Oberkörper zu bekleiden, den sie bisher großmütig allen Blicken enthüllt hatte. Nun, Du sollst hören, warum sie so großartig belohnt werden mußte. Sie hat den Originaltext des Freundschaftsvertrages zwischen den bewußten europäischen Ländern gestohlen. Ich muß sagen, die Frau imponiert mir eigentlich. Vater war mächtig begeistert, obgleich er sehr ruhig und gleichgültig tat. Die Sache hat glänzend eingeschlagen, war eine fabelhafte Reklame für Vaters Zeitungen, die ersten, die den Text bringen konnten – und alles für den Frieden. Vater läßt Leitartikel schreiben und sich als Friedensapostel feiern.

Das Komische aber, das, was Dich auch am meisten interessieren wird, ist folgendes: Dieser ganze Spaß wurde – natürlich mit Vaters Hilfe – vom Stahltrust und den ersten amerikanischen Schiffbauwerften inszeniert und finanziert.

Zum Dank finanzieren sie jetzt in ganz großem Maßstab Vaters Zeitungsunternehmungen. Ich bin es zufrieden. Es schadet nie, wohlhabende Eltern zu besitzen. Vor allem aber bin ich stolz auf meinen Vater. Man muß es ihm lassen, er hat Verstand, läßt sich als Friedensfreund bewundern und von der Rüstungsindustrie bezahlen. Ich würde das alles gar nicht so gut verstehen, wenn Du mir nicht schon in New York vieles erklärt hättest. Ich hatte keine Ahnung, daß ich in einer so interessanten Welt lebe."

Herr H. W. Strong stand da mit weit vorgestrecktem Hals und las.

Herr Fish genoß den Anblick mit angenehmem Triumphgefühl. Er blätterte langsam weiter und überließ Herrn Strongs spähenden Blicken andere Briefstellen.

„Wieder etwas, lieber Junge, was Dich interessieren wird. Mich selbst fesseln ja politische Fragen nur unserer Zukunft wegen. Man soll es wirklich nicht versäumen, das Tun und Lassen der Eltern zu beobachten. Es schadet nichts, wenn sie merken, man sei nicht die Dümmste.

Hier ist also ein Japaner, er heißt Makarabo oder Marahabo, ich weiß nicht ganz genau, es klingt jedenfalls ähnlich wie Marabu, und so sieht er auch aus. Er ist ein früherer Admiral oder etwas Ähnliches.

Wie ich erfahren habe – es macht mir geradezu Freude, etwas für Dich auszukundschaften –, hat er ein Buch geschrieben, das in Japan rasend gekauft wird. Es heißt ‚Wie kann Japan die Vereinigten Staaten in zwei Monaten besiegen?' Dieser Marabu oder wie er heißt, wäre also ein Feind unseres Vaterlandes, wie man so schön sagt.

Aber gerade mit ihm verhandeln Vaters Vertreter besonders freundschaftlich. Sie haben das alleinige Recht erworben, seine Artikel in Amerika zu veröffentlichen. Demnächst soll er sogar klipp und klar beweisen, daß Japan imstande wäre, die Staaten in zwei Wochen zu schlagen. Und wer bezahlt nun wieder alles, die Artikel und die Druck- und Vertriebskosten? Wieder der Stahltrust und die Schiffbauwerften.

Nie hätte ich früher gedacht, daß Vaters Schreibtisch soviel Interessantes enthüllen kann. Der japanische Patriot wird von der amerikanischen Großindustrie bezahlt, damit er gegen uns hetzen und somit den Beweis liefern soll, daß weitere Aufträge an die Schwerindustrie unbedingt notwendig seien. Und daran verdient Vater viel Geld. Es gehört entschieden mehr Verstand dazu, als ich je geahnt habe."

„Sie haben diese Sätze meiner Tochter suggeriert. Jeder Richter würde sofort die Fälschung feststellen." Herr H. W. Strong konnte nur schwer seinen Unwillen verbergen.

Die Schrift war zweifellos die Marjories, wenn es auch offensichtlich war, daß dieser verdächtige junge Mann ihr die Sätze diktiert hatte. Er hatte Marjorie angehalten, in ihrem Elternhaus zu spionieren. Er hatte wahrscheinlich, eine andere Annahme war nicht möglich, Marjorie hypnotisiert. Dieser junge Mensch war bedeutend gefährlicher, als er zuerst angenommen hatte. Beschäftigt sich mit hoher Politik, um Geld zu erpressen – gar nicht übel! Aber er soll sich vorsehen, wenn er es mit H. W. aufnehmen will.

Herr Fish beobachtet mit halbgeschlossenen Augen seinen mächtigen Gegner. Er sieht mit Vergnügen, daß die Briefe ihre Wirkung nicht verfehlt haben, und läßt jetzt ganz nebensächlich einen Satz fallen, der Herrn Strongs Bereitschaft, mit ihm einig zu werden, erhöhen soll.

„Es ist mir nicht unbekannt, Herr Strong, daß auch jetzt Verhandlungen zwischen dem Strong-Syndikat und dem Stahltrust wegen einer neuen Finanzierung stattfinden."

Herr Strong weist dem obskuren jungen Mann noch immer nicht die Tür. Es ist besser, zu wissen, was dieser

Mensch alles in Erfahrung gebracht hat. Man kann dann leichter mit ihm fertig werden.

Herr Fish glaubt schon, gesiegt zu haben.

Er blättert weiter in den Briefen, um Herrn Strong zu zeigen, daß er auch über dessen Familienverhältnisse gut orientiert sei.

„Bill" – das ist Marjories Bruder und Herrn H. W. Strongs einziger Sohn – „kam heute vollkommen blau nach Hause, das heißt, er wurde von der Polizei nach Hause gebracht. Vater hat die guten Leute mit einem netten Trinkgeld weggeschickt. Wir können solche überflüssigen Skandälchen nicht brauchen."

„Ich verstehe überhaupt nicht, wie Vater Mutter heiraten konnte. Ich kann mir keinen kleinlicheren Menschen vorstellen. Sie ist glücklich, wenn sie ein Dienstmädchen drei Tage umsonst in ihrem Haus gehabt hat. Wenn die Mädchen davonlaufen, wird ihr Lohn mit so viel Schikanen zurückgehalten, daß sie lieber auf ihn verzichten. Heute hat Mutter drei Laib Brote von ihrer großen Wohltätigkeitssammlung nach Hause schicken lassen."

Herr Fish faltet jetzt die Briefe zusammen und hält das Päckchen fest in der Hand, auf das Herr Strong so begehrlich blickt, daß es Herrn Fish ratsam erscheint, es eiligst und sorgsamst wieder in seine Brusttasche zu versenken.

„Glauben Sie mir, Herr Strong. Ihre Zustimmung zu dem Entwurf, den ich Ihnen vorgelegt habe, könnte die ganze Angelegenheit aufs erfreulichste aus der Welt schaffen." Herr Strong nimmt Haltung an.

„Ich glaube Ihnen gern, daß Ihnen ein solches Aus-der-Welt-Schaffen recht erfreulich wäre. Aber mir liegt daran durchaus nichts. Sie leiden an Größenwahnsinn, wenn Sie annehmen, Sie könnten mir schaden."

„Wie sollte ich nicht an Größenwahnsinn leiden", erwidert Herr Fish mit einem etwas ironischen Tonfall, „wenn ich den Vorzug genossen habe, von Marjorie Strong ausgezeichnet worden zu sein – der Tochter eines so großen Mannes, wie Sie es sind."

Herr Fish macht eine devote Verbeugung.

Herr H. W. Strong blickt kühl und wortlos über den gekrümmten Rücken hinweg.

„Ich kann es Ihnen nicht verhehlen, Herr Strong, daß ich Sie bewundere. Sie haben Ähnlichkeit mit den großen Renaissancegestalten, die ohne Rücksicht auf kleinliche Moralgesetze ihrem Ehrgeiz lebten, herrschten und Macht ausübten."

Herr H. W. Strong, noch mit der Brille auf der Nase, mit dem Anzug, der aussieht, als hätte er ihn von der Stange in der 14. Straße gekauft, blickt geschmeichelt zu Herrn Fish hinüber.

Doch dieser junge Mann sollte sich hüten, anzunehmen, daß er mit derlei Redensarten etwas bei ihm erreichen könnte. Keinen Cent. Dieser Typ wird gefährlich, wenn man ihm auch nur eine Scheidemünze hinwirft.

„Sie, Herr Strong, stehen über der Masse, Sie gehören zu den wenigen Menschen, die die Möglichkeit haben, unsere heutige Welt zu übersehen. Sie wissen mehr, Sie können etwas über die Zukunft ahnen. Aber ich bin auch sicher, daß Sie sich von dem großen Publikum nicht in die Karten sehen lassen möchten."

„Junger Mann, empfinden Sie denn keine Scham, wenn Sie über sich selbst nachdenken?"

„Scham? Über mich selbst nachdenken? Warum sollte ich das tun? Es gibt so viel Wichtigeres, über das ich nachdenken kann. Sie vergessen nie die Moral, Herr Strong, auch dem gegenüber nicht, der doch Gelegenheit hatte, in Ihre Karten zu schauen."

„Heruntergekommener Erpresser", murmelt Herr Strong vor sich hin. Er entläßt den obskuren jungen Mann nur aus dem Grunde noch nicht, weil er nun einmal den Grundsatz hat, keine Gelegenheit vorbeigehen zu lassen, seine Feinde kennenzulernen.

Herr Fish lacht, obgleich er eigentlich ärgerlich ist. Ihm liegt nicht viel an einer langen Auseinandersetzung, ein Scheck ist ihm lieber. Er findet es unerträglich, Beleidigungen von einem Manne einzustecken, dessen Charakter und Treiben er eben enthüllt hat.

„Haben Sie eine Stellung, wo arbeiten Sie?" examinierte Herr Strong.

Das ist wirklich stark! H. W. will ihn etwa noch aushorchen, ihm moralische Vorhaltungen machen.

„Herr Strong, ich bin einer von den Hunderttausenden

jungen Männern, die einst Legionäre waren, Mitglieder der amerikanischen Übersee-Armee. Es ist zum Teil sogar Ihr Verdienst, Herr Strong, daß ich mich beeilt habe, ein Held zu werden."

Herr Strong blickt mit strengem Gesicht auf seine Uhr.

Herr Fish läßt sich nicht einschüchtern.

„Sie sind es, Herr Strong, der Näheres über mich erfahren will, ich will Ihnen meine Lebensgeschichte nicht vorenthalten. Ich habe meine Jugend in Little Rapids, Ohio, verlebt, war Gehilfe in der 2355. Filiale der ‚Kolonialwaren-Gesellschaft zwischen den Ozeanen' und verkaufte den ganzen Tag Konserven, Heringe und Haferflocken. Abends schaukelte ich auf der Veranda. Der Sonntagvormittag war für den Kirchenbesuch vorgesehen, nachmittags ging ich zum Baseballmatch, als Zuschauer natürlich nur. Ich muß offen gestehen, daß ich darüber, was auf der anderen Seite des Ozeans geschah, nicht viel nachdachte. Damals aber wurden wir jungen Männer nachdrücklich auf unsere Pflichten der Menschheit gegenüber aufmerksam gemacht, sowohl von der Kanzel herab als auch in den Spalten der Zeitungen. Ja, sogar in den Katalogen unseres Kolonialwarenladens wurden wir zwischen dem Preisverzeichnis für Konserven und den sonnengeküßten Apfelsinen gefragt: ‚Junger Mann, warum bist du noch nicht in der Armee?' Man erzählte uns, daß es unsere Pflicht sei, drüben Ordnung zu schaffen, für den ‚letzten Krieg' zu kämpfen."

Herr Strong macht eine ungeduldige Gebärde.

Herr Fish übersieht sie, er spricht weiter.

„Ihre Propaganda leuchtete uns jungen Männern ein. Ordnung zu schaffen! – das schien so einfach und schön. Ich will Ihnen gestehen, daß ich mir den Kriegsschauplatz drüben wie einen durcheinandergeratenen Kolonialwarenladen vorgestellt habe. Unsere Aufgabe war, so dachte ich, alles wieder dahin zu tun, wohin es gehörte. Das Verdorbene wegwerfen, das Gute aufheben – und die Ordnung war geschafft. Leider stellte es sich heraus, daß alles nicht so einfach war, und es mußten uns auch Zweifel aufsteigen, ob wir tatsächlich den ‚letzten Krieg' ausfochten."

„Soweit ich Sie verstehe, gehören Sie zu den Unglücklichen, die sich den Friedensverhältnissen nicht anpassen können."

„Ganz im Gegenteil, ich gehöre zu denjenigen, die das, was Sie ‚Friedensverhältnisse‘ nennen, durchschauen. Sie meinen, ich hätte wieder zurückgehen sollen nach Little Rapids, Heringe verkaufen?“

„Allerdings, man hätte Sie sicher zum Dank für Ihre Verdienste befördert.“

„Fabelhaft, man hätte mich vielleicht an die Kasse gesetzt, es wäre zu schön gewesen. Leider habe ich diese Gelegenheit verpaßt. Aber ich begreife ganz gut, was Sie wollen. Unsereins soll Heringe verkaufen, in die Kirche gehen und darauf warten, daß Sie uns wieder rufen, um Ihre Geschäfte zu realisieren. Danke! Ich weiß heute, was ich zu tun habe. Ich will über den Kleinlichkeiten des Lebens stehen. Ich will auch über die Welt eine Übersicht haben und, wenn es soweit ist, viel Geld verdienen und nicht im Dreck liegen.“

„Sie wollen? Nichts ist leichter als zu wollen, nichts schwerer als zu können. Bitte, führen Sie Ihre Projekte durch, aber wenn Sie dabei auf meine Hilfe bauen, so haben Sie sich schlimm verrechnet.“

„Nun gut, Sie wollen den Kampf, ich werde auch Marjorie nicht schonen können.“

„Ich verbiete Ihnen, meine Tochter beim Vornamen zu nennen.“

„Warum denn? Unsere Beziehungen waren die intimsten. Auch das wird aus den Briefen erhellt werden.“

„Wie gemein! Sie haben meine Tochter hypnotisiert. Das, was sie getan hat, ist mir rätselhaft.“

„Wie sollten Sie auch Marjorie verstehen? Marjorie ist nicht Ihre Tochter – zucken Sie nicht zusammen, Herr Strong, ich meine es nicht wörtlich. Sie ist eine Tochter des Krieges. Eine vollkommene Repräsentantin jenes Typus, den Sie mit erhobenem Zeigefinger als ‚flammende Jugend‘ bezeichnen. Aber im Grunde ist sie alles eher als ‚flammende Jugend‘. Sie gehört zu jenen, die an nichts glauben und die doch alles besitzen wollen. In ihren Nerven lebt nur die Gewißheit der Ungewißheit. Sie will noch schnell alles an sich raffen, was sie kann. Und ihr Wahlspruch lautet, wie auch meiner: Nach uns die Sintflut, nach uns der Weltuntergang.“

„Ich habe Sie ausreden lassen, Herr, denn man soll nie die Mühe scheuen, auch seine kleinsten Feinde kennenzulernen, das ist mein Wahlspruch. Die Zeit, die ich Ihnen gewidmet habe, genügt, ich wünsche aber nichts mehr von Ihnen zu hören."

„O ja, das glaube ich gern. Ich habe meine letzte Karte noch nicht ausgespielt. Vergessen Sie nicht, Herr Strong, die Briefe könnten auch Ihre gegenwärtigen Verhandlungen ungünstig beeinflussen."

„Spielen Sie nur ruhig Ihre Karten aus, junger Mann. Sie sind naiv, Sie ahnen ja nicht, wie wenig gefährlich Sie sind."

Herr Fish fühlt sich verletzt, er greift schnell nach seinem Briefpaket, als müßte er befürchten, daß es ihm durch ein Zauberkunststück entwendet worden sei. Doch noch ist es da. Und Herr Fish verzieht sich.

Wenn er allerdings Gelegenheit gehabt hätte, Herrn Strong zu beobachten, den er allein im Zimmer ließ, hätte er doch einige Genugtuung empfunden.

Denn Herr H. W. Strong verzog wütend sein Gesicht und zischte zwischen den Zähnen: „Man erlebt an seinen Kindern nur Ärger."

Dem herbeigeklingelten Sekretär gibt er Anweisung, daß dieser gefährliche junge Mann keine Gelegenheit finden möge, sich Marjorie oder Frau Strong zu nähern.

Seine Leute bekommen ferner den Auftrag, Herrn Fishs Tun und Lassen zu verfolgen, vor allem herauszufinden, ob er hier im Hotel wohne und mit wem er in Verbindung stände.

Die Hoteldetektive sind stolz, Herrn Strong die Notwendigkeit ihrer Existenz beweisen zu können.

Man wußte, daß Herr Fish hier im Hotel dieselbe Etage bewohne wie Herr Strong und daß er vergebliche Versuche gemacht habe, ein Zimmer neben dem Strongschen Appartement zu bekommen.

Man hatte auch schnell herausgefunden, daß Herr Fish heute morgen in der Frühstücksbar eine längere Unterhaltung mit dem dort beschäftigten Kellner hatte, der den Spitznamen der „schöne Alex" führt.

So hat die Unterredung zwischen Herrn Strong und Herrn Fish noch ein Nachspiel in der Frühstücksbar.

Dieses Mal ist es ein Sekretär des Herrn Strong, der sich unbedingt angelegentlich mit dem „schönen Alex" unterhalten will.

Er versucht, ihn vorsichtig über das Gespräch, das er mit Herrn Fish geführt hatte, auszuholen.

Der „schöne Alex" zieht es vor, sich zuerst schweigsam zu verhalten. War vielleicht jener Mann, der um jeden Preis zu der Hochzeit hineingeschmuggelt werden wollte, doch ein Juwelendieb oder sonst ein Krimineller? Und dieser Neugierige, der ihn so viel fragt, ist er ein Kriminalbeamter?

Der „schöne Alex" beschließt, schweigsam zu bleiben. Er trauert wehmütig dem in Aussicht gestellten Gewinn nach. Ja, so war es nun in der Welt: einmal konnte er hoffen, ohne Arbeit einen Verdienst einzuheimsen, und nun sollte es sich sicher herausstellen, daß nichts zu machen sei. Jetzt mußte er den Unwissenden spielen, denn er hat keine Lust, etwa seine Stellung zu verlieren.

Aber es sollte anders kommen, als der „schöne Alex" befürchtete. Der Neugierige bleibt sitzen und wartet ab, bis sich die Gäste verzogen haben. Plötzlich aber, als sie allein sind, schaukelt vor des „schönen Alex" Augen ein Dollarschein. Kein kleiner, gewöhnlicher, sondern einer, den er nicht so oft zu sehen gewohnt war.

„Nehmen Sie ihn", sagte ihm der Neugierige.

Nein, das war kein Kriminalbeamter, die kommen anders.

Der „schöne Alex" läßt sich die Aufforderung nicht zweimal sagen. Er konnte den Schein nehmen, gegen das Licht halten und ihn dann ohne weitere Zeremonien in seine Tasche verschwinden lassen. Das war ein merkwürdiger Tag heute. Der „schöne Alex" hat noch nie etwas Ähnliches erlebt.

Er sieht sich veranlaßt, dem Neugierigen reinen Wein einzuschenken. Er verschweigt nichts von seinem Gespräch mit Herrn Fish, wie er das einem Kriminalbeamten gegenüber getan hätte. Er konnte ja jetzt auch ohne Gewissensbisse diesen Herrn Fish sausenlassen. Aus dem Neugierigen sah mehr heraus.

Der „schöne Alex" flicht auf alle Fälle seine Sehnsucht nach geschäftlicher Unabhängigkeit und Selbständigkeit ein. Er verhehlt nicht, daß er intelligent sei, ein Mensch, der über alles, was das Schicksal ihm zutrage, sich auch seine Gedanken mache, der sich nicht nur als reines Werkzeug betrachten lassen will. Er läßt ferner durchblicken, daß seine

Verluste überaus bedeutend wären, wenn er Herrn Fish fahrenlassen würde und den versprochenen Dienst nicht ausführen könnte.

Diese Beteuerung war allerdings, wie es sich später herausstellt, nicht so vollkommen glücklich, denn der Neugierige versichert ihm, er hätte bei Gott nicht die Absicht, seine Verbindung mit Herrn Fish zu stören. Ganz im Gegenteil, gerade an dieser Verbindung läge ihm viel. Er solle nur ruhig Herrn Fish in eine Kellneruniform stecken und ihn zu der Hochzeit kommen lassen. Er könne diesen Dienst Herrn Fish noch billiger als vorausgesehen erweisen, damit der auch bestimmt nicht versäume zu erscheinen.

Herr Fish wollte also in seine Wohnung kommen und sich bei ihm umkleiden, vergewissert sich noch einmal der Neugierige. Das wäre ausgezeichnet. Der „schöne Alex", der einen so fähigen Kopf zu haben scheine, hätte weiter nichts zu tun, als Herrn Fish genau zu beobachten. Alles andere würde man ihm noch mitteilen.

Der Neugierige scheint immerhin auch gegen den „schönen Alex" einiges Mißtrauen zu empfinden. Er findet es überflüssig, ihn näher einzuweihen.

„Sie können diesen Herrn Fish auch in das Hotel begleiten und ihm sagen, daß Sie ihn abrichten wollen, damit seine Kellnerlaufbahn kein allzu jähes Ende nähme. Verstanden?"

Klar, der „schöne Alex" verstand immer alles.

Besonders dann, wenn der Lohn nicht ausblieb.

Dieses Mal sollte er, wenn dem Neugierigen Glauben zu schenken war, beträchtlich sein.

Vor den Augen des „schönen Alex" erscheint in greifbarer Nähe die Flüsterkneipe in der 81. Straße.

Der Neugierige hat Grund, beruhigt zu sein. Auf den „schönen Alex" konnte man sich verlassen.

7

Shirley mußte den Köchen frische Schürzen und Mützen bringen. Sie ist ärgerlich; der Korb ist dieses Mal so schwer. Sie mag nicht die Küche und nicht die dummen Späße der

Köche, jedenfalls heute nicht, wo sie vor so wichtiger Entscheidung steht. Die Zeit vergeht, und sie weiß noch immer nichts Bestimmtes.

Sie möchte jetzt lieber die Gästekorridore mit leichter seidener Wäsche im Korb durchwandern. Sie könnte dann auch hoffen, ihren Freund zu treffen, und von ihm endlich Näheres erfahren.

„Kleide das Grünhorn ein, Puppengesicht", rufen einige Köche, als Shirley mit der Wäsche in der Küche erscheint.

Das Grünhorn ist Fritz, der endlich im Hotel Amerika Arbeit gefunden hat. Er ist erst seit einigen Stunden hier, aber es scheint ihm schon eine Ewigkeit. So vieles hat er gesehen und gehört und wurde schon soviel in dieser neuen Welt herumgestoßen, in die er plötzlich geraten war.

Erst stand er vor dem Obersteward der Küche und wartete auf die Arbeitseinteilung.

Fritz verstand nur wenig von den vielen Fragen, die an ihn gestellt wurden. Er sagte aber zu allen ein kräftiges Ja; das machte einen guten Eindruck. Er war zwar noch nicht lange in Amerika, aber immerhin lange genug, um zu wissen, daß man alle Fragen nur bejahend beantwortet wünschte. Ein Zeichen des viel gerühmten Optimismus der Amerikaner. Sie sind bereit zu glauben, daß jeder alles kann, solange sie sich nicht von dem Gegenteil überzeugen müssen.

Der Steward stand vor den Kühlräumen. Man konnte einen Blick in die Vorratskammern erhalten. Sie waren alle weiß gekachelt, von makelloser Reinheit und Kühle. Hier hingen in Glasschränken seltene Wildarten, erlesenes Geflügel; auf Moosbänken, die sich über das Eis breiteten, lagen Austern; unübersehbar türmten sich Fässer, Säcke, Kisten, Dosen.

In einem besonderen Raum schwammen Fische in einem großen Becken, vor dem ein Negerjunge stand und die gewünschten Fische nach Anweisung eines Kochs aus dem Wasser fischte.

Es wäre mir ganz lieb, wenn man mich hier als Fischer anstellen würde, dachte Fritz, der gespannt war, welcher Beschäftigung man ihn für wert befinden würde.

Aber das sollte sich noch nicht entscheiden.

„Heute mach nur deine Augen gut auf", sagte ihm der

Steward, „man wird dir schon zeigen, was du zu machen hast; vorläufig kannst du überall helfen. Bist du ein Deutscher?"

Fritz bejahte die Frage.

„Ein Landsmann wird dir zeigen, wie du mit einer Kartoffelschälmaschine umzugehen hast."

Fritz empfand einige Enttäuschung. War das alles, sollte er hier nur Kartoffeln schälen?

Der Landsmann hieß August. Er begann, ihm gleich die Konstruktion der Maschine zu erklären.

„'ne dreckige Arbeit, hab schon die Nase voll davon. Du mußt immer aufpassen, daß du die Maschine gut reinigst."

„Kartoffel schälen, ich hätte mir auch eine andere Arbeit gewünscht."

„Es ist ja noch nicht gesagt, daß du nicht was Besseres machen wirst. Das dauert immer eine Weile, bis sie herausfinden, bei welcher Arbeit sie dich lassen."

Fritz konnte seine Blicke nicht von der Küche wenden.

„Was, da staunste, so 'ne verrückte Kiste hast du wohl noch nie gesehen?"

August hatte richtig geraten, Fritz hatte wirklich noch nie etwas Ähnliches gesehen, ja nicht einmal im Traum. Diese Küche verwirrt ihn. Das ist überhaupt keine Küche, sondern ein ungeheurer Zirkus oder ein Laboratorium mit unzähligen Abteilungen; etwas recht Merkwürdiges und Staunenswertes ist es jedenfalls.

Da steht in der Mitte, ein wenig erhöht, der Glaskasten des stellvertretenden Küchenchefs. Er sitzt vor unzähligen Tasten und einer Rohrpostanlage wie ein moderner Alchimist. Seine Glaszelle ist mit Spiegeln versehen, mit deren Hilfe er den Raum mit allen seinen fächerförmig angelegten Unterabteilungen nach allen Seiten überblicken kann.

Von der Zentrale aus hat man auch einen Durchblick in die Abwaschräume, wo das Geschirr von elektrischen Maschinen gespült wird. Hier stehen Neger und werfen das Geschirr in die Rillen, als wären sie Jongleure. Das abgespülte Geschirr wird gleich in den Nebenraum geschoben, wo es von Heißluft getrocknet wird.

Einen besonderen Raum nehmen die Schränke ein, in denen das Geschirr aufbewahrt wird. In den Schränken brennen ständig Gasflammen, damit die Teller und Schüsseln eine gleichmäßige warme Temperatur behalten.

Man kann die Konditorei sehen, ferner die Küchenabteilung, in der nur Salate und Mayonnaisen bereitet werden. Eine andere ist für die Herrichtung des kalten Imbisses bestimmt, in einer anderen bereitet man nur Fische zu. In einem besonderen Raum steht ein Koch vor offenem Holzfeuer für den Grill.

„Hier könnte man stundenlang stehen und zusehen“, meinte Fritz.

„Komm, schau dir lieber die Kartoffeln an, der Steward hat die Augen überall. Aber ich will dir schon erzählen, wie es hier zugeht. Von mir kannst du erfahren, was du nur willst.“

August warf Kartoffeln in die Maschine, sie surrte. Als sie zum Halten gebracht wurde, lagen die Kartoffeln säuberlich geschält in ihrem Bauch.

„Das Schlechte schneidet die dicke Negerfrau aus den Kartoffeln, darum brauchst du dich nicht zu kümmern.“

Fritz versuchte, die Köche und Kochgehilfen, die sich in dem Raum befanden, zu zählen, aber es war unmöglich festzustellen, wie viele eigentlich da waren. Er wandte sich an August um Auskunft.

„Ja, ich kenne hier schon den ganzen Dreh und die meisten Leute. Man muß schon lange hier sein, wenn man sie alle kennen will. Eigentlich ist es fast unmöglich, alle so genau zu kennen, denn jeden Tag kannst du was Neues erfahren.“

„Macht der magere Hinkende nur die Suppen?“ wollte Fritz wissen.

„Ja, hier macht jeder nur einen Gang. Er ist der Suppenkoch, immer noch der beste von allen, er war früher Cowboy.“

„Donnerwetter, ich dachte, so was gibt es nur noch in Wildwestfilmen.“

„Ach, weißt du, ein Cowboy ist ja nur ein Kuhhirt, das klingt nur so fremdartig, wenn man die Sprache nicht versteht. Ich habe mir unter Amerika auch etwas anderes vorgestellt, als ich in Deutschland war. Aber wenn man hier lebt, merkt man, daß es überall das gleiche ist.“

„Mensch, da hast du aber recht."

Fritz wollte erfahren, ob der Chefkoch jener ist, der im Glaskasten sitzt.

Aber nein, das ist nur sein Stellvertreter. Der Chefkoch selbst macht nur einige Rundgänge in der Küche. Ein schmaler Herr, Franzose, mit einem kleinen Schnurrbart und glänzenden schwarzen Haaren. Er kostet mal eine Suppe, rührt die Mayonnaise einen Augenblick mit dem Eierschläger, nimmt ein Stück Kuchen zwischen zwei Finger und hält es gegen die Luft, riecht mal an einem Hammelkotelett – und fort ist er.

Der Stellvertreter, der immer in der Küche hockt und in den Spiegeln alles sieht, ist schlimmer.

„Und der Chinese, was macht der?"

Dieser Chinese sah, obwohl er die gleiche Schürze und die gleiche Mütze trug wie die anderen, recht merkwürdig aus. So würde man sich einen Zauberer vorstellen. Wenn er seine Erzeugnisse kostet, scheint er auf eine innere Stimme zu lauschen, die ihm die richtige Mischung verraten soll. August aber weiß über ihn noch mehr. Er weiß, daß der Chinese ein großer Politiker ist und unter seiner weißen Kochschürze eine Medaille mit dem Bild von Sun Yat-sen trägt.

Der Koch für die Vorspeisen ist ein Russe. Er gehört zu den unzähligen einstigen Köchen des Zaren, die jetzt in jeder besseren Küche Europas und Amerikas zu finden sind.

Ein großer, starker Mann betrat die Küche, er trug schwere Gemüsekörbe.

August weiß über ihn ebenfalls genau Bescheid. Er war früher Metallarbeiter, kam aber, weil er versucht hatte, in der Fabrik Unions zu organisieren, auf die schwarze Liste. Es blieb ihm nichts weiter übrig, als ungelernte Arbeit anzunehmen.

„So ähnlich ist es auch mir ergangen", sagte Fritz und beschloß, sobald sich ihm Gelegenheit bieten würde, die Bekanntschaft des Gemüseträgers zu machen.

„Ja, man muß hier vorsichtig sein, wenn man es zu etwas bringen will." Und August erzählt immer weiter.

Fritz wundert sich immer mehr über August, denn obgleich er redet und redet und über jeden, der vorbeigeht, eine Geschichte weiß, bleibt sein Mund geschlossen.

„Mensch, wie machst du das eigentlich? Man merkt nur, daß du sprichst, wenn man neben dir steht."

Es stellte sich heraus, daß August einst in Deutschland Bauchredner war. Er verdiente aber an den kleinen Varietés so wenig, daß er schnell zugriff, als ihm die Möglichkeit geboten wurde, nach Amerika auszuwandern. Leider konnte er mit seiner Bauchrednerei hier kein Geld verdienen, vor allem, weil er zu schlecht Englisch sprach.

„Und dann verstehen die Leute hier auch zu wenig von Kunst", erklärt August.

„Mensch, das muß ja großartig sein, bauchreden zu können."

„Ja, du solltest auch nicht so viel sprechen, du sollst nur zuhören, sonst merkt es der Steward, daß wir immerfort miteinander reden."

„Mensch, dich könnte man gut in Versammlungen brauchen, du könntest dazwischenquatschen und niemand wüßte, wen man eigentlich hinauswerfen soll."

Plötzlich schwieg er betreten, denn der große Schatten des Stewards warf sich über die Kartoffelschälmaschine.

Hatte er zuviel gesprochen?

Aber der Steward schickte ihn nur hinüber zu dem Koch für das Seegetier.

„Papadokulos" (dieser Koch ist ein Grieche) „hat eilige Arbeit", sagte der Steward zu Fritz, „sieh zu, daß du dich anstellig zeigst."

Fritz machte sich auf den Weg.

Er passierte den Gang, der die Küche mit den Aufzügen, die zu den verschiedenen Speisesälen führen, verbindet.

Hier stehen Kontrolluhren. Jeder Kellner, der die Küche betritt und verläßt, muß seinen Bestellschein stempeln lassen.

Atemlos galoppieren die Kellner. Die Direktion will die Sicherheit haben, daß die Bestellungen der Gäste in Windeseile ausgeführt werden. Die Kellner sollen nicht plaudern oder gar die Möglichkeit haben, sich an erfreulichen Dingen gütlich zu tun, die nicht für sie, sondern für Menschen, die ihre Wünsche auch bezahlen können, bestimmt sind. Ungeduldig durchfegen die Kellner die Küche, keuchend rennen sie wieder mit vollen Schüsseln zu den Aufzügen.

Die Köche dagegen lassen sich nicht so leicht aus der Ruhe bringen. Man darf ihnen das Tempo nicht vorschreiben, ohne befürchten zu müssen, der Qualität des Essens zu schaden. Zu ihrem Beruf gehört, wie zu allen edlen Künsten, eine gewisse Beschaulichkeit.

Unweit der Konditorei konnte Fritz einen Blick in den Raum der Griddle-Spezialitäten tun.

Hier backen Neger auf Eisenplatten Biskuits und die verschiedensten Arten von Gebäck. Dieser Raum erinnert aber nicht an eine ernsthafte Backstube, sondern mehr an eine Varietébühne, denn die Neger haben den Ehrgeiz, jeden Pfannkuchen erst einmal kunstvoll in der Luft herumwirbeln zu lassen, bevor sie mit der prosaischen Beschäftigung des Backens beginnen.

„Hör mal, Grünhorn, mach ein bißchen schneller", rief der ungeduldige Papadokulos Fritz zu.

Fritz wußte schon, dank August, einiges über den griechischen Koch.

Auch sein Schicksal ist merkwürdig. Sein einstiger Herr, ein griechischer Minister, der den letzten Krieg zwischen Griechenland und der Türkei mitverschuldet hatte, wurde von dem Volksgericht zum Tode verurteilt und öffentlich aufgeknüpft. Papadokulos, unser griechischer Koch, ist nun überzeugt, daß seinen einstigen Herrn dieses Schicksal nur ereilt hatte, weil er ihn, eben Papadokulos, mit seinen zahlreichen Launen quälte. Deshalb hatte der Koch ihm diesen unangenehmen Tod gewünscht, und der Himmel nahm natürlich auf Papadokulos' Wünsche besondere Rücksicht. Jedenfalls ist er auch jetzt davon überzeugt, daß es nur in seinem Willen liege, wann sein jeweiliger Brotherr vom Volkszorn gerichtet würde. Wenn man ihm Glauben schenken kann, wird es bald mit dem Stellvertreter des Küchenchefs zu Ende gehen, der es verhindert hat, daß Papadokulos einen Hummer essen konnte.

Jetzt jammerte er, denn er hatte übermäßig viel zu tun.

„Heute ist alles rein um verrückt zu werden. Die Hochzeitsgesellschaft gibt mir Arbeit, daß ich nicht weiß, wo mein Kopf steht. Es sieht fast so aus, als wollten sie sich an Hummern satt fressen. Komm, mach schnell, verbinde die Hummern."

Fritz stand vor einer Unmasse von zappelndem Getier und wußte nicht, was man eigentlich von ihm wollte.

Papadokulos war in wenig gnädiger Laune.

„Hölle und Teufel, stell dich nicht so dumm an! Wenn man soviel zu tun hat, könnte man geschicktere Hilfe brauchen als dich Grünhorn. Du machst ja Augen, als ob du heute zum erstenmal einen Hummer siehst."

„Vielleicht erklärst du mal, was ich machen soll. Was soll ich denn verbinden?"

„Na ja, die Füße! – verstehst du nicht mal das? Hier hast du einen Bindfaden. Binde die Füße recht vorsichtig zusammen. Die Hummern würden ja wie toll herumzappeln, wenn sie in das siedende Wasser geworfen werden oder wenn man sie unter das Feuer legt. Das würde ja nett aussehen, wenn man sie so mit verrenkten Gliedern servieren wollte, so daß man den Tierchen den Todeskampf anmerken kann."

„Du wirfst sie lebend ins siedende Wasser?"

„Freilich."

„Du röstest sie lebend?"

„Du bist ja ein feiner Koch, wenn du nicht einmal das weißt. Aber jetzt beeile dich gefälligst."

Fritz beginnt mit zitternden Händen die Hummern zu verschnüren, er zeigt bei dieser Arbeit nicht besonders viel Geschick.

Papadokulos muß über ihn lachen.

„Du bist ein schwaches Bürschlein. Ich habe meinen einstigen Herrn hängen gesehen und habe nicht so gebibbert wie du jetzt wegen der paar Hummern."

„Wenn ich alle meine einstigen Herren hängen sehen würde, wäre es mir nur ein Vergnügen", sagte Fritz mit zusammengebissenen Lippen, aber bei sich dachte er: ihr macht euch ja alle nur groß, glaubt, es genügt schon, wenn ihr was Schlechtes wünscht, alles andere kommt von alleine.

All das dachte er, wie gesagt, nur für sich. Er hatte wahrhaftig genug Last mit den Hummern, die sich verzweifelt wehrten und nach seinen Fingern schnappten.

Der griechische Koch war zu nervös, er verlangte erfahrenere Hilfe oder keine, und so kam Fritz in die Konditorei, wo man gerade einen Mann zum Mandelschälen brauchte.

Ein Riesentopf voll gebrühter Mandeln wurde ihm hingeschoben.

„Die schäle, aber mach deine Sache ein bißchen fix."

Fritz begann schon in allen Gliedern den heutigen Tag zu spüren, Herrgott, war das eine Hetze.

„Dös nicht vor dich hin!" schrie ihn wieder der eine Chefkonditor an, „wir brauchen schnelle Arbeit."

Fritz beeilte sich mit dem Schälen, er mußte aber auch darauf achten, daß ihm die Mandeln nicht wegsprangen. Einmal flog eine gegen die Nase eines seiner Chefs, der ihn seitdem öfters mißtrauisch betrachtete.

Dieses Mal hatte er zwei Chefs: einen Italiener und einen Österreicher. Die beiden erteilten mit lauter Stimme nach allen Ecken Befehle. Da standen Frauen, die mit Holzstäbchen auf Marmorplatten Butterteig auswalkten, Negerjungen bedienten Maschinen, die Teig und Sahne rührten.

Ein javanisches Mädchen, das so zart schien, als wäre es aus durchsichtigem Elfenbein, zerschnitt Spezereien, ohne auch nur für einen Augenblick aufzusehen.

Und nun steht Shirley vor Fritz und hilft ihm in einen Kittel.

„Setz ihm auch die Mütze auf. Das Grünhorn sieht aus wie ein perfekter Koch."

„Hör auf mit deinem Grünhorn", sagt Shirley, „du tust ja so, als ob du nie eins gewesen wärst..."

„Ei, Mädchen, er scheint dir ja mächtig zu gefallen, der neue Küchenjunge, daß du ihn so in Schutz nimmst."

Darüber aber muß sich Shirley ärgern.

„Auf einen solchen wie den habe ich gerade gewartet."

Shirley mißt Fritz mit einem geringschätzigen Blick.

Die Kochmütze sitzt ihm noch etwas fremd auf seinem Kopf, und auch der Kittel umhüllt ihn steif. Er sieht in der hellen Arbeitskleidung schmächtig und noch bleicher aus, ausgehungert und erschöpft. Er weiß, er kann vor den Mädchen keinen großen Staat machen. Diesmal bedauert er das besonders.

Das trotzige Mädchen, das an seiner Mütze herumrückt und ihn dann prüfend betrachtet, ist entschieden hübsch. In der rosa Uniform mit dem weißen Kragen, mit den Locken, die weich auf die Schultern fallen, den dunklen Augen und dem rosig angehauchten Gesicht sieht die Kleine aus, als wollte sie Theater spielen und hätte nicht schwer zu arbeiten. Doch Fritz weiß bereits, daß man hier von den Mädchen erwartet, daß sie ihre Müdigkeit überschminken; erst wenn man näher hinblickt, erkennt man, daß auch sie kein leichteres Leben führen als die Männer.

„Schöner kannst du ihn nicht mehr machen“, sagt der italienische Konditor zu Shirley, und in viel weniger freundlichem Ton schreit er Fritz an.

„Geh zurück zu deinen Mandeln, glaubst du, die schälen sich von selbst!?“

Fritz ist unzufrieden. Ist das eine Beschäftigung für einen Mann? Hat er zu diesem Zweck Facharbeit gelernt? Er war da in eine dreckige Welt hineingeraten.

Seine Laune wird nicht besser, als er nun das Gespräch zwischen dem Konditor und dem Mädchen aus der Wäscherei hörte.

Der Italiener kniff nämlich die Augen zusammen und machte ein recht verschmitztes Gesicht.

„Na, Puppe, ich weiß schon, du machst dir nichts aus einem Grünhorn, wo du jetzt einen ganz feinen Kavalier hast.“

„Deine Frau sollte lieber den Mund halten, ich rede auch nicht darüber, was andere Leute tun.“ Shirley ist recht schnippisch, sie ahnt schon, woher der Wind weht. Die Frau des Italieners ist Garderobiere in einem Nachtklub am Broadway; und gerade dahin mußte sie gestern nacht mit ihrem Freund geraten. Sie merkte gleich, was die für dumme Augen machte und mit welch übertriebener Höflichkeit sie ihr aus dem Mantel half. Na ja, wenn schon. Sie hatte das Recht, zu tun und zu lassen, was sie wollte. Die anderen waren auf sie neidisch. Sie sollten nur reden, soviel sie wollten; das tat nun auch der Italiener.

„Du willst wohl eine feine Dame werden, etwas ganz Besonderes?“

„Kümmere dich gefälligst um deine Kuchen.“

„Schon gut, Kleine, du bist heute wahrscheinlich mit dem linken Fuß aufgestanden, daß du gar keinen Spaß verstehst?“

„Spaß? Ihr ärgert euch nur, wenn ihr merkt, es könnte

jemandem, mit dem ihr zusammen gearbeitet habt, eines Tages besser gehen."

„Ach, ich merke schon, die Gnädigste will ganz hoch hinaus."

„Ja, ich will hinaus, raus aus diesem Dreck, ich will nicht ewig so leben wie jetzt. Seid ihr zufrieden mit eurem Leben, gut, das ist eure Sache. Aber warum braucht ihr mich auszulachen, weil ich es besser, weil ich es anders haben will?"

Der Italiener lacht tatsächlich, er amüsiert sich köstlich. Er winkt seinen Kollegen heran, den Österreicher, und stellt ihm mit allerlei Zeremonien und großen Gebärden Shirley als zukünftige große Dame vor.

Sie zittert vor Wut und sieht sich hilfesuchend nach dem Grünhorn, nach Fritz, um.

Weil sie jedoch fühlt, daß sie den Konditoren gegenüber den kürzeren zieht, herrscht sie Fritz an.

„Warum lachst du so dumm? Ist es so lächerlich, wenn man den Willen hat, etwas Besseres zu werden als man ist?"

Das hübsche Mädchen ist ein Dummchen, findet Fritz, aber weil die Kleine so hübsch ist, trotz ihres Ärgers, möchte er sie gern bekehren. Schade, daß die Mandeln, die es gar so eilig haben, geschält zu werden, ihn daran hindern, ihr ausführlich alles zu erklären.

„Meinst du wirklich, daß du etwas Besseres wirst, wenn du schönere Kleider tragen kannst? Und genügt es dir, daß es dir allein besser geht, während die anderen genauso leben wie früher?" fragt Fritz.

„Ja – jeder kann nur sich selbst weiterhelfen."

„Meinst du das wirklich? Glaubst du, du wirst so weit kommen? Darüber hast du wohl noch nie nachgedacht, wie allen und auch dir selbst geholfen werden könnte?"

Nein, daran hätte sie noch nie gedacht. Sie geht mit ihren Schürzen und Mützen weiter, aber kommt bald in die Konditorei zurück. Ihr Korb ist ja auch noch da.

„Wie meinst du das, was du vorhin gesagt hast? Wie wäre es möglich, allen zu helfen?"

Fritz muß unentwegt Mandeln schälen.

„Das kann man nicht so schnell erklären, aber vielleicht hast du einmal Zeit, und man könnte darüber miteinander sprechen."

Nein, Shirley hat keine Zeit, sie hat auch nicht die Absicht, länger als bis heute abend hier zu arbeiten, sie meint es ernst mit ihren Absichten, „etwas Besseres" zu werden. Sie wird morgen als Gast wiederkommen in das Hotel – das wird sie, das will sie. Sie wird dann freilich nicht die Möglichkeit haben, sich mit Fritz zu unterhalten, und sie wird so nicht erfahren, was Fritz vorhin meinte. Aber er brauche sich ohnehin nicht einzubilden, sie wäre so leicht zu überzeugen; sie kenne das Leben vielleicht besser als er, besonders hier im Hotel. Sie arbeitet seit sechs Jahren hier und er seit einem halben Tag, und doch will er sie aufklären, das Grünhorn.

Fritz verhehlt es sich nicht: dieses Mädchen ist ein Dummchen.

Aber sie spricht weiter.

„Wie könnten sich alle helfen, wenn sie es selbst nicht wollen? Die meisten sind ja zufrieden mit dem Leben, das sie führen, sie wollen es gar nicht anders haben. Sie sind feige und faul, liegen auf den Knien und murmeln Gebete, sie essen den Fraß, den man ihnen vorsetzt, und sagen keine Silbe. Da geh und hilf ihnen! Ich kann dir nur eins sagen, mein Junge, ich hab genug von dem Leben, das ich bis jetzt führen mußte."

Vielleicht ist sie doch nicht so dumm, denkt Fritz, man müßte mit ihr sprechen, ihr alles erklären, aber jetzt muß er sich leider mit seinen Mandeln beschäftigen.

Der Österreicher ist übler Laune; Kellner kommen mit Extrabestellungen, das ist etwas, was er ganz und gar nicht mag.

„Ich möchte am liebsten nie diese glattgeleckten Kerle sehen, die sich feiner dünken als sonst jemand auf der Welt. Einen chaud froid willst du haben, gerade jetzt, wo ich am meisten zu tun habe?"

Der Italiener ist weiter zum Spaß aufgelegt. Er zeigt auf Shirley und sagt dem Kellner:

„Sieh dir diese Dame gut an, morgen wirst du sie im Dachgarten bedienen: ‚Madame, ich bin Ihr Diener.'" Er wendet sich mit einer komischen Verbeugung gegen Shirley.

Aber der Kellner ist ungeduldig.

„Ist die Bestellung noch nicht fertig?"

„Dummkopf du, meinst du, wir können hexen? Du solltest zur Hölle fahren mit deinen blöden Bestellungen."

Der chaud froid ist unbeliebt bei dem Konditor. Das Vanilleeis, das mit einem Meringue überzogen ist, muß einen Augenblick im Ofen gebacken werden, ohne das Eis zerfließen zu lassen. Ein Kunststück.

„Fertig?“

„Hier hast du deine verfluchte Bestellung und sage deinen Gästen, daß sie daran ersticken sollen.“

„Von mir kannst du ausrichten, sie möchten angenehm krepieren“, fügt noch der Italiener hinzu.

„Siehst du, so wird man auch über dich sprechen, wenn du Gast bist“, sagt Fritz zu Shirley.

„Glaubst du, den Gästen tut das weh? Ich würde auch nicht viel davon merken. Aber wie ich jetzt lebe, das merke ich. Wenn ihr mit eurem Los zufrieden seid, traurig genug.“

„Ach, zufrieden, was du dir wohl denkst, Kleine“, ruft der Italiener. „Ich will nur noch tausend Dollar sparen, dann geht es zurück nach Italien. Ich habe genug von dieser Schwitzbude, von der Dreckluft, die ich in dieser Dreckstadt atmen muß. Italien, Kleine, da würdest du staunen, was das für ein Land ist.“

Aber der Österreicher ist skeptisch.

„Und wenn du dort bist, gefällt's dir nicht mehr. Paß auf, man gewöhnt sich dann nicht so leicht wieder an das Alte. Aber von hier heraus möchte man schon, da hast du recht, Mädel, es wird einem nur nicht so leicht gemacht. Du wirst auch noch dein blaues Wunder erleben. Ich habe es schon mal versucht mit der Selbständigkeit. Man hatte uns weisgemacht, daß die Angelegenheit – es war so eine kleine Kneipe, wißt ihr – eine Goldgrube sei. Hat mich ein klotziges Geld gekostet, alles, was ich mir erspart hatte. Nun, eine Grube war sie, in die wir schön mitsamt unserm Gold hineingefallen sind. Nur die Großen können es zu etwas bringen.“

Der Italiener seufzt noch einmal: „Italien ...!“

Er ist aber heute guter Laune und sagt zu Shirley:

„Laß deinen Korb noch stehen, Kleine, wenn der Spiegelunmensch unsichtbar wird, tue ich etwas Backwerk hinein, vielleicht machst du doch nicht so schnell dein Glück, wie du meinst. Dann hast du wenigstens etwas zum Trost und zum Knabbern.“

„Als ob ich deinen Trost brauchte."

„Komm, sieh dir mal an, was für schöne Hochzeitskuchen wir machen. Für so eine feine Braut müssen wir uns gehörig den Kopf zerbrechen. Für die ist nichts groß und teuer genug. Das hier ist eine schwere Kunst, aus Croqembouche einen Hochzeitsschleier mit Spitzenmustern hinzulegen."

Er zieht den Zuckersirup zu langen glitzernden Fäden.

Der Österreicher ist unzufrieden.

„Viel zu süß das Zeug, das wir hier machen, es ist ja kaum zu genießen. Im Krieg, da war ich Koch im österreichischen Stab. Mein Lieber, da konnte man schön arbeiten. Das höchste Verdienstkreuz haben sie mir für meine Nachspeisen versprochen. Freilich haben sie vergessen, ihr Versprechen einzuhalten. Kinder, ich hatte eine ‚Einnahme von Przemysl‘ gemacht . . .! So was Großartiges habt ihr noch nicht gesehen. Die Ruinen waren aus Creme und Biskuit, alles mit Rum übergossen, der beim Servieren angezündet wurde. Das war ein großartiger Anblick."

„Ja, ohne Alkohol kann ein Konditor nicht anständig arbeiten", seufzt der Italiener.

Shirley muß sich beeilen. Sie sammelt nur noch alle gebrauchten Schürzen.

„Nun, Kleine, wie gefallen dir unsere Hochzeitskuchen?"

„Na, du machst wohl leichter Hochzeit als diese feine Dame, ohne viel Zeremonien, wie?"

Der Österreicher tätschelt Shirleys Kinn.

Aber sie wirft den Kopf zurück. Da muß sie ja lachen! Sie weiß besser Bescheid über die Zeremonien der feinen Dame, sie weiß mehr, als diese Köche ahnen, auch über diese großartigen Hochzeitskuchen. Aber wozu reden, es genügt, zu lachen.

Der neue Küchenjunge möchte mit ihr noch mal sprechen.

„Vielleicht sehen wir uns heute mittag, wenn wir essen gehen."

„Du bist ein richtiges Grünhorn. Glaubst du, wir essen zusammen? Und ich muß dir schon sagen, übertrieben neugierig bin ich nicht darauf, was du mir zu sagen hättest."

Und fort ist sie mit ihrem Wäschekorb.

8

In einem besonderen Raum harren die Pagen der ihnen zukommenden Befehle. Eine ganze Schar sitzt auf den rings den Wänden entlang laufenden Bänken. Doch dieses Sitzen ist kaum ein Ruhen. Den Oberkörper vorgebeugt, die Rechte auf dem Knie, die Füße sprungbereit, so warten sie auf den Aufruf ihrer Nummer.

In der Mitte des Raumes, auf erhöhtem Posten, thront der Chef der Pagen, der „headbellboy", das Haupt der Klingeljungen. Vor ihm steht eine Liste und eine Telefonanlage. Er drückt die Muscheln abwechselnd an seine Ohren, macht Zeichen auf der Liste und ruft Nummern.

„28, Empfang."

„Jawohl, Herr."

28 springt.

Er weiß, ein neuer Gast ist angekommen, er wird einen kleinen Koffer tragen, er wird zehn Cents bekommen, vielleicht, wenn er Glück hat, einen Vierteldollar, wenn er Pech hat, nichts. Dann wird er zurückrennen in die Zentrale und wird wieder auf seine Nummer warten. Er wird sich beeilen, denn er weiß, der Bleistift des Chefs berechnet genau die Zeit.

„35, 1228."

35 springt.

„Jawohl, Herr."

Die Pagen unterhalten sich auch sehr leise miteinander. Sie haben ihre besondere Technik, fast unhörbar zu sprechen, die Lippen kaum bewegend.

Die „Jungens" sind nun beileibe nicht alle jung, aber sie sind alle schmal, schlank und behend. Einer fällt auf: mit silberweißen Haaren und unwahrscheinlich blauen Augen. Es ist unmöglich, sein Alter zu erraten. Er sitzt in genau derselben Haltung, sprungbereit wie die anderen, nur flüstert er nicht mit ihnen.

Die Jungens aber erzählen und necken sich unhörbar.

„Gestern ruft mich einer – ich glaube es war im 15. Stockwerk –, er liegt angezogen auf dem Bett, das Gesicht blaurot, blinzelt mich an, fragt, ‚der wievielte ist heute?' Ich sag's ihm. ‚Und welcher Tag?' Dienstag. ‚Weck mich am Donnerstag‘ – und beginnt gleich zu schnarchen. Vergißt natürlich mein Trinkgeld.“

„12, Empfang.“

„Jawohl, Herr.“

Ein Hellblonder, mit zarter, mädchenhafter Haut, fast noch ein Kind, flüstert:

„Wenn einer das Trinkgeld vergißt, ist es noch nicht so schlimm, aber jetzt läßt mich immer einer rufen. Nummer 1625, ich hab Angst vor ihm. Er macht so komische Augen, und seine Hand, hu, ganz mit Haaren bewachsen, tastet immer nach mir. Jedesmal gibt er mir einen Dollar.“

„8, 925.“

„Jawohl, Herr.“

Der Hellblonde flüstert weiter.

„Ich bin so müde, ich schlafe zu Hause auf einem Sofa, das zu klein ist; ich kann mich nicht richtig ausstrecken.“

„40, Empfang.“

„Jawohl, Herr.“

„Mich ruft einer, der ist schon ganz blau am Vormittag, fragt mich: ‚Junge, wo kann man hier Frauen bekommen?‘ Ein Provinzonkel.“

„Du hättest ihn fragen sollen: Wo kann man keine bekommen?“

„Ja, wenn du Geld hast. Ohne Pinke lassen sie dich sitzen. Warten nur auf einen, der ihnen mehr bietet.“

Salvatore ist heute in übler Stimmung. Wenn er an Shirley denkt, hat er einen bitteren Geschmack im Mund. Außerdem aber hat er diesen Vormittag schon sechzehn Gänge hinter sich und hat noch keinen Dollar verdient. Was sich die Leute nur denken, die Frauen mit den vielen Täschchen, die Männer mit ihren ausgefallenen Besorgungen, daß sie ihn einfach übersehen, wenn es ans Bezahlen geht. Seine Arme schmerzen schon, die „porter“, die das schwere Gepäck tragen, beklagen sich auch, daß man sie vergißt. Sein Kopf ist schwer, er mag nicht an Shirley denken, er könnte ja alles stehenlassen hier, aber –

„16, 825.“

Das „Jawohl, Herr“ kommt nicht sofort zurück. 16 ist jener mit den schneeweißen Haaren und den unwahrscheinlich blauen Augen.

16 ist in Gedanken versunken. Er denkt daran, daß man hier nicht denken darf. Sie müssen alle immer in Bewegung sein, wie Flugzeuge, die nie in der Luft halten können, für die Stillstehen Absturz und Tod bedeutet.

„16, 825.“

Jetzt kommt erst zögernd die Antwort.

„Jawohl, Herr.“

„Schläfst du? Meinst du, du wirst bezahlt, um hier zu träumen?“

Der Chef der Pagen kann nicht lange schimpfen, die Telefone klingeln, immer ruft er neue Zahlen in den Raum; 16 ist schon längst fort.

Aber wieder geschieht etwas, um ihn aus der Ruhe zu bringen. 8 antwortet nicht.

„8, 1625.“

Kein „Jawohl“, nur das Kichern der Jungen.

8 ist der Hellblonde; er schläft. Seine rechte Hand ruht auf dem Knie, der Körper ist vorgebeugt und vorschriftsmäßig sprungbereit, aber der Kopf ist auf die Brust gefallen. Er läßt sich nicht leicht wecken. Seine Nachbarn rütteln an ihm, aber er schläft. Alles kichert. Da schreckt er auf.

Das Lachen wird stärker.

Er weiß im ersten Augenblick nicht, wo er ist.

„He, Junge, wenn dir noch einmal was Ähnliches passiert, wirst du gefeuert. 8, 1625.“

„Verzeihung, wie war die Nummer?“

„Hör, mein Junge, jetzt ist’s höchste Zeit, daß du wach wirst – eintausendsechshundertfünfundzwanzig.“

„Jawohl, Herr.“

„44, 1025.“

44 ist Salvatore und 1025 ist Herr Fish.

Herr Fish wandert in seinem Zimmer auf und ab. Er ist etwas nervös, er kann es nicht leugnen, dieser Mangel an Kaltblütigkeit ärgert ihn. Er sagt sich, daß die Hauptbedingung eines Sieges Nerven sind. Und sonst hat er sie doch; er will sie auch heute behalten, er will siegen, seinen Plan genau ausarbeiten.

Salvatore steht vor ihm und wartet.

Herrn Fishs Hand steckt in der Hosentasche und klimpert mit Münzen.

Salvatore sieht ihn an und denkt ganz scharf, denkt an nichts anderes: Keine Münze, verstehst du, keine Münze, Papier. Bald ist der Vormittag um und noch kein Dollar verdient. Keine Münze – Papier!

Herr Fish scheint Salvatores dringenden Wünschen nachzukommen – so meint wenigstens Salvatore, denn 1025 zieht ein Bündel Banknoten aus der Tasche.

Na also, denkt Salvatore befriedigt.

Aber die Banknote, die Herr Fish herauszieht, ist nicht für Salvatore, und seine Wünsche sind komplizierter Art.

„Höre, mein Junge, du gehst hier in den Blumenladen des Hotels, kaufst Blumen – verstanden? – und bringst sie einer Dame, die hier in demselben Stockwerk wohnt. Der Name ist Marjorie Strong, und hier hast du auch ihre Zimmernummer. Du sagst nicht, von wem die Blumen sind. Verstanden? Du weißt nichts. Man hat sie dir in der Halle übergeben. Aber es kommt nicht auf die Blumen an; deine Aufgabe ist, paß mal gut auf, herauszubekommen, wohin diese Dame heute mittag geht. Wie du das anstellst, ist deine Sache. Du siehst schlau aus, Junge, du wirst es schon schaffen. Dann kommst du sofort zurück und berichtest mir, verstanden?“

Salvatore denkt nur: du Schuft, und keine Banknote für mich.

Herr Fish scheint diesen Gedanken Salvatores zu erraten, denn er sagt: „Wenn du deine Sache gut machst, vergesse ich dich nicht. Los, Junge, spring.“

Unweit Herrn Fishs Tür trifft Salvatore Shirley. Sie blickt in die Luft und tut so, als sähe sie ihn nicht.

Salvatore hat keine Zeit, sich zu ärgern; er hat auch keine Zeit, lange Celestina anzuhören, die jetzt auch aufgetaucht ist, gleich nach Shirley. Sie hält einen Eimer, Bürsten und Scheuertücher in der Hand und muß aufpassen, ob nicht irgendwo Frau Magpag erscheint, und außerdem will sie auch Shirley nicht aus den Augen lassen, soweit es ihr möglich ist. Keine leichte Aufgabe.

Nun versucht sie, in Salvatore einen Verbündeten zu bekommen. Sie muß endlich wissen, was Shirley vorhat. Sie schmeichelt Salvatore, er sei ein so kluger Junge, er könne alles herausfinden, was er nur wolle.

Oho, er hätte gar nicht die Absicht, etwas über Shirley herauszufinden. Er wisse nur, sie wolle nichts mehr mit ihm zu tun haben, das genüge. Er laufe keinem Mädchen nach, das ihn von oben herab behandele und das scheinbar jetzt eine bessere Gesellschaft ihm vorziehe.

Aber das ist es ja, was auch Celestina erfahren möchte: wer eigentlich diese bessere Gesellschaft sei.

Weil Salvatore es eilig hat und weil Celestina ihn so bittend ansieht, verspricht er seine Beihilfe. Heute nachmittag ist er frei, er hat Abenddienst, vielleicht gelingt es ihm, einiges zu erfahren.

Aber auch Shirley hat ihre Pläne. Sie ahnt, was die Mutter mit Salvatore bespricht. Sie sucht sich gleichfalls eine Verbündete: Ingrid.

Diese ist eifrig bei der Arbeit, hat aber nichts gegen ein kleines Gespräch mit Shirley.

„Ingrid, weißt du, mir scheint, du gefällst Salvatore.“

„Nein, das ist nicht wahr, du willst mich nur ärgern.“

„Höre, Ingrid, du hast heute Abenddienst und bist nachmittags frei, genau wie Salvatore. Du kannst es ja so einrichten, daß ihr euch begegnet, und du wirst selbst herausfinden, ob ich recht habe.“

9

Es ist Mittagessenszeit für das Personal. Nicht alle essen gleichzeitig und freilich auch nicht alle im gleichen Raum.

Nein, es gibt sehr viele und verschiedenartig eingerichtete Räume. Rein äußerlich wird so schon die besondere Stellung des Personals stufenweise zum Ausdruck gebracht. Die Trennung erfolgt aber nicht nur nach der Stellung, sondern auch nach den Geschlechtern und der Rasse: Männer und Frauen essen in getrennten Räumen, die Neger werden nicht mit den Weißen vermischt.

Die erste Stufe der verschiedenen Kategorien nimmt die Direktion ein. Sie kann man allerdings kaum zum eigentlichen Personal zählen; sie ißt auch nicht, sie speist. Hier geht es zu, als handele es sich um Gäste: weiche Teppiche, die jedes Geräusch ersticken, vornehme und lautlose Kellner, feinstes, blendendweißes Linnen, bestes Porzellan, Kristallgläser und vollständigste Auswahl nach der Speisekarte.

Die zweite Kategorie bilden die höheren Angestellten, die „Offiziere". Sie werden von weißgekleideten Kellnerinnen bedient – weiße Uniformen, weiße Strümpfe, weiße Schuhe. Die Kellnerinnen bedienen höflich, sie wahren einen gewissen Abstand zwischen sich und den „Offizieren". Aber doch nicht in dem Maße, als wären es erstklassige Gäste. Überhaupt ist hier wohl alles sauber und appetitlich, doch nichts erstklassig. Die Linnen sind schon etwas verwaschen, das Silber weist stellenweise winzige Kratzer auf, das Porzellan ist billigeres Fabrikat.

Die mittleren Angestellten bedienen sich schon selbst. Auf glänzend polierten Tabletts suchen sie sich Speisen aus, die allerdings nicht mehr in so großer Auswahl zur Verfügung stehen. Das gebrauchte Geschirr, das schon kleine Defekte aufweist, wird von jungen Mädchen abgeräumt, die sich hier für den Kellnerinnenberuf einüben. Das Linnen weist kleinere Flecken auf, die von dem gestrigen Mahl der höheren Angestellten stammen.

Die niedrigeren Angestellten, die Haushälterinnen, Telefonistinnen, Stenotypistinnen, die Kellnerinnen der Teeräume und Sodaquellen haben ihren Raum für sich. Auch sie bedienen sich selbst, natürlich schon ohne Auswahl, sie nehmen das, was man ihnen zuweist. Die Tischtücher sind schon gehörig bekleckst; sie zeigen auch schon die Spuren der Mahlzeiten der mittleren Angestellten. Das Geschirr und das Silber, das kein Silber mehr ist, zeigen allerlei Defekte.

Trotzdem atmet auch dieser Saal noch eine gewisse Vornehmheit im Vergleich zu dem folgenden, der Speiseanstalt für die Angestellten der niedrigsten Stufe.

Hier essen die Scheuerfrauen, die Stubenmädchen, die Wäscherinnen, die Wäschereimädchen, natürlich nur die weißen. Die Negerinnen essen in einem kleineren Nebenraum. Man hört bis hierher ihr lautes Lachen und Kreischen.

Dieser Riesenraum für das niedrigste weiße weibliche Personal ist durch ein Holzgitter in zwei ungleiche Hälften geteilt.

Die kleinere umfaßt die Küche, den Abwasch und die Speiseausgabe.

In riesigen Blechkesseln werden hier die Mahlzeiten gekocht und dann in heißes Wasser gestellt, wo sie der Verteilung harren.

Der Abwasch befindet sich in der Nähe der Speiseausgabe. Er weist keinerlei neuere Errungenschaften auf. Vor ihm stehen vollkommen stumpf-müde Einwanderer, die noch kaum ein englisches Wort kennen. Hier fangen viele an, beim Abwasch. Die Gesichter wechseln oft, aber nicht die trostlosen Mienen. Die Füße stehen im Wasser, es sind keine Vorkehrungen getroffen, sie gegen Nässe zu schützen. Beim Abwasch stellt man immer Fremde nebeneinander, keine Landsleute. Hier braucht ja auch einer den anderen nichts zu lehren.

Immer die gleichen Bewegungen. Die Speisereste werden mit der Hand vom Teller in den Mülleimer abgewischt, der in der Nähe steht und von Stunde zu Stunde einen scheußlicheren Gestank verbreitet. Es gibt viele Speisereste. Die hier Essenden bringen selbst ihre Teller zum Abwasch, oft geben sie dem vollkommen unschuldigen Geschirrwäscher von ihrer Unzufriedenheit mit dem Essen Kenntnis:

„Das sollte man Schweinen vorsetzen, nicht uns. Puh, was für ein Fraß.“

Die Geschirrwäscher verziehen dann aber nicht ihr Gesicht, um so weniger, weil sie ja kaum ein Wort verstehen.

Dann werfen sie die Teller in das heiße Wasser, ziehen sie wieder heraus und stellen sie hin – zu neuem Gebrauch.

Die größere Hälfte des Raumes dient als Speisesaal. Hier stehen in kaum übersehbarer Reihe lange, schmale Holztische und lehnenlose Bänke.

Auf diesen Tischen bilden sich gleich nach den ersten Essenden Suppenlachen und Speiserestehügel, die dann im Laufe der Mahlzeit den ganzen Tisch überschwemmen.

Der große Raum ist erfüllt von einem undefinierbaren Geruch von Schweiß und Müll, Spülwasser und schlechten Lebensmitteln.

Auch hier bedient man sich selbst, nimmt ein Tablett aus Blech, das meist an irgendeiner Stelle verbogen ist, und ein Besteck, gleichfalls aus Blech, mit allerlei individuellen Zügen. Jede Gabel, jeder Löffel, sogar die Messer haben im Laufe der Zeit eine besondere Gestalt angenommen, als wären sie genauso vom Leben gezeichnet, wie jene Personen, die gezwungen sind, sie zu benutzen.

Die Teller lassen unter der abgeschabten Glasur ihre ursprünglich graue Farbe durchschimmern.

Die Speiseausgabe wird von einigen völlig erschöpften Kreolen besorgt, die immer wieder monoton und doch verzweifelt die Herandrängenden zur Geduld oder Schnelligkeit mahnen.

„Weiter!"

„Ja gleich, wir haben nur zwei Hände."

„Weiter!"

Obgleich das Personal der niedersten Stufe immer erklärt, keine Suppe hier mehr anzurühren, so drängen doch alle jeden Tag aufs neue mit ihren Tellern zu den Suppenverteilern, immer in der Hoffnung, der Fraß könnte einmal unerwartet einen angenehmen und kräftigen Geschmack haben.

Im Speiseraum stehen mächtige Kübel, angehäuft mit Pellkartoffeln. Diese bilden das wichtigste Nahrungsmittel vieler, besonders aller irischen Scheuerfrauen. Jeden Tag bekommt man sie zweimal, und es sind diese Kübel, die am schnellsten leer werden.

Die Frauen nehmen die Pellkartoffeln in ihre Schürzen oder in ihre Röcke, die sie ein bißchen hochschürzen, wie es Bäuerinnen tun. Manche nehmen von den Pellkartoffeln bis zu einem Dutzend, es ist alles, was sie essen. Es gibt auch einige ganz verhutzelte alte Weiber, die in einem Blechgefäß, wie man sie bei Bettlern sieht, manche noch aufheben und mit viel Vorsichtsmaßregeln hinausschmuggeln, vielleicht als Geschenk für Verwandte.

Man ißt auf wenig zeremonielle Art. Die Kartoffelschalen häufen sich auf den Holztischen, oder man wirft sie einfach auf die Erde.

Nanny, die älteste Scheuerfrau, die einer Holzstatue gleicht, gehört zu denen, die meist als erste den Speiseraum betreten. Sie holt sich jedesmal einen Teller Suppe und einige Pellkartoffeln. Nachdem sie zwei Löffel voll von der Suppe gegessen hat, schiebt sie den Teller weit von sich und widmet sich den Kartoffeln. Sie arbeitet im Hotel Amerika, seitdem es erbaut wurde, und kann sich noch an die allerersten Anfänge des Hotels erinnern. Sie hat mit eigenen Augen die ganze ungeheuere Entwicklung des „dear old little New York", des „lieben alten kleinen New Yorks" mit angesehen. Alles hat sich geändert, nur nicht die Suppe. Immer versucht sie ihr Glück, aber nie gelingt es ihr, mehr als zwei Löffel voll hinunterzuwürgen.

Seitdem sie keine Zähne mehr hat, ißt sie im Speiseraum hauptsächlich nur noch die Kartoffeln. Sie kratzt die Pelle, dann bricht sie ein Stück von der Kartoffel, zerdrückt es zwischen zwei Fingern und schiebt es in den zahnlosen Mund.

Heute aber, nachdem sie den ersten Bissen verschluckt hat, läßt sie die Kartoffel auf den Tisch fallen und wendet sich gleich einer anderen zu. Aber die ist innen bläulich, es lohnt sich nicht, sie erst zu versuchen. An der dritten riecht sie aufmerksam, auch die ist schlecht.

Sie ist die erste, die es feststellt: die Kartoffeln sind faul.

Inzwischen wird der Raum immer voller, die Frauen kommen mit ihren Kartoffeln. Man schält sie, während die immer gleichen Witze, die bei dieser Gelegenheit üblich sind, die Runde machen.

„Das ist doch das einzige Gericht, das unsere Köche zuzubereiten verstehen."

„Wißt ihr, warum man die Haut der Kartoffel abziehen kann?"

Die Fragenden warten meist auf keine Antwort und sagen gleich lachend:

„Damit auch die Armen jemandem die Haut abziehen können, das ist doch klar."

Aber die Witze hören auf, sobald sie in die Kartoffeln beißen.

„Heute schmeckt ja nicht mal dieses Zeug."

„Das sind keine Kartoffeln, das sind Stinkbomben."

„Man verwechselt uns mit Schweinen."

„Wieso? Die haben wahrscheinlich uns diese Kartoffeln übriggelassen."

Der Lärm wird immer größer. Es ist ein anderer als sonst, nicht das allgemeine Gesumme, das gewöhnlich menschenvolle Räume erfüllt. Heute ist er schärfer, schriller und lockt auch die Leute aus anderen Sälen herbei.

Es kommen die Negerinnen und halten gleichfalls Kartoffeln in den Händen. Auch sie haben keine besseren bekommen.

Es kommen einige Haushälterinnen, die wie aufgescheuchte Hühner von einer Gruppe zur anderen hüpfen und zu beschwichtigen versuchen. Sie wissen selbst nicht, ob es besser sei, den aufgeregten Frauen recht zu geben, oder die Tatsache, die Kartoffeln seien faul, zu leugnen.

So sagen sie unverbindliche Worte mit freundlicher Miene, wie:

„Freilich, freilich."

„Immer nur die Ruhe."

„Das beste ist, sich nicht aufzuregen."

Sogar Männer erscheinen jetzt im Speiseraum der weiblichen Angestellten.

Diese Männer gehören gleichfalls zu den Angestellten der untersten Stufe, und auch sie haben Pellkartoffeln erhalten, die ihnen wenig schmackhaft erschienen. Nur hatten sie anfangs diese Tatsache gleichgültiger als die Frauen aufgenommen. Erst als sie von der Aufregung bei den Frauen erfuhren, wurden auch sie widerspenstig, begannen Krach zu schlagen und machten sich, reich mit den schlechten Kartoffeln ausgestattet, auf den Weg zu dem Speiseraum des weiblichen Personals.

Der des männlichen Personals unterster Stufe ist noch weniger angenehm als der der Frauen, denn in Amerika genießt ja die Frau eine Vorzugsstellung. Sie wird im Hotel Amerika auf diese Weise dokumentiert.

Der Speiseraum des niedersten männlichen Personals befindet sich drei Stock tief unter der Erde. Es stinkt hier wie in einem Schiffsraum, in den nie Luft, Licht und Sonne dringt.

Hier essen alle Schwerarbeiter des Hotels, die Hausmänner, die die Korridore reinigen und die schweren Staubsauger handhaben, die Männer, die die Wände in den Zimmern abwaschen, die Fensterputzer, die Kammerjäger, die „nützlichen Männer", wie man jene nennt, die die Marmorböden und Steinfliesen aufzuwaschen haben, die Heizer, auch die Träger, die Pagen und die Küchenjungen.

Fritz soll hier heute zum erstenmal essen. Es flimmert vor seinen Augen, seine Hände zittern, die Füße brennen wie

Feuer; die Krankheit und die lange Arbeitslosigkeit haben ihn schlapp gemacht, er ist den körperlichen Anstrengungen nicht genügend gewachsen.

Doch er hat Hunger. Der Aufenthalt in der Küche, zwischen all den Leckerbissen, hat seine Magennerven angeregt. Er hatte sich ordentlich gefreut, als er in einem Nebenraum der Küche einen nett gedeckten Tisch erblickt hatte. Wenn man in der Küche arbeitet, dachte er, bekommt man wenigstens etwas Anständiges in den Magen.

Aber er sollte eine schlimme Enttäuschung erleben. Der nett gedeckte Tisch war ausschließlich für die Köche bestimmt, und er, der Küchenjunge, mußte sich trollen.

Im Speiseraum ist es schon voll, die Leute sitzen dicht gedrängt nebeneinander. Die Männer schlürfen die Suppe, ohne viel darüber nachzudenken, was sie essen; sie sind, wenn sie Hunger haben, weniger wählerisch als die Frauen.

Fritz aber wird es ganz übel in der ungewohnten Luft, er wird hin und her geschoben und findet keinen Platz.

Er hält Umschau nach dem Gemüseträger, von dem August gesprochen hat. In dem Gewoge von Menschenkörpern und Köpfen ist es aber schwer, einen einzelnen zu entdecken.

Man weiß nicht, wie die Kunde von den Ereignissen im Speiseraum des weiblichen Personals nach unten gedrungen war. Wahrscheinlich erzählte davon einer der Speisenträger. Kaum ist die Nachricht bekannt geworden, lassen viele ihre Speisen stehen und ziehen nach oben.

Und hier, vor dem Eingang, trifft Fritz mit dem Gemüseträger, den er vorhin vergeblich gesucht hatte, zusammen.

Er erkennt ihn sofort und spricht ihn an. Fritz möchte einen Kameraden haben, der ihm in diesem Chaos einen Weg weisen könnte. Es ist nicht leicht, sich hier zurechtzufinden.

Der Gemüseträger gibt ihm gern Auskunft.

„Es ist bisher noch nicht viel geschehen, um die Leute einander näherzubringen. Die meisten würden noch nicht einmal zugeben, daß man sich zusammenschließen muß, um etwas zu erreichen."

„Aber heute geht es ja ganz toll zu."

„Toll geht es schon manchmal zu, aber es ist immer nur Strohfeuer. Wenn es darauf ankommt, ihnen begreiflich zu machen, daß nur durch Ausdauer und Organisation etwas zu erreichen ist, rücken sie einfach aus. Das kommt davon, weil wir hier alle so provisorisch leben, und wenn wir auch fünfzig Jahre ein und dasselbe tun. Alle glauben, morgen beginnen sie was anderes, fahren womöglich zurück in die Heimat oder eröffnen ein Geschäft und werden reich. Keiner will es wahrhaben, daß er doch gezwungen wird, denselben Dreh sein ganzes Leben lang zu machen."

Der Speiseraum ist jetzt gedrängt voll. Man sieht fuchtelnde Arme, aufgerissene Münder, diskutierende Gruppen.

Fast niemand sitzt an den Tischen. Zu den wenigen gehört Patrizia. Ihr Dutt ist verrutscht; sie hat die Brille aufgesetzt und versucht nun mit großer Geduld, genießbare Kartoffeln herauszufinden. Sie prüft jede einzelne sehr aufmerksam, beriecht sie, bevor sie dann sehr vorsichtig eine kostet.

Die Stimmung wird immer lebhafter; es ist etwas Neues, daß hier im Speiseraum Frauen und Männer, Schwarze und Weiße zusammentreffen.

Besonders die Jugend findet es unterhaltend, so zusammenzustehen und zu schimpfen.

Fritz entdeckt auch Shirley, die zu jenen gehört, die am lautesten ihre Klagen vorbringen. Sie zählt, trotz ihrer Jugend, zu den „Alten"; so werden alle genannt, die schon seit einer Reihe von Jahren im Hotel arbeiten.

Sie war noch ein Kind, als sie hier zu arbeiten begann.

Shirley gefällt Fritz jetzt besser als vorhin in der Küche. Sie vergißt ganz, die Hochmütige zu spielen.

„Nun, siehst du, ich habe doch vorhin richtig geahnt, wir würden uns noch heute mittag treffen und wieder sprechen."

Shirley erinnert sich sofort ihrer hochfliegenden Pläne und wendet sich von Fritz ab.

„Ich kann es nicht ändern, daß wir uns treffen, aber ob wir miteinander sprechen, ist meine Sache."

Ingrid ist freundlicher. Salvatore ist neben ihr aufgetaucht, sie freut sich, daß sie mit jemandem über alles, was um sie herum geschieht, sprechen kann. Seitdem sie hier ist, hört sie nichts weiter als Klagen, aber sie wurden immer nur im Flüsterton und dann vorgebracht, wenn niemand von dem Aufsichtspersonal es hören konnte.

Und nun sprechen sie alle ohne Scheu. Ingrid findet das wunderbar.

„Ich mag hier eigentlich nur Eis essen; wenn es sehr heiß ist, bekommen wir es.“

„Die Männer bekommen gar kein Eis, siehst du, ihr Frauen habt es doch immer besser.“

„Das sagt ihr nur so. Du glaubst es doch nicht wirklich? Oder möchtest du mit mir tauschen?“

„Nein, nein, ich möchte kein Mädchen sein; außerdem kann ich zu Hause Eis essen, soviel ich will. Mein Vater hat eine kleine Konditorei.“

„So gut hast du es?“

Im Saal wächst die Aufregung, als auch der Aufzugsführer, der heute früh dem Lift durch zwanzig Stockwerke nachlief, von zwei Männern gestützt eintritt.

Er ist noch sehr blaß und kann nur mit Schwierigkeit sprechen.

Er selbst wollte nicht kommen, man hat ihn aber mitgeschleppt.

Seine einzige Sorge ist, daß niemand vom Aufsichtspersonal ein Wort über die Angelegenheit erfährt; aber sie lassen ihn nicht, die anderen, sie wollen, daß es bekannt wird. Sie schreien, daß man ihr Leben durch schlecht funktionierende Aufzüge gefährde. Der Führer weiß, daß man ihn keines Versäumnisses beschuldigen kann, und doch zweifelt er keinen Augenblick daran, daß, sollte man die Sache zur Sprache bringen, die Direktion nur ihn entlassen und erklären würde, die Aufzüge funktionierten vorschriftsmäßig.

Deshalb flüstert er in einem fort den Herumstehenden, die seinen Fall erzählen und auf ihn zeigen, zu: „Schweigt, schweigt doch.“

Im Raum taucht immer zahlreicher Aufsichtspersonal auf. Die schwarzen Seidenkleider der Haushälterinnen sind vollzählig hereingerauscht. Aus den Sälen der höheren Stufen kommen immer mehr, um sich den Sturm in der Unterwelt anzusehen. Manche sind peinlich berührt, andere finden das Gehabe wegen ein paar schlechter Kartoffeln nur komisch. Sie versuchen aber zu beschwichtigen, da ihnen rechtzeitig einfällt, wie oft schon auch höhere Angestellte niedrigste

Arbeit verrichten mußten, wenn die hier unten ihren Pflichten nicht nachkommen wollten.

Aber die Beruhigungsversuche bleiben völlig erfolglos. Im Saal summt es immer lauter und drohender. Da betritt eine Persönlichkeit aus der höchsten Stufe des Hotelpersonals den Raum: der Personaldirektor, der sich nur selten zu zeigen pflegt.

Vorläufig wird er übersehen. Erst als er auf einen hohen Stuhl steigt und so über den Köpfen der Menge auftaucht und von einigen Leuten erkannt wird, die ihre Kenntnis den anderen weitergeben, beginnt es etwas ruhiger zu werden. Der Direktor ist von unübertrefflich jovialem Wesen. Seine Freundlichkeit ist im Hotel geradezu sprichwörtlich. Er hat genau berechnet, daß neu eingestellte Leute erst nach vier Wochen die Arbeitsleistung der „Alten" erreichen. Er hat auch genau berechnet, welche Verluste dem Hotel durch häufiges Wechseln des Personals entstehen. Er hat das alles genau in Ziffern, statistisch und prozentual, schwarz auf weiß, auf dem Papier. Haushälterinnen, deren Obhut Stubenmädchen und Scheuerfrauen in größerer Anzahl entfliehen, kommen bei ihm bald auf die schwarze Liste. Man muß aus den Leuten auf liebenswürdige Weise so viel herausholen, wie überhaupt möglich. Sie dürfen es selbst gar nicht merken, denn das Personal, das nicht wissenschaftlich und statistisch rechnet, wirft einfach alles hin und geht spazieren, wenn man ihm unfreundlich begegnet.

Die Stimme des Direktors, die vor lauter Freundlichkeit etwas zittert, dringt nur schwer durch.

Er muß einige Male den gleichen Satz wiederholen, bis er sich der Hoffnung hingeben kann, gehört zu werden.

„Nun, ihr Leute, was ist eure Beschwerde?"

Die Antworten aus allen Ecken des Saales tauchen im großen Lärm unverständlich unter.

Man hört nur wie einen Refrain die sich immer wiederholenden Sätze:

„Die Kartoffeln stinken!"

„Die Kartoffeln sind faul!"

Der Direktor sieht die Neger im Saal, er sieht die Männer im Saal, und er beginnt mit angenehmer Stimme, die aber weit trägt, sich an diese zu wenden.

„Unsere farbigen Freunde und Freundinnen werden die Freundlichkeit haben, in ihre Speiseräume zu gehen. Wenn mich meine Erinnerung nicht täuscht, ist dieser Raum auch nur für das weibliche Personal bestimmt, und ich möchte deshalb die Männer bitten, in ihren Speisesaal zu gehen."

Aber nur sehr wenige folgen dieser Aufforderung. Die Zurufe werden lauter.

„Nee, mein Lieber, wir bleiben hier, man setzt uns den gleichen Fraß vor wie den Frauen, wir können ebensogut zusammenbleiben."

„Ich spreche in eurem eigenen Interesse, wir kommen besser vorwärts, wenn wir die Ordnung aufrechterhalten."

„Ordnung! – als ob das in Ordnung wäre, uns verdorbene Lebensmittel vorzusetzen."

Der Direktor sieht die Stimmung und besteht vorläufig nicht weiter auf seinem Wunsch.

„Nun, wem haben die Kartoffeln nicht geschmeckt?"

Der ganze Saal braust auf, alles schreit und ruft durcheinander.

„Geschmeckt, das hat er gut gesagt! Keinem einzigen schmeckt es hier."

„Man könnte es ganz gut bis zu den Direktionszimmern riechen, daß die Kartoffeln faul sind."

„Du hast wohl Schnupfen, Oller, daß deine Nase nichts vom Gestank merkt."

Der Direktor läßt sich nicht aus seiner Ruhe bringen. Väterlich spricht er weiter.

„Liebe Kinder, wenn ihr alle gleichzeitig auf mich einschreit, wie soll ich euch verstehen? Jeder einzelne kann mir seine Beschwerden sagen, und ich werde ihn anhören und für Abhilfe sorgen. Aber wenn ihr alle gleichzeitig schreit, verstehe ich nichts, ihr macht mich taub. Also bitte, es komme jeder einzeln zu mir."

Einzeln, jeder einzeln! Die Masse ist plötzlich wie gelähmt. Man weiß, was es bedeutet, einzeln vorzutreten. Der Direktor weiß, was er will. Er kann auf diese Weise leicht die Unzufriedenen feststellen. Die Unzufriedenen, die es auch wagen, offen ihre Unzufriedenheit zu bekennen. Unter den „goldenen Regeln" des Hotels, deren Kenntnis jedem Angestellten ans Herz gelegt wird, befindet sich auch folgende:

„Das Hotel duldet unter dem Personal keine Unzufriedenen."

Von verschiedenen Seiten ertönt der Ruf:

„Einer kann für alle reden, wir haben alle die gleichen Beschwerden."

Nein. Der Direktor geht darauf nicht ein, jeder kann nur für sich reden. Allgemeine Klagen anzuhören sei er nicht in der Lage – er wiederholt es noch einmal.

„Wem haben die Kartoffeln nicht geschmeckt? Der soll doch herkommen und sie mir zeigen."

Es wird immer stiller im Raum.

Der Direktor hat durch Ziffern die genauen Verluste des Hotels durch Personalwechsel festgestellt. Das Personal braucht keine genauen Ziffern. Jeder weiß, was er verliert, wenn er Arbeit suchen muß. Die Verluste des Hotels werden mit Abertausenden multipliziert, und sie ergeben sicher eine recht stattliche Summe. Die Verluste des Personals, der Einzelwesen, sind im Grunde lächerlich gering; sie verlieren nur einige Dollars. Aber diese wenigen Dollars bedeuten für sie das Leben, die nackte Existenz. Alle denken jetzt schaudernd an die Tage der Arbeitssuche, an die Stellenvermittlungsbüros. Und dann: das Anstehen frühmorgens vor den Fabrikkontoren, das Studium der „Kleinen Anzeigen" in der „World", die Hetze, die Angst vor dem Zuspätkommen, das Grauen vor dem Satz, der ihnen überall entgegengeschleudert wird: „Keine Arbeit mehr." „Alle Stellungen schon besetzt" . . .!

Besonders die Älteren, die am schwersten neue Arbeit finden können, überlegen sich, wie alles werden könnte, wenn sie wieder auf der Straße säßen.

„Meine Liebe, dieses grüne Gemüse macht hier einen Radau", sagt eine alte Scheuerfrau zu der anderen, „das überlegt sich nicht, wie es noch weiter kommen könnte. Geht da meine Schwester vorige Woche auf eine Anzeige hin in das neue ‚Luxusturm-Appartementhaus'. Es wurden Scheuerfrauen gesucht. Der Portier fragte, wie sie heiße. Nun, Smith, und nicht anders. Warum er das wissen will? Nun, weil heute nur Frauen hereingelassen werden, deren Name mit ‚F' anfängt, sonst wäre die Auswahl und das Gedränge zu groß."

„Ja, man muß es sich zweimal überlegen, bevor man sich feuern läßt.“

Zwei Jüngere sprechen.

„Es ist wahrhaftig noch besser, als Dienstmädchen zu gehen, dann hat man wenigstens sein anständiges Essen und Zimmer und besseren Lohn.“

„Und du hast den ganzen Tag und den ganzen Abend keinen Augenblick deine Ruhe! Ich kann dir nur sagen, ich habe meinen eigenen Namen gehaßt. Immer das Rufen, das Herumkommandieren. Jetzt habe ich wenigstens meine Ruhe. Und wenn die Uhr vier schlägt, dann hat mir keiner mehr was zu sagen.“

„Nun, wem haben die Kartoffeln nicht geschmeckt?“

Der Direktor scheint winzig inmitten der hin und her wogenden Menge, aber er repräsentiert die Macht, und jeder kennt die Bedeutung seiner Worte.

„Wir wählen einen Vertrauensmann, der für uns alle spricht.“

Das ist Fritzens Stimme, die unbeachtet untergeht.

„Jeder komme einzeln, ich werde die Beschwerden prüfen.“

Der Direktor ändert nicht seine Taktik.

Es wirkt überraschend und befreiend, als endlich die alte Nanny hervortritt und sich zu dem Direktor einen Weg bahnt.

In ihrer Hand mit den fast fingerdicken Adern, dieser Hand, die aussieht, als wäre sie aus hartem, braunem Holz geschnitzt, hält sie eine glitschige, bläulich-schwarze Kartoffel, die Spuren ihrer Nägel aufweist. Diese Kartoffel streckt sie dem Direktor zu.

„Die Kartoffel ist faul, Herr, alle sind wie diese.“

Der Direktor nimmt die Kartoffel zwischen zwei Finger – zwei Finger, die weiß und glatt sind, gekrönt von glänzenden, rosigen Nägeln, die heute früh eine halbe Stunde lang von noch weißeren Mädchenfingern behandelt wurden. Mit diesen Fingern also nimmt er die Kartoffel und entkleidet sie völlig ihrer Schale.

Und beginnt zu essen! Aller Augen sind auf ihn gerichtet. Er ißt, als befände er sich auf einer Bühne, als führe er ein Schauspiel vor.

Beobachtete man nur sein Mienenspiel, so müßte man annehmen, er verzehre eine besondere Delikatesse. Seine Zunge prüft feinschmeckerisch jeden Bissen. Er begnügt sich keineswegs mit halber Arbeit. Die ganze Kartoffel verschwindet zwischen dem Zahngehege.

Die Leute beobachten ihn, als wäre er ein Zauberkünstler, der ihnen ein besonders schwieriges Kunststück vorführe.

Sie machen allerlei Zwischenbemerkungen, feuern ihn an und erleichtern ihre Wut durch boshafte Zurufe.

„Alterchen, du hast einen prima Magen, das kommt von der guten Pflege, die du dir angedeihen läßt."

„Gib acht, daß dir die Stinkkartoffel nicht hochkommt, wenn du deine Bücklinge machst."

Die jüngeren Männer, die einen Kartoffelvorrat mitgebracht haben, beginnen ihn sogar zu bombardieren.

Eine Kartoffel, die innen ganz schwarz ist und weich, fliegt dem Direktor zu, streift seine Schulter und klatscht dann zu Boden.

„Friß die!"

Am lautesten sind die ganz jungen.

Salvatore zielt mit Schwung, unter Ingrids bewundernden Blicken, eine ausgewachsene Kartoffel, die nur einige Millimeter weit die Nase des Direktors verfehlt.

Sie haben keine Angst mehr, sie sind wieder eine große Masse, in der man keinen einzelnen erkennen kann. Der Direktor findet, daß es notwendig sei, entgegenkommendere Töne anzuschlagen.

Er trocknet mit einem Taschentuch seine Finger und ruft dann mit gleichmäßig freundlicher Stimme, als habe er nichts von dem unbotmäßigen Betragen bemerkt, der Menge zu:

„Nun, Leute, ihr laßt mich kaum zu Worte kommen, ich will ja nicht behaupten, die Kartoffel sei gut. Es wäre aber auch unwahr, zu sagen, die Kartoffel sei ungenießbar. Nun, sie ist etwas angefroren, viele würden das wahrscheinlich gar nicht merken, zum Beispiel ich, wenn ihr mich nicht vorher aufmerksam gemacht hättet."

„Ja, man muß so verwöhnte Gaumen haben wie wir, man verwöhnt uns zu sehr, Chef."

„Wollt ihr mich vielleicht ausreden lassen? Ich werde

natürlich sofort Abhilfe schaffen. Unsere Einkaufzentrale erhält genügend Mittel, um euch tadellose Nahrungsmittel vorsetzen zu können. Ich verspreche euch die genaueste Untersuchung; wenn ich Mißstände entdecken sollte, werde ich unnachgiebig vorgehen. Jetzt aber erwarte ich, daß jeder unverzüglich an seine Arbeit zurückgeht."

„Und die Suppen, die wir bekommen, koste die mal, Chef."

Der Direktor bleibt auf seinem Stuhl stehen und verlangt einen Teller Suppe.

„Gib ihm nicht zu knapp, Joe", rufen mehrere dem Suppenverteiler zu.

„Er soll nicht Hunger bei uns leiden."

Der Direktor beginnt, die Suppe zu löffeln; er ißt, ohne eine Miene zu verziehen. Er löffelt und löffelt.

Seine Lage ist nicht angenehm. Die vielen Augenpaare, die sich alle auf seinen Mund richten, sind nicht bequem. Aber er ißt und ißt, bis kein Tropfen übrigbleibt. Dann zeigt er den leeren Teller der Menge.

Der Direktor lacht.

„Kinder, ich komme mir vor wie ein Baby, das Angst hat, es bekommt Haue, wenn es nicht alles aufißt. Aber Spaß beiseite, ich finde die Suppe nicht schlecht."

„Aha, man will uns nichts Besseres geben."

„Man glaubt, man kann uns mit einem Komödienspiel satt machen."

„Wir wollen richtige Abhilfe."

„Bei der Untersuchung über die Einkäufe der Zentrale für die Personalküche soll auch von uns jemand zugegen sein."

„Es gibt hier noch genügend andere Mißstände, alle sollen untersucht werden."

Der Direktor überhört alle Zwischenrufe; seine Rede geht glatt und liebenswürdig weiter.

Er weiß wohl, worauf es jetzt ankommt: sich vor bindenden Zusagen und Verpflichtungen hüten! Mit vielen Worten macht er vage Versprechungen und läßt versteckte Drohungen durchklingen.

Inzwischen ist das gesamte Aufsichtspersonal des Hotels einschließlich der „Offiziere" und Detektive in dem Saal erschienen. Die Unzufriedenen werden stiller, man möchte nicht erkannt werden. Denn vor den höheren Angestellten mit dem gut trainierten Personengedächtnis löst sich die gesichtslose Masse in bestimmte Einzelwesen auf.

Andere, wie Fritz oder der Gemüseträger, die die Lage klar erkennen, sagen sich, daß die vollkommen unorganisierte, uneinheitliche Masse mit solchem spontanen Vorgehen keinen Erfolg davontragen kann.

Die Masse löst sich langsam auf, die Gruppen zerbröckeln, viele treten den Rückzug an und gehen zur Arbeit zurück, als wäre nichts geschehen.

Jetzt, in der faulsten Stimmung erhebt sich ganz unerwartet die heisere, junge Stimme Shirleys.

„Sag, Papachen, wenn es dir hier so schmeckt, warum ißt du nicht immer mit uns?"

Sie ist selbst erstaunt, als sie sich reden hört. Sie findet die anderen feige, sie kuschen sich gleich, wenn man ihnen mit einer Drohung kommt, aber sie, sie will nicht schweigen. Und dann: sie kann es sich ja erlauben zu reden, morgen wird sie als reicher Gast wiederkommen. Dann wird der Direktor noch Bücklinge vor ihr machen. Heute ist ohnehin der letzte Tag, er soll wenigstens ihre Meinung hören über diese Lausebude, in der sie ihre Jugend verbracht hat.

Viele, die sich schon der Tür genähert haben, bleiben stehen.

Man will noch hören, was dieses freche Gör weiter sagen wird.

Shirley spricht nicht verhüllt von der Masse; sie hat sich herausgezwängt, herausgeschält, sie steht in unmittelbarer Nähe vor dem erstaunten Direktor.

Er dachte schon, den ganzen Krawall abgewehrt zu haben, und nun gibt dieses kleine Wäschermädel keine Ruhe.

„Du meinst, ich würde mit euch nicht speisen, weil ihr zu schlechtes Essen bekommt?"

„Freilich meine ich das. Man setzt uns einen Fraß vor und tut noch, als ob wir es weiß Gott wie gut hätten. Schon der Gestank in unserem Speiseraum ist zum Kotzen."

„Wie heißt du, Mädchen?"

„Ich heiße Shirley."

„Nun, Shirley, sieh dich mal um."

Der Direktor macht eine breite, ausladende Armbewegung und zeigt auf den Saal, der sich langsam zu lichten beginnt.

Shirleys Augen folgen den Bewegungen des Armes.

Es sieht wild aus im Saal. Die Tische sind noch nicht gereinigt, sie ertrinken fast in den Überresten des Mittagessens. Auch der Boden hat reichlich vom Abfall abbekommen. Neben den zerquetschten, verfaulten Kartoffeln liegen Brotkrusten, Schalen, schwimmt verschüttete Suppe.

„Nun, Shirley, meinst du, die Verwaltung ist schuld an dem Zustand des Saales? Wenn euch übel wird von der Luft hier, solltet ihr für Ordnung sorgen."

„Ach, Chef, tun Sie doch nicht so, als ob wir schuld hätten. Ich weiß, Sie werfen die Kartoffelschalen nicht auf die Erde. Ich weiß sogar, daß Sie Ihre Kartoffeln nicht einmal zu schälen brauchen. Ich weiß ganz gut, wie die reichen Leute essen, das sehen wir ja, wir haben auch Augen. Ich habe schon genauso fein gegessen wie Sie, Chef, mit Fingerschalen und Spitzentüchern vor dem Dessert. Aber wenn man mir schweinisch zu essen gibt, esse ich auch schweinisch. Und wohin sollen wir mit den Kartoffelschalen? Wir haben ja keinen Platz, wir sitzen zusammengepfercht wie Heringe in unseren wunderbaren Fauteuils."

Shirley macht die weit ausladende Handbewegung des Direktors nach und zeigt auf die schmalen, lehnenlosen Bänke. Im Saal lacht man.

Die Hiergebliebenen wollen jetzt noch nicht wieder an die Arbeit zurück.

„Ein verteufeltes Mädchen das."

„Sie ist nicht auf den Mund gefallen, das ist einmal sicher."

Der Direktor möchte dem Gespräch ein Ende machen, aber Shirley ist nicht so leicht einzuschüchtern. Wenn sie schon angefangen hat zu reden, will sie auch alles sagen, was seit Jahren sich bitter in ihr aufgestapelt hat.

„Warum sehen Sie sich, Chef, nicht unsere Zimmer an? Ein Stall ist ein Salon dagegen. Es ist fast so eng wie an unseren Tischen. Wenn ich aus dem Bett steigen will, stoße ich meine Nachbarin, und Dreck könnten Sie auch genug sehen. Auf unserem Korridor reinigt ein Stubenmädchen an einem Vormittag hundert Zimmer. Gut genug für uns. Faustdick liegen die Staubflocken unter unseren Betten."

Der Direktor zeigt bewunderungswürdige Geduld. „Hör mal, Shirley, du scheinst doch ein kluges Mädchen zu sein. Wenn es dir zu schmutzig scheint in deinem Zimmer, warum nimmst du nicht einen Besen und fegst mal ordentlich?"

„Erstens müßte ich eine halbe Stunde nach einem Besen laufen, wenn ich überhaupt einen bekomme, und dann sehe ich nicht ein, warum ich meine freie Zeit damit verbringen soll. Unsere Zimmer sind doch angeblich gereinigt. Und sehen Sie sich, Chef, mal unsere Wäsche an. Alle Fetzen, die man nicht mehr ausbessern kann, die auseinanderfallen, wenn man sie nur anrührt, gibt man uns. Oder sollten wir unsere freie Zeit damit verbringen, sie versuchen zusammenzunähen? So dumm, wie Sie meinen, sind wir noch lange nicht."

Der Direktor versucht, die Ausbrüche Shirleys ins Humoristische zu biegen.

„Nun, Mädchen, es wundert mich nicht, daß du keine Muße hast, dein Zimmer in Ordnung zu bringen; ich glaube eher, du verbringst deine freie Zeit als Volksrednerin und stehst nachts am Columbus Circle auf einer Seifenkiste."

Aber Shirley ist auch jetzt nicht um Antwort verlegen.

„Ja, das wäre schlauer, als versuchen zu ruhen. Man muß schon todmüde sein, um in den überfüllten Räumen schlafen zu können. Wenn das Schnarchen und Beten der Kolleginnen nicht stört, dann hat man die Wanzen. Jawohl, es wimmelt bei uns von Ungeziefer. Die Schaben spazieren am hellichten Tag im Trakt des Personals umher. Sie können selbst sehen, ob ich genug zerstochen bin."

Das Lächeln des Direktors bringt Shirley in Wut. Sie öffnet den weißen Kragen ihrer Uniform und zeigt auf ihre halbentblößte Brust, auf der einige Insektenstiche zu sehen sind.

„Komm, Puppe, die Wanzen haben dich sicher auch sonst nicht geschont, zeig uns nur, wo sie dich überall gestochen haben."

Aber solche Zurufe aus der Menge ärgern Shirley weniger als die spöttische Miene des Direktors. Er sagt nichts, läßt sie ausreden, obgleich er ihr das weitere Sprechen verbieten könnte. Aber wahrscheinlich hat er doch Angst, ein Verbot könnte noch schlechter und aufreizender wirken als ihre Worte.

„Ja, zu uns schickt man die Kammerjäger alle Jahre einmal, obgleich man ganz genau wissen könnte, wie es da aussieht. Aber in die Gästezimmer gehen sie alle Tage."

Der Direktor beginnt jetzt die Geduld zu verlieren.

„Genug, Mädchen, du gehst jetzt zurück an die Arbeit. Ich habe eure Beschwerden angehört. Ich werde mich dafür einsetzen, daß Untersuchungen vorgenommen und wirkliche Mißstände abgeschafft werden."

„Das sind doch alles nur leere Versprechungen."

„So leicht lassen wir uns nicht beschwichtigen."

Aber diese Zwischenrufe gehen unter in dem mechanisch sich wiederholenden Satz, der von dem Aufsichtspersonal ohne Pause in den Saal gerufen wird: „Zurück zur Arbeit, zurück zur Arbeit."

Aber Shirley ist noch nicht fertig. Ihre Stimme ist schon ganz heiser, sie muß sich anstrengen, um dieses „zurück zur Arbeit" zu überschreien.

Der Direktor ist von dem Stuhl gestiegen. Jetzt, wo er dem Ausgang zustrebt, von den „Offizieren" des Hotels umringt, sieht man, daß er während der ganzen Zeit von einer Leibgarde umgeben war.

Shirley aber verfolgt ihn.

„Und unsere Aufzüge funktionieren auch nicht! Man kümmert sich nicht darum, wenn da etwas nicht in Ordnung ist. Keine Klingel geht, wir müssen uns heiser schreien, wenn die Aufzugführer uns hören sollen."

„Muß an zuständiger Stelle gemeldet werden."

„Heute ist fast ein Unglücksfall geschehen, ein Aufzug ist von selbst losgefahren. Der Führer rannte zwanzig Stockwerke dem Aufzug nach, er ist ganz krank geworden."

„Hat er dich aufgefordert zu reden, Mädchen?"

„Niemand hat mich aufgefordert, ich wollte einmal sagen, was ich denke."

„Wie heißt du eigentlich, Mädchen?"

„Ich habe es schon einmal gesagt, ich heiße Shirley."

„Und dein Familienname?"

„Ich heiße Shirley O'Brien. Es ist schön, daß ich auch einmal meinen ganzen Namen sagen darf. Ich arbeite hier schon seit sechs Jahren, aber man hat mich selten nach ihm gefragt. Genügt es nicht, wenn man meine Arbeitsnummer weiß? Ich bin Nummer 2122.“

„Shirley O’Brien, du hast anfangs von Fingerschalen und Spitzendecken, die du in feinen Restaurants gesehen hast, erzählt. Konntest du von deinem Lohn dahin gehen?“

Shirley lacht mit Augen, die voll Haß den Direktor anfunkeln, aber sie lacht.

„Nein, nicht von meinem Lohn, Papachen, das hast du richtig erraten, aber bezahlt habe ich trotzdem, jawohl, Chef. Sie wissen das ganz gut, wie es hier zugeht. Die Mädchen, die hier für einen Dollar den Tag arbeiten, möchten außer den faulen Kartoffeln auch noch was anderes vom Leben haben.“

„Shirley O’Brien, wenn es so zugeht, wie du es sagst, soll es geändert werden. Wir geben unserem Personal, jedem Mädchen, das bei uns arbeitet, genügend Schutz. Wir verzichten auf die Mitarbeit solcher, die moralisch haltlos sind.“

„Ja, Schutz gebt ihr, nur kein Geld und kein anständiges Essen.“

Shirley wird still. Sie fühlt sich plötzlich müde. Der Direktor ist verschwunden, und sie steht da, verloren in der Menge.

Die Rufe „zurück zur Arbeit“ werden immer dringender. Ja, das Aufsichtspersonal beginnt Notizen zu machen. Gut, man weiß, heute würde man den kürzeren ziehen, aber alle wissen, das letzte Wort wurde noch nicht gesprochen.

Der Saal beginnt sich langsam zu leeren, nur Shirley wird umringt, trotz des Aufsichtspersonals und trotz der dringenden Rufe.

Ingrid findet, man hätte ihr das nie zugetraut. Woher nahm sie nur soviel Mut?

„Du wirst gefeuert werden“, versichert Salvatore Shirley.

„Ich bin ‚moralisch haltlos‘, das hat er ganz schlau eingefädelt, der Direktor, nur deswegen wird man mich wegschicken; aber ich will ja gefeuert werden, mir liegt ja längst nichts mehr an dieser Lausebude.“

Celestina hält Shirleys Hand, sie blickt zu ihr auf, als sehe sie die Tochter zum erstenmal. Sie hatte also auch anderes im Kopf als ihre Vergnügungen. Sie dachte nicht nur an sich selbst, sie hatte sich Gedanken gemacht über das Leben, das sie hier alle führten. Nun braucht Celestina keine Angst mehr um sie zu haben, nicht mehr ihr nachzuspionieren. Sie würde schon selbst wissen, was sie zu tun hätte, wie sie den richtigen Weg finden müsse. Zum erstenmal merkt die Mutter, daß Shirley kein Kind mehr ist, sondern ein Wesen, das selbständig handeln kann.

Es gibt aber auch Mißvergnügte, die sich nicht genug über Shirleys Auftreten empören können. Sie schimpfen besonders laut und vernehmlich über die Verderbtheit der heutigen Jugend, wenn eine der Haushälterinnen vorbeigeht.

Patrizia ist es vor allem, die einiges über Shirley zu erzählen weiß.

„Sie klagt, daß sie nicht schlafen kann, und kommt dabei gegen Morgen nach Hause. Wenn man tanzt, kann man auch nicht schlafen.“

„Ich hätte all die Frechheiten nicht angehört, wenn ich der Direktor wäre.“

„Mit diesem Großmaul wohne ich nun in einem Zimmer!“
Shirley will hingehen und ihnen die richtige Antwort geben, aber Fritz kommt jetzt auf sie zu.

„Ich hätte dich kaum wiedererkannt, so anders hast du gesprochen als am Vormittag in der Küche. Wenn du lernen wolltest, könntest du viel für die Arbeitenden tun. Du könntest mithelfen, die Welt umzuwandeln. Es genügt noch nicht, zu wissen, daß es uns dreckig geht, wir müssen auch den Weg finden, es zu ändern. Ich möchte mit dir noch vieles reden – wollen wir uns nach der Arbeit treffen?“

Die Rufe „zur Arbeit, zur Arbeit“ werden jetzt so dringlich, daß alle, sogar Shirley, dem Ausgang zustreben.

Jetzt hat sie wieder ihre hochmütige Miene aufgesetzt.

„Wenn du es unbedingt wissen willst, kann ich es dir ja sagen: ich habe nur gesprochen, weil ich weiß, daß ich Geld haben und reich sein werde, daß ich nicht mehr wie ein Tier werde leben müssen und die ewig gleiche Arbeit verrichten, daß ich ohnehin heute allem den Rücken drehen werde, daß ich keine Angst mehr zu haben brauche, vor keinem Direktor!“

„Wir können trotzdem noch einmal miteinander sprechen.
Paß auf, wir werden uns noch treffen, du hast ja auch nicht
geglaubt, daß wir uns heute mittag sehen würden.“

10

Salvatore hatte am Vormittag seine Sache gut gemacht.
Herr Fish erfuhr von ihm Marjories Pläne für den Mittag.
Sie wollte mit ihren Freunden auf dem Dachgarten tanzen.

Herr Fish war zufrieden. Salvatore war es weniger, die
geringe Freigebigkeit des Gastes enttäuschte ihn.

Aber Herr Fish mußte beginnen, mit seinen Mitteln haus-
zuhalten. Der Erfolg stellte sich nicht so schnell ein, und es
war ratsam, noch auf allerlei Hindernisse gefaßt zu sein.

Es war aber ein gutes Vorzeichen, daß er die Möglichkeit
haben sollte, Marjorie noch vor dem Abend zu sprechen. Er
würde ihr schon klarmachen, daß er vor keinem Schritt zu-
rückschrecke und sie ihren Vater zur Nachgiebigkeit zwingen müsse.

Der Anblick des Dachgartens erfreut Herrn Fish. Dieser
mit Blumen geschmückte und Teppichen belegte, ungeheuere Glaskasten inmitten des rußigen Häusergebirges
erinnert ihn an eine Oase.

Das Netz der Straßen unten erscheint wie eine unendlich
tiefe, zerklüftete Schlucht, in der Menschen geschäftig her-
umwimmeln.

Polizisten dirigieren die endlos hin und her flutenden
Karawanen der Verkehrsmittel, die halten, rasen, halten,
rasen . . .! An den Straßenecken sammeln sich Menschen wie
Schafherden, jagen dann über die Straße, halten wieder,
jagen, halten.

Ringsherum hinter den blinkenden Fenstern der Wolken-
kratzer, die ganz nahe scheinen, sieht man sie arbeiten, in
Büros und Werkstätten, die Köpfe, die Füße, die Hände.
Manche bewegen Maschinen, als wären sie selbst Maschinen.

Und alle diese hastenden Menschen scheinen winzig zwischen den in den Himmel hinaufragenden Türmen. Es

scheint so, als hätte man die Häuser so hoch, so übermächtig
gebaut, um die Menschen um so stärker ihre Kleinheit und
Ohnmacht fühlen zu lassen.

Alle Geräusche, das Keuchen der Motoren und Maschinen dringt nur wie ein ganz fernes Summen hierher in diesen paradiesischen Raum.

Vor der Farbenpracht eines von Indianerhänden geweb-
ten Teppichs stehen die Musikanten und spielen. Die In-
strumente schrillen und klirren, pfeifen und flöten, Trom-
meln und Pauken geben den Rhythmus an, nach dem sich
die Paare inmitten des Raumes bewegen.

Sogar die Kellner folgen diesem Rhythmus. Sie schaffen
die Platten, kunstvoll geschmückt, auf Eis gebettet oder auf
Flammen gewärmt, herbei. Die Speisen dürfen nichts von
ihrer ursprünglichen Wärme oder Kälte verlieren, während
sich die Essenden in Tanzende verwandeln.

Herr Fish bleibt einen Augenblick in nachlässig eleganter
Haltung zwischen den Tischen stehen und mustert die Paare.
Es dauert nicht allzu lange, bis er Marjorie entdeckt. Natürlich, sie tanzt. Sie tanzt mit einem jungen Bengel – so be-
zeichnet ihn Herr Fish, der wenig für diese Collegeboys
übrig hat, die sich weiß Gott was einbilden, weil ihre Väter
gespickte Geldbörsen haben. Er fühlt sich frei von jeder
Eifersucht, aber es erfüllt ihn doch mit Ärger, daß Marjorie
es nicht unterlassen kann, sich mit einem solchen Schnösel
abzugeben.

Unleugbar: sie ist schön – Herr Fish kann nicht umhin,
es sich aufs neue zu gestehen. Nur hat ihre Schönheit wenig
Menschliches, sie erinnert mehr an eine Wachspuppe von
außerordentlich kunstvoller Beschaffenheit. Ihre Augen sind
von unwahrscheinlich langen Wimpern beschattet, die
Brauen zeichnen sich wie von feinstem Pinselstrich gezogen
über die Stirn. Ihr Mund von brennendem Rot und sorgfäl-
tigster Zeichnung enthüllt Zähne, die jedem Reklamezeich-
ner zum Modell dienen können. Ihre Haut, in allen Schön-
heitssalons der Welt gewaschen, ist von fleckenloser
Reinheit. Die Haare schmiegen sich in duftenden Wellen an
den Kopf. An den feingedrechselten Händen ist jeder einzelne Fingernagel ein glänzendes Kunstwerk.

Während sie tanzt, umgibt ihr Kleid die leichte Gestalt

aufs raffinierteste und einfachste wie eine gewichtlose Wolke.

Herr Fish hört sie lachen. Er versucht, sich einen Weg zu ihr zu bahnen, das ist nicht leicht. Die Tanzenden halten ihn immer wieder auf, und gerade als er in ihre Nähe gekommen ist, fühlt er Hände auf seinen Schultern, Hände, die tüchtig zupacken, die ihn weiterzerren, ganz weit weg von Marjorie.

All das geschieht so schnell, daß Herr Fish erst Zeit hat aufzublicken, als man ihn auf einen Sessel gezwungen hat. Er sitzt an einem Ecktisch, zwischen zwei stiernackigen Fremden, die ihm jetzt freundlich-derb mit lautem „Hallo, Kamerad!" zunicken.

„Kein übler Spaß, daß wir uns nach so vielen Jahren wiedertreffen." Diese Worte werden von einem derben Schlag auf Herrn Fishs Schultern begleitet.

Zum Teufel auch, ich heiße nicht mehr Fish, wenn ich diese Visagen je im Leben gesehen habe, denkt Herr Fish, aber sein Versuch, sich von den freundlichen Unbekannten loszumachen, mißlingt.

„Inkey-dinkey parleh wuh"*, krähen sie jetzt, „es war doch mordsgemütlich dort drüben in Frankreich zwischen den schönen Mademoiselles."

„Du hast dich aber gar nicht verändert, Kamerad, machst genau so ein dämliches Gesicht wie damals, als wir bei Calais lagen. Wie hieß nur das Dorf und dein Mädchen – es war doch eine Mademoiselle Blanche oder Yvonne?"

Herr Fish zwingt sich zur Ruhe. Er merkt, er sitzt in einer Falle und nichts bleibt ihm übrig, als gute Miene zum bösen Spiel zu machen. Er kramt vergeblich in seinem Gedächtnis, die Leute bleiben ihm aber fremd. Nur über die Kraft ihrer Muskeln gibt er sich keinen Illusionen hin.

Seine Hand befühlt vorsichtig die Brusttasche: ja, das Briefpaket ist noch da. Aber er sagt sich, er müsse beide Augen offenhalten, schlau sein und so tun, als ob er sich an der Nase herumführen ließe, als ob er ihnen wirklich glaube, diesen „Kameraden". So seht ihr aus, ihr Lieben, ihr Schützengrabenhelden! Vielleicht habt ihr einmal früher Alkohol geschmuggelt oder für gutes Geld Menschen niedergeschla-

* Amerikanisches Soldatenkauderwelsch.

gen!? Solche Heldentaten traue ich euch schon zu, ihr voll-
gemästeten Schweine. Ihr habt gute Muskeln und gute Nerven, viel zu gute, als daß ihr mir aufdrehen könntet, ihr
seid Kriegskameraden. Zum Teufel auch, wenn man euch
sieht, merkt man, wieviel Schaden an einem da drüben an-
gerichtet wurde. Nun gut, gehen wir auf euren alten Trick ein.

Herr Fish beginnt nun auch mit lärmender Fröhlichkeit
Wiedersehensfreude zu mimen.

„‚Inkey-dinkey parleh wuh‘, das macht Freude, wieder die
alten Töne zu hören. Ich habe eure schiefen Kartoffelnasen
nicht gleich erkannt. Der Mensch sieht anders aus, wenn man
ihn aus der Uniform schält. Ja, an die Mademoiselles, an die
denkt man noch gern.“

Die beiden beobachten Herrn Fish mißtrauisch.

„Tja, war eine tolle Zeit.“

„Schade, daß man hier nichts Richtiges trinken kann, man
müßte ordentlich Wiedersehen feiern.“

Herrn Fishs Mut scheint zurückzukehren. Hehe, man muß
Verstand haben, Muskeln allein genügen nicht. Ich werde
es schon mit euch aufnehmen.

„Wenn wir richtig feiern wollen, wüßte ich ein Lokal
dafür; man schenkt da einen echten alten Schotten aus, wie
man ihn nicht besser in London bekommt. Ich schlage vor,
kehren wir diesem langweiligen Tanzboden den Rücken.“

Nein, nein, meine Lieben, mit einem Dummkopf habt ihr
es nicht zu tun.

„Kann leider nicht weg von hier, habe eine wichtige Ver-
abredung.“

Ihr werdet mich von hier nicht weglotsen, ich werde euch
schon los werden, aber ich bleibe hier.

In diesem Augenblick tanzt Marjorie dicht an dem Tisch
der drei vorbei.

Herr Fish fühlt sich wieder wie in einer Falle, denn als er
aufspringen und auf Marjorie zueilen will, klemmen ihn die
beiden mit einer Gewalt an die Tischkante, daß ihm Hören
und Sehen vergeht. Ihre Rücken bilden jetzt eine Wand,
die ihn vor Marjories Augen verdeckt.

Aber Marjorie hat Herrn Fish trotzdem einen flüchtigen
Moment lang gesehen, allerdings war dieser Moment so

flüchtig, daß ihr Zweifel aufstiegen. Nun durchsucht sie vergeblich den Raum nach ihm.

„Glauben Sie an Erscheinungen?" fragt sie ihren Tänzer.

„Ich glaube an schöne weibliche Erscheinungen, wenn ich sie im Arm halte", sagt der Collegeboy und führt Marjorie mit viel Geschick in die Nähe der Musikanten.

„Ach, Junge, ihr lernt wenig Geist an euren Universitäten."

„Den brauchen wir ja auch Gott sei Dank nicht."

„Bobby, haben Sie sie gesehen? Dort drüben tanzt Dorothy Prince mit dem hübschen blonden jungen Mann. Eigentlich ist es skandalös."

„Warum denn? Ich finde, sie ist ein nettes Mädchen. Wie sollte auch eine sechzehnjährige Fünfzig-Millionen-Dollar-Erbin nicht reizend sein? Beim nächsten Tanz fordere ich sie bestimmt auf, da Sie, Marjorie, heute ja doch heiraten."

„Fünfzig Millionen Dollar hat dieser Backfisch! Ich komme mir wirklich wie eine Bettlerin neben ihr vor. Aber wie die Leute zu ihrem Vermögen gekommen sind, darf man nicht untersuchen. Auf den Tabakplantagen Princes soll noch heute echtes Sklaventum herrschen."

„Liebe Marjorie, wir sollten überhaupt den Ursprung unserer Vermögen nicht so genau prüfen. Es ist ja auch im Grunde unwichtig."

„Aber daß sie heute schon öffentlich tanzt! Ihre Mutter starb doch erst vor zwei oder drei Wochen. Die erste Frau vom alten Prince, das wissen Sie doch? Sie starb buchstäblich Hungers, das ist authentisch. Sie hatte, wie Herr Prince behauptete, die Unvorsichtigkeit begangen, ihn zu betrügen, obgleich sie aus armer Familie stammte. Sie selbst behauptete dagegen, daß alles nicht wahr wäre; Prince hätte einen Zeugen gekauft, um sie loszuwerden. Jedenfalls hatte er viel Geld und sie keines. Die Richter glaubten ihm. Sie konnte auch auf ihrem Sterbebett nicht die Erlaubnis erhalten, ihre Tochter wiederzusehen."

„Ja, wir Amerikaner verstehen es, Mütter zu ehren."

„Ach, Bobby, verallgemeinern Sie nicht gleich. Sehen Sie dort am Ecktisch die Frau in Weiß, das ist Frau Ellgins."

„Welche, die ‚Schund-Ellgins‘?“

„Nun, Bobby, mit nichts kann man so viel Geld verdienen als mit Schund. Zwischen dem Preis von fünfzig Cents und einem Dollar verkauft Ellgins Juwelen, unbrauchbare Grammophone und fotografische Apparate, die sich ausschließlich für Geschenke an Kleinstädterinnen eignen. Mit so etwas kann man mehr verdienen als an Zeitungen.“

„Klagen Sie nicht, Marjorie. Gedruckter Schund ernährt auch ganz gut seinen Mann samt Familie. Übrigens ist der alte Ellgins ein rühriger Mann. Er hat noch Zeit, gegen Alkohol, Landstreicherei und Geburteneinschränkung Propaganda zu machen. Da fällt mir ein: ich habe auch einmal im Sommer, als wir im Camp waren und, um manchmal etwas Stadtluft zu atmen, in die nahe Kleinstadt fuhren, die Bekanntschaft einiger seiner kleinen Angestellten gemacht. Das sind niedliche kleine Mädchen zwischen dreizehn bis sechzehn Jahren, die sechs bis acht Dollar die Woche verdienen und ihm dieses Geld für Schminke und Puder zum Teil noch zurückzahlen.“

„Acht Dollar, das ist doch eigentlich nicht wenig für so junge Mädchen.“

„Ich weiß nicht – man kann sich nur schwer vorstellen, wie sie davon leben. Freilich, sie können ja auch Freunde haben.“

„Diese Leute verstehen es eben, mit lächerlich wenig Geld auszukommen. Dabei meint Vater, sie hätten zu große Ansprüche. Aber ich wollte Ihnen eigentlich nur über Frau Ellgins Mutterschaft, das heißt Nicht-Mutterschaft erzählen. Herr Ellgins wollte unbedingt ein Kind haben; das ist schließlich begreiflich, sich bei einem so guten Geschäft nach einem Erben zu sehnen.“

„Nun, und Frau Ellgins wollte nicht?“

„Doch, aber nur gegen Vorausbezahlung einer Million Dollar; er aber war nur bereit, eine halbe Million in das Familiengeschäft zu investieren. Er ist eben ein kleinlicher Mensch. Sie hat natürlich sofort auf Scheidung geklagt.“

„Hat sie den Prozeß gewonnen?“

„Natürlich, sie ist eine Whiteacker und er immerhin nur ein Emporkömmling.“

„Marjorie, Sie sollten auch lieber einen Geschäftsmann

heiraten! Edgar Sedwick wird Ihnen nie solche Prämien versprechen, um seine Golftrophäen vererben zu können."

„Bobby, lassen Sie das nur meine Sorge sein."

„Und daß er sogar heute, am heiligen Tag Ihrer Hochzeit trainiert, ist eigentlich kein so gutes Vorzeichen. Sie hätten lieber auf mich warten sollen, Marjie."

„Bobby, kümmern Sie sich lieber um Ihre Tanzschritte, Sie verfehlen ständig den Rhythmus."

„Ich werde mich rächen. Zum nächsten Tanz fordere ich Dorothy Prince auf, und Sie werden sehen, wie sie in meinen Armen zerschmilzt."

„Wenn Sie es aufs Zerschmelzen abgesehen haben, so rate ich Ihnen, fordern Sie lieber Frau Carmer auf. Diese Matrone wird bei dem Gedanken, mit einem Jungen zu tanzen, der ihr Enkel sein könnte, die Sensation von Verruchtheit genießen."

„Marjie, Sie haben eine böse Zunge. Warum wollen Sie Frau Carmer so alt machen und vor allem – das ist noch unverzeihlicher! – mich so jung? Dabei, glaube ich, ist die Frau interessant. Ihre Scheidungsaffäre war es jedenfalls. Lebt sie jetzt wieder mit dem Gatten?"

„Ja, sie leben jetzt sogar sehr gut, nachdem sie sich mit allem denkbaren Schmutz beworfen haben. Er hat erklärt, daß sie sich mit allen Chauffeuren und Lakaien eingelassen hat; sie warf ihm seine Verhältnisse mit Kellnerinnen und Dienstmädchen vor. Dann ließen sich beide psychoanalysieren, und jetzt vertragen sie sich wieder glänzend. Um ihren Komplex loszuwerden, arbeitet sie mit meiner Mutter zusammen an der Rettung gefallener Mädchen. Sie verbringt ihre Nächte in den ‚Nachtgerichten‘, um die dort verurteilten Sünder wieder auf gute Wege zu bringen, aber auch, um, wie ich annehme, interessante Bekanntschaften zu machen. Ich finde überhaupt diese ‚Nachtgerichte‘ eine famose Einrichtung. Es wird immer mehr Mode, sie zu besuchen. Man kann damit auch ein nächtliches Fernbleiben von zu Hause auf das einfachste und überzeugendste erklären."

„Hören Sie, Marjie, – aber das bleibt ein Geheimnis unter uns! – ich kann diesen Hang zum Abgrund begreifen. Unter Umständen unterhalte ich mich besser mit einer alten Prostituierten als mit einer Dame der Gesellschaft."

„Bobby, wenn Sie nicht so schwatzhaft wären, könnte ich
Ihnen auch einiges über mich erzählen.“

„Ich schwatzhaft? Das höre ich zum erstenmal. Sie können
sich mir viel eher anvertrauen als Ihrem zukünftigen Gatten,
der Sie an Ihrem Hochzeitstage zu einer Golf-Witwe gemacht hat.“

„Bobby, fühlen Sie nicht auch manchmal einen Kitzel, als
stünde man vor einem Abgrund und jemand ist hinter uns,
der uns hinabstürzen könnte, oder man würde sich gar selbst
hinabstürzen? Wenn wir hier oben sind und in die Wolkenkratzer hineinblicken können, die alle vollgepfropft sind mit
arbeitenden, schwitzenden Menschen, fühle ich manchmal
das Gefährliche dieser ganzen Situation. Aber gerade das
reizt mich, das Gefährliche, das Leben auf dem Gipfel dieser Arbeitsberge.“

„Das Gefährliche? Marjie, haben Sie Umgang mit Bol-
schewisten? Ich sehe nichts Gefährliches. Aber ich möchte
eine Ahnung davon haben, wie es da unten ist, wie diese
anderen Menschen leben und was sie denken. Doch in Amerika wird es nie wie in Rußland werden, davor brauchen wir
keine Angst zu haben.“

„Es fällt mir nicht ein, Angst zu haben; aber gerade dieses Gefühl, daß die Welt nicht immer bleiben wird, wie sie
heute ist, wirkt auf mich betäubend. Könnte man das Leben
überhaupt genießen, wenn man nicht wüßte, daß man sterben wird? Ich liebe alles, was das Heute ausmacht, diese
Musik, diese Wolkenkratzer, von oben bis unten vollgepfropft mit Arbeitern – alle wahnsinnigen Gegensätze liebe
ich.

Die Gewißheit, daß all das nicht für die Ewigkeit ist,
erhöht nur meine Genußfähigkeit. Ich will alles, was das
Leben bieten kann, an mich reißen, sofort und ohne Be-
denken. Schon als Kind habe ich mir nie eine Freude für
den nächsten Tag aufgehoben; immer dachte ich: vielleicht
sterbe ich noch heute. Solange ich lebe, will ich ganz leben,
ich brauche keine moralischen Mäntelchen, um meine Da-
seinsberechtigung zu bejahen.“

Herr Fish hat noch einmal den Versuch unternommen, aufzuspringen, aber er mußte merken, daß er einer Übermacht

ausgeliefert war, die ihm jede Bewegungsfreiheit raubte. Mußte er seinen Plan verlorengeben? Spielte Herr Strong mit ihm Katz-und-Maus-Spiel? Er spricht sich Mut zu: nur nicht die Nerven verlieren. Ruhig Blut behalten, auf das dumme Gefasel dieser Kerle eingehen.

„Ein anderes Bild, das hier, als wir es drüben hatten, hehe, ein anderes Schauspiel. Ja ja, die Schützengräben waren ein gefährlicheres Pflaster."

Um gefährliche Pflaster macht ihr große Bogen! Ihr aufgedunsenen Rohlinge, ihr habt euch wohl gehütet, nicht nur Verfolger, sondern auch Verfolgte zu sein. Herr Fish merkt, wie entmutigend es ist, sich fein besaitet und moralisch hochstehend neben Brutalen und Energischeren zu fühlen.

„Der Unterschied ist nicht so groß. Wir sehen hier nur die andere Seite, und so verführerisch es auch hier zugeht, man soll die Nasenflügel nicht allzusehr aufblasen, sonst könnte man die Fäulnis der Ermordeten riechen."

Herrn Fishs Gesicht verfärbt sich. Er sieht aus, als mangele es ihm an Luft, als würge ihn jemand.

Die beiden markieren Teilnahme, aber Herr Fish hört nur Spott aus ihren Worten.

„Nanu, Kamerad, beruhige dich mal. Du hast wohl seinerzeit einen Nervenschock erlitten und bist noch nicht ganz geheilt? Ja, man muß vorsichtig sein, wenn man sich auf gefährliches Terrain begibt. Nun, willst du nicht doch unseren Schotten versuchen? Das würde dich auf andere Gedanken bringen."

Zum Teufel auch, man muß die Nerven behalten. Gerade jetzt, da er sich besonders hilflos fühlt, sieht er wieder Marjorie, diesmal am Arm eines Modemalers, vorübertanzen. Sein Versuch, sie zu erreichen, scheitert kläglich an den zugreifenden Fäusten seiner Tischgenossen.

Aber Marjorie hat wieder sein auftauchendes Gesicht erblickt.

„Glauben Sie an Erscheinungen? Heute mittag geschieht etwas Seltsames mit mir. Ich erblicke zum zweitenmal einen Geist. Sollte es möglich sein, daß ich Gewissensbisse habe? Können Sie sich das vorstellen?"

„Nein! Ihr ‚Geist' muß auf einem anderen Verbindungsweg als durch Ihr Gewissen heraufbeschworen worden sein. An Ihrem Hochzeitstage müßten überhaupt mehr ‚Geister‘ vorwurfsvoll vor Ihnen erscheinen, Marjorie, Sie können noch umkehren. Glauben Sie mir, Sie begehen eine große Dummheit, wenn Sie Edgar Sedwick heiraten. Ich hätte für Sie passendere Ehemänner in Vorschlag bringen können.“

„Zum Beispiel sich, den großen Maler der großen Welt.“

„Gut, zum Beispiel mich. Sie könnten mit mir in Paris leben, alle großen Künstler der Welt, ein Leben, von dem Sie überhaupt noch nichts ahnen, kennenlernen.“

„Sie belieben zu scherzen. Sie kommen vorsichtigerweise ziemlich spät mit Ihrem Vorschlag. Aber Sie hätten auch früher nicht mehr Glück gehabt. Stellen Sie sich vor, wie man sich über eine Verbindung mit einem Künstler in der Gesellschaft aufgeregt hätte.“

„Sie geben etwas auf das Urteil der Gesellschaft?“

„Allerdings, wenn ich heirate, ja. Noch vor kurzem erschien mir ein Affront gegen die gute Gesellschaft geradezu amüsant. Aber ich habe herausgefunden, daß auch die schlechte mit der Zeit viel von ihrem Reiz einbüßt. Ja, sie kann ebenso langweilig werden wie die der anerkanntesten Blaubuchleute.“

„Sie sind wirklich liebenswürdig, Marjorie. Die größten Künstler der Welt erscheinen in Ihren Augen als schlechte Gesellschaft.“

„Ich habe überhaupt nicht an Ihre Künstler gedacht. Sie glauben doch übrigens nicht, daß es mich reizen würde, die größten Künstler der Welt kennenzulernen!? Um Gottes willen, nur das nicht, ich finde sogar schon Edgar von seinem Golf zu sehr eingenommen. Doch wenn er davon spricht, verstehe ich wenigstens etwas. Aber über Bilder möchte ich wirklich nichts hören.“

„Ich sage Ihnen etwas, Marjorie: nie wird ein Künstler so von sich eingenommen sein wie ein Sportsmann, denn ein Künstler kann auch dann noch groß sein, wenn tausend andere Bedeutenderes leisten als er. Aber ein Golf- oder Tennisspieler, der besiegt wird, ist ein armseliger Dilettant. Der Läufer, der eine Zehntelsekunde später ans Ziel kommt als der erste, ist ein Nichts. Der beste Spieler wird Nationalheld, der zweite, der dritte sind nur Staffage, ihr Tun Spie-

lerei. Stellen Sie sich vor, wie ehrgeizig und besessen Sports-
leute werden müssen. Geben Sie zu, Marjorie, es gibt keine
langweiligeren Menschen als ehrgeizige.“

„Wie schade, daß Sie mich erst so spät warnen, aber ich
bin vollkommen zufrieden mit Edgar. Er sieht gut aus und
wirkt in den illustrierten Blättern bedeutend besser als die
größten Künstler.“

„Vor allem, er hat auch Geld.“

„Vor allem auch das.“

„Sie werden sich mit ihm sehr langweilen.“

„Machen Sie doch nicht solche Umwege, und kommen Sie
doch endlich zu Ihrem Vorschlag. Ich wette, Sie werden mir
raten, möglichst bald allein nach Paris zu fahren und mich
Ihrer kunst- und sachverständigen Führung anzuvertrauen.“

„Marjorie, Sie sind klug, Sie hätten die Wette gewonnen.
Ich werde Ihnen Paris zeigen. Sie werden entdecken, daß es
ein Genuß sein kann, Augen zu haben. Hier in New York
ist das nur eine bittere Notwendigkeit. Und die Luft, die
silbrige Atmosphäre, die erst die richtige Perspektive allen
Straßen gibt, den Straßen, die alle angelegt sind, als hätten
sie nur den Zweck, Augenfreude zu sein. Ist es Ihnen aufgefallen, Marjorie, daß unsere Wolkenkratzer aussehen, als
wären sie zweidimensional und stünden ganz flach in der
Luft?“

„Überwältigt Sie nicht dieser Anblick hier? Ich finde diese
ungeheueren Häuserberge schöner, ergreifender als den Mont
Blanc, denn von all dem hier können wir sagen, das ist unser Werk, diese Kolosse haben wir errichtet.“

„Ich wußte nicht, Marjorie, daß Sie der Gewerkschaft der
Maurer angehören.“

„Ja, wir haben sie errichtet, wir Amerikaner, es ist unser
Werk.“

„Die fremden Sklaven haben es errichtet, nur sie.“

„Aber Amerikaner haben sie zu diesen ungeheueren Taten
gezwungen.“

„Nun, diesen Häusern merkt man an, daß sie von Sklaven
erbaut wurden. Ich werde Ihnen die Dome zeigen, die
Künstlerhände geschaffen haben.“

„Glauben Sie wirklich, ich würde nach Paris fahren, um
Ihre Vorträge über Städtebau anzuhören?“

„Ich werde Ihnen eine Welt zeigen ohne unsere schrecklichen amerikanischen Feigenblätter. Finden Sie es nicht greulich, in einem Land zu leben, in dem sogar zweijährige Kinder vor der Filmkamera dazu erzogen werden, sich ihrer Nacktheit zu schämen? In dem bei einem Scheidungsprozeß die amerikanische Öffentlichkeit mit Schaudern von einem Ehemann hört, der die Schamlosigkeit besaß, seine Gattin bei Licht nackt zu beschauen?“

„Die Amerikaner lieben eben gut gelüftete Zimmer, sie schlafen bei weit geöffneten Türen. Das wirkt natürlich auf die Sitten. Mir ist der Mangel an Ekstase und erotischem Getue nur sympathisch; ich entsinne mich eines kleinen Erlebnisses in einem europäischen Hotel mit dünnen Wänden. Ich konnte die sentimentalen Ergüsse des Liebespaares im Nebenzimmer mit anhören. Am nächsten Tag bekam ich es zu Gesicht. Sie waren das Komischste, was ich je gesehen habe. Die Frau mit Kneifer, fetten Haaren, riesigen Schnürstiefeln, der Mann mit einem Hängebauch, einer Glatze und mit Sommersprossen. Ich finde, es ist die größte Geschmacklosigkeit, Sauerkraut zu essen, als wäre es Ambrosia. Ich will genießen, aber ohne überflüssige und verlogene Ekstasen und Sentiments. Wir haben unsere Nachtklubs, Pyjama- und Cocktailparties. Wir haben unsere Autos und die Roadhouses, die alle Landstraßen umsäumen und die uns alle Vergnügungen bieten, die wir verlangen: Tanz, Musik, Alkohol und nebenbei auch Hotelbetrieb.“

„Alle Achtung, Marjorie, Sie kommen gut vorbereitet in die Ehe.“

„Daran brauchen Sie nicht zu zweifeln. Auch nicht daran, daß wir es im Grunde mit Paris aufnehmen können.“

„Sie werden sehen, in Paris können Sie Dinge entdecken, von denen Sie überhaupt nichts ahnen. In Amerika gibt es nicht einmal große Kokotten, fabelhaft elegante Frauen mit taubeneiergroßen Perlen, die nichtsdestoweniger außerhalb der Gesellschaft stehen und nicht die Spießigkeit unserer Millionärinnen haben.“

„Eine Frau mit taubeneiergroßen Perlen kann bei uns nicht außerhalb der Gesellschaft stehen. Bei uns gibt es keine Kokotten, weil man in Amerika logisch denkt. Frauen, die sich für wenig Geld prostituieren, kommen ins Arbeitshaus.

Eine Frau aber, die sich für viel Geld verkauft, ist bei uns eben keine Kokotte, sondern eine anständige Frau. Man achtet ihre Perlen und wird sich hüten, die Herkunft zu untersuchen. Man sperrt ja auch nur die kleinen Diebe ein, während man die großen als Stützen der Gesellschaft ehrt.“

„Marjorie, Sie zeigen mehr den Verstand Ihres Vaters als die puritanische Erziehung, die er Ihnen hat angedeihen lassen.“

„Ich habe für meine Erziehung schon selbst gesorgt. Ich fürchte also, Sie könnten mir nicht viel Neues in Paris zeigen, aber ich bin gern bereit, Sie etwas über New York aufzuklären. Sehen Sie dort die Dame, die mit Frau Carmer spricht?“

„Eine blendende Erscheinung.“

„Sie ist wie ein Filmtrick, nichts ist echt, alles ist gestellt, aber bei der Vorführung wirkt das Ganze sensationell.“

„Und wer ist sie?“

„Rum Arizona.“

„Ist das ein Spitzname?“

„Nein, sie nennt sich selbst so, sie ist Besitzerin des größten und teuersten Nachtlokalkonzerns in den Staaten. Sie ist teuer, aber sie liefert die beste Ware, sowohl in Alkohol wie in Mädchen. Ihre Nepplokale sind so berühmt, daß sich die Leute geehrt fühlen, wenn sie ihr Geld an sie loswerden. Und diese bekannte Kupplerin ist die populärste Frau der guten Gesellschaft. Sie wurde schon wiederholt ins Kittchen gebracht; mit Hilfe dieser billigen Reklame erhöhten sich natürlich nur ihre Einkünfte. Und sie wird nicht etwa im geheimen verehrt, augenzwinkernd, nein, bewundernd und ehrfurchtsvoll beugt man sich vor so gesunder Geschäftstüchtigkeit.“

Herr Fish lugt vergeblich nach Marjorie aus. Die beiden Fremden versperren mit großem Geschick jede Aussicht auf sie und unterhalten ihren Gefangenen auf eine Weise, daß es ihm schwer wird, Ruhe zu heucheln. Diese abgestandenen Soldatengeschichten, die sie aus alten Witzblättern und patriotischen Aufrufen zusammenmischen und die sie mit ihm zusammen in Wirklichkeit erlebt haben wollen, erwecken in ihm den Wunsch, seine Fäuste mit ihren Nasen in nächste Berührung zu bringen. Herr Fish aber muß mit Bedauern feststellen, daß seine Fäuste zart und weibisch neben den mächtigen Tatzen seiner angeblichen Kriegskameraden wirken.

„Ob es wohl noch einmal losgeht?"

„Wenn es noch einmal losgeht, sollten die rankommen, die nur mit dem Maul dabei waren."

Merkt ihr endlich, daß ich nicht so dumm bin, wie ihr euch einbildet?

„Hehe, wir werden schon dafür sorgen, daß keiner uns zu nahe kommt. Eine gute Kriegsrüstung ist die beste Gewähr für den Frieden."

„Hoho, Kamerad, du meinst wohl eher das beste Gewehr für den Krieg."

„Mach keine Witze, Junge. Wir haben oben Leute sitzen, die schlau genug sind, um zu wissen, wie sie alles für Amerika richtig drehen."

„Sie drehen die Sache schon richtig für alle, die Geld haben."

„Du bist wohl ein Roter geworden, Kamerad?"

„Nur soweit man vor Wut rot werden kann."

„Du bist doch nicht wütend auf uns, Freundchen, das wäre zu schlimm."

„Wenn ich Geld habe, kann meinetwegen geschehen was will, dann genieße ich Freiheit, Sicherheit, Geborgenheit."

Der alte Fuchs, Herr Strong, kann ruhig erfahren, daß ich gefährlich bin, wenn ich kein Geld habe, daß ich aber mit mir reden lasse, wenn man bereit ist, meine Forderungen zu erfüllen.

„Geld, von wem willst du Geld haben, Kamerad? Niemand gibt es her, der es nicht unbedingt muß. Bei einem armen Teufel denkt keiner an ein Muß."

Ihr scheint ja gut im Bilde zu sein, ich werde euch zeigen, ob ich ein armer Teufel bin.

„Aber wenn einer Verstand hat, jedoch keine Sicherheit, Geborgenheit und Freiheit, das heißt kein Geld, aber dafür eine sichere, gute Waffe, der könnte gefährlich werden. Wenn einer einiges weiß darüber, hehe, wie er gemacht, wie er vorbereitet wird, der Krieg, der könnte für manche der Herren, die es nicht wahrhaben wollen, schädlich werden."

„Also etwas wird vorbereitet, nicht übel, du weißt es bestimmt, Kamerad, du hast eine extra gute Nase."

„Ja, und ich beginne, sie voll zu haben. Wenn ich auspacke, könnte man von mir allerlei erfahren über Rüstungen und so.“

Herrn Fishs Hände ruhen auf seiner Brusttasche.

„Du kommst mir vor, Kamerad, wie die alte slowakische Bäuerin, die ich vor einigen Monaten in Wallstreet getroffen habe, als wir uns einen Fliegerangriff angesehen haben, – natürlich war es nur ein Manöver, aber es sah toll aus und hörte sich noch toller an. Die Dampfsirenen, die Bomben, die Kanonenschüsse; die Leute johlten und schrien und konnten gar nicht genug haben von diesem Gratistheater. Nur die alte Frau, weißt du, diese slowakische Bäuerin, konnte die Sache nicht kapieren, sie jammerte und weinte laut. Die Leute lachten sich natürlich halb tot über sie, sie war die komische Alte in diesem kriegerischen Schauspiel. Sie konnte und wollte nicht begreifen, daß alles nur Schein war. ‚Kommen die Feinde über New York, wollen uns töten, arme Menschen, die nichts Böses getan haben, die wollen arbeiten.‘ Sie konnte sich nur gebrochen verständigen. ‚Wer ist denn unser Feind?‘ fragte sie alle Leute, die vorbeigingen. ‚Wir haben doch keine Feinde, das ist doch alles nur eine Übung für den Fall, daß einmal Krieg sein sollte.‘ – ‚Aber wenn sie üben zum Krieg, dann denken sie, es wird auch Krieg kommen.‘ – ‚Man übt ja eben nur, damit kein Krieg kommen soll.‘ – ‚Kann ich nicht verstehen, kann ich nicht verstehen‘, jammerte die komische Alte. ‚Wieder kommt Krieg, o weh!‘ Kamerad, du hast anscheinend genausoviel Verstand wie diese slowakische Bäuerin, die kein richtiges Englisch kann.“

Herr Fish antwortet nicht, denn wieder erblickt er Marjorie. Sie tanzt jetzt mit einem jungen Mann ihres Jahrganges, mit dem sie zusammen die Universität besucht hatte.

Herrn Fish ist es bereits gelungen aufzuspringen, aber weiter kommt er nicht. Er ist wieder zwischen den beiden eingekeilt, die auf ihn weiter einreden.

„Ich fange tatsächlich an, an Erscheinungen zu glauben, ich sehe schon zum drittenmal dasselbe verstörte Gesicht. Bis heute war ich überzeugt, daß Spiritismus Humbug sei.“

„Nur gut, daß man unter Schminke nicht blaß werden kann, Marjorie. Haben Sie Angst?"

„Eddie, mit Ihnen kann ich offen reden, Sie sind keine katzenhafte Freundin. Es ist wirklich langweilig, wie vorsichtig man bei uns sein muß, wenn man Geld hat. Man sollte in Amerika wirklich nichts mit einem verheirateten Mann zu tun haben, sonst schickt uns gleich die Gattin eine gepfefferte Rechnung ins Haus."

„Bezahlen Sie sie nicht."

„Diesen Rat braucht man meinem Vater nie zu geben. Eigentlich wollte ich ihn in der Hand haben, er ist zu geizig, wenn es sich um etwas anderes als um sein Geschäft handelt. Ich wollte, daß er erführe, ich wüßte einiges über ihn. Es war etwas unvorsichtig. Nun taucht heute, gerade am Tage meiner Hochzeit, dieser Junge mit meinen gesammelten Briefen und allen Enthüllungen über meinen Vater bei ihm auf. Der Junge hat die Kateridee, auf diese Weise zu Geld zu kommen. Ich begreife ja diesen Wunsch, besonders wenn man viel mit Leuten zusammen war, die auch wirklich das Geld und nicht nur den Wunsch haben. Ich bin mit ihm sehr viel ausgegangen, in Nachtklubs und so. Ich glaube, es gibt Idioten, die ihm daraufhin, daß man uns zusammen gesehen hat, oder auf die Briefe Geld geliehen haben. Wir verbrachten wirklich eine amüsante Zeit. Er war für mich etwas Neuartiges, ganz anders als ihr Jungens. Er war mit der Armee drüben, hat eine Frau, die ich nie gesehen habe. Ich bin nicht einmal sicher, ob sie nicht nur in seiner Phantasie lebt. Er bemerkte so vieles, was mir früher nicht auffiel. Aber was nützt ihm das! Es wird ihm zu keinem Erfolge verhelfen. Ich finde, erfolglose Menschen können sehr nett im Gespräch sein, aber auf die Dauer werden auch sie langweilig. Ich hätte eigentlich kaum was dagegen, wenn es zu einem Prozeß käme."

„Aber wahrscheinlich Ihr Vater."

„Er sagt, er würde mich enterben, wenn auch nur eine Silbe in die Öffentlichkeit käme. Dann mußte ich mich hinsetzen und eine Stunde lang Bibelsprüche schreiben."

„Zum Totlachen."

„Er verlangte es wirklich ganz ernstlich; dann ist es auch gar nicht ratsam, ihm zu widersprechen. Sie lachen, aber ich habe noch einen richtigen Schreibkrampf in den Fingern. Stellen Sie sich vor, wenn er mich enterben würde, könnte ich wochenlang auf der ersten Seite erscheinen, und alle Zeitungen würden sich um meine Bilder reißen."

„Marjorie, Sie werden auch ohne Prozeß genug fotografiert."

„Man dürfte mich noch mehr kennen. Sehe ich nicht besser aus als unsere weltberühmten Filmschauspielerinnen? Und dann diese Sache mit der Erscheinung. Ich schwöre Ihnen, ich habe dreimal ganz klar sein Gesicht gesehen, das ist schon an und für sich eine Sensation."

„Wahrscheinlich ist er hier, so erkläre ich mir Ihre spiritistischen Gesichter."

„Dann würde er bestimmt herkommen, mir vielleicht drohen, einen Skandal machen. Nein, dieses dreimal auftauchende Gesicht, das ist ein übernatürliches Zeichen."

11

Auf den Korridoren der Gäste herrscht große Aufregung. Sorgsam verschlossene Türen öffnen sich, in den Türrahmen erscheinen verärgerte Gesichter, und man ruft laut und ungehalten nach dem Dienstpersonal.

Die halbe Stunde Kartoffelschlacht unten in den Speiseräumen des Personals hat das präzise Uhrwerk des Hotels in Unordnung gebracht. Die Leute fehlen überall.

Während sich sonst die Essenden schichtweise ablösten, war jetzt eine Stockung in dem normalen Verlauf des Tages eingetreten.

Auf unerklärliche Weise hat sich unter den Gästen auch die Ursache dieser Unordnung herumgesprochen. Der kleinliche Anlaß, ja die Lächerlichkeit dieser Rebellion erhöht noch ihre Ungeduld. Wegen einiger Kartoffeln würden ihre Wünsche nicht sofort erfüllt! Verschiedene erklären in den schrillsten Tönen, daß sie sofort das Hotel zu verlassen wünschten. Andere geben den Rat, doch die Polizei gegen das widerspenstige Personal zu Hilfe zu nehmen.

Fräulein Wesley weiß überhaupt nicht mehr, wie sie die

vielen telefonischen Anforderungen beantworten soll. Sie wiederholt immer nur ins Telefon „jawohl, Herr“, „jawohl, gnädige Frau“, aber sie ist so aufgeregt, daß sie oft den weiblichen Stimmen „jawohl, Herr“ antwortet und den männlichen „jawohl, gnädige Frau“.

Da war die Dame mit den zerrissenen Zetteln, auf denen das Wort Arzt stand. Sie verlangte nach dem Stubenmädchen, das ihrer Meinung nach die Zeitschrift „Gesellschaftliches Leben im Süden“ verlegt haben mußte. Sie wollte darin noch lesen. Außerdem brauchte sie sofort lindernde Arznei, die ihr ein Page in der Hotelapotheke besorgen sollte.

Auch sie hat schon von der Kartoffelgeschichte erfahren; wirklich, sie beneidete diese Leute, die nicht wußten, welches Glück es war, sich wegen einiger Kartoffeln aufregen zu können. Wieviel Schrecklicheres mußte sie erdulden, was für Entsetzliches hatte sie heute schon erlebt. Sie hatte ihr Todesurteil erfahren. Die anderen können leben, sie brauchen keine Angst vor dem Tod zu haben. Und ihr verweigerte man Hilfe. Sie konnte das, was sie haben wollte, nicht sofort bekommen.

Der Besuch heute vormittag in dem Ärztehaus, in dem riesigen weißen Wolkenkratzer, war schrecklich. Die weite Marmorhalle erinnerte an einen maurischen Hof. In der Mitte plätscherte ein Springbrunnen, bronzene und marmorne Männer- und Frauengruppen von renommistischer Schönheit, Gesundheit und Kraft standen auf erhöhten Sokkeln. Ein aufdringlicher Duft südländischer Blumen versuchte vergeblich, den Gestank von Desinfektionsmitteln und den der Ausdünstungen kranker Körper zu betäuben.

Die Wartenden umkreisten den Springbrunnen wie Gefangene einen Gefängnishof. Sie liefen umher und warteten auf Hilfe. Sie wollten leben, alle wollten leben!

Und dann hörte sie wieder die Worte: bösartiges Geschwür, wir müssen operieren. Sie wußte, es war das Ende, aber man wollte sie erst noch quälen, sie aller Segnungen der Wissenschaft teilhaftig werden lassen.

Atemlos und verzweifelt war sie darauf in das Hotel zurückgekehrt und saß dann lange auf der Estrade der Halle. Die dort Wartenden waren eigentlich nur wenig verschieden von denen in dem Haus der Krankheiten. War das Leben lebenswert? Und doch, warum beneidete sie alle, die sie für gesund hielt? Warum war sie ungeduldig, weil sie die Zeitung aus der Heimat nicht lesen konnte? Warum verlangte sie so dringend nach ihrer Arznei, von der sie wußte, daß sie ihr nicht helfen würde? Warum zitterte sie vor Ungeduld, weil niemand kam, ihre Befehle auszuführen?

Auch der Professor hat wiederholt die Zentrale verlangt. Fräulein Wesley beeilte sich immer wieder zu versichern, daß sie sofort einen Pagen in das Appartement des Professors schicken würde. Der Anlaß zu soviel Ungeduld war gering. Die Frau Professor brauchte Garn, eine ganz bestimmte Farbe. Sie häkelte ein Jäckchen für ihr erstes Enkelkind. Aber man war nicht gewohnt, Wünsche, die man aussprach, nicht gleich erfüllt zu sehen.

Der Professor ging ungeduldig in den Zimmern auf und ab. Nicht das Fehlen des Garns machte ihn unruhig, nur die Ungeduld seiner Frau. Er haßte das Jäckchen in den unmöglichen Farben, und er bemerkte jetzt erst, während seine Frau mit den Häkelnadeln in der Luft fuchtelte, deutlich, daß er auch sie haßte. In akademischen Kreisen hatte man ihn und seine Frau mit den Spitznamen Philemon und Baucis beehrt, und er war bis vor kurzem stolz auf sein vorbildliches und puritanisches Leben. Er haßte sie schon lange, aber er hatte es sich noch nie so offen eingestanden. Er haßte sie, weil sie mit solcher Selbstverständlichkeit, so ganz ohne Widerwillen altern konnte. Er verzieh es ihr nicht, daß er wie in einem Zerrspiegel in ihrem Gesicht sein eigenes Altern wiedererkennen mußte, die Runzeln, die weißen Haare, die verwelkenden Hände. Wenn sie lächelnd über „wir Alten“ sprach und in dieses „wir“ auch ihn einbezog, fühlte er sich kalt werden vor Wut.

Der Professor kam aus einer kleinen Universitätsstadt nach New York; es war ihm auf seinen Wunsch für längere Zeit ein Urlaub bewilligt worden. Er wollte sich hier ausschließlich der Wissenschaft widmen. In Wahrheit war er auf der Flucht.

In der Universitätsstadt, in der der Professor gelebt hatte, gab es weder Industrie noch Landwirtschaft von Bedeutung. Hier standen sich nicht in erster Linie Klassen, sondern Alter und Jugend gegenüber, und obgleich „die Herrschenden", die Professoren, die Alten waren, war es keineswegs die Jugend, die den kürzeren zog.

Diese Jugend, die in Pelzmänteln, in teuersten Kleidern, in der elegantesten Ausstattung im College erschien, die laut ihre Rechte verkündete, die offen erklärte, vom Leben nur Genuß zu erwarten, brachte den Professor und seine Kollegen zur Verzweiflung. Die Väter dieser Studenten und Studentinnen, die die vornehme Universität besuchten, hatten natürlich alle Geld, und als ihre erste Pflicht sahen sie es an, ihre Kinder reichlich mit Mitteln zu versorgen, da sie selbst als Mummelgreise ohnehin ungeeignet waren, es auf passende Weise auszugeben. Die Jungen tanzten, ließen ihre Grammophone spielen, durchrasten mit ihren Autos die Umgebung und proklamierten die Freiheit der Liebe. Sie wollten nicht nur alles genießen, sie wollten es auch in schnellstem Tempo tun.

In dieser kleinen oberen Schicht, die nur einen winzigen Teil der wirklichen Jugend ausmachte, sah der Professor die „neue Jugend", wie er sie halb höhnisch, aber auch mit uneingestandener Bewunderung nannte.

Das Schlimmste für ihn war, daß ihn von dieser Jugend die sporttrainierten, gut angezogenen, ihre Vorurteilslosigkeit laut betonenden Studentinnen auf das stärkste erregten.

Er erduldete Qualen wie in seinen Pubertätsjahren und wollte sie sich selbst nicht einmal eingestehen. Er war immer stolz auf seine puritanische Moral, sie schien ihm der größte Wert des amerikanischen Lebens, etwas, wodurch Amerika wirklich über die lockere europäische Lebensauffassung gehoben wurde. Er konnte wohl aus der Universitätsstadt flüchten, jedoch nicht vor sich selbst. Denn es stellte sich bald heraus, daß seine Lage in New York nicht besser wurde. Im Gegenteil, in dieser Stadt, die weder Jugend noch Alter kannte, in der er nicht als „alter Professor" abgestempelt war, erwarteten ihn überall Verführungen.

Während nun die Frau Professor über das Fehlen von passendem Garn jammerte und zwischendurch ausführlich über einige billige Gelegenheitskäufe, die ihr heute vormittag gelungen waren, berichtete, dachte er an das kornblonde Stubenmädchen, das er mit seinen verheimlichten

Bildern ertappt hatte, an eine schlanke, elegante Dame, der
er im Hotelkorridor öfters begegnet war, an eine kleine
Tänzerin, die er in einem Varieté sah, an eine Zigarrenver-
käuferin in einem Klub.

Die Frau Professor scheuchte ihn aber aus seinen Gedanken auf. Ihr Wunsch nach Dienstpersonal wurde so dringend, daß sie den Professor bat, sich nach dem Grund des
beispiellosen Versäumnisses zu erkundigen.

So geschieht es, daß sich der Professor Fräulein Wesleys
Tisch nähert. Hier haben sich schon verschiedene andere
Gäste versammelt, die ihren Unwillen nicht verbergen. Am
lautesten ist eine sehr aufgeregte Dame, die immer wieder
den gleichen Satz wiederholt.

„Mein Zimmer ist nicht in Ordnung, und ich erwarte
Gäste, es ist ein Skandal, daß niemand kommt, wenn man
darum telefonisch bittet."

Fräulein Wesley versucht, die Gründe dieses tatsächlich
bisher beispiellosen Falles klarzulegen.

„Was gehen mich die Kartoffeln der Dienerschaft an?
Ich werde die Hotelleitung auf Schadenersatz verklagen."

Fräulein Wesley bettelt, während sie in die Sprechmu-
schel des immerfort klingelnden Telefons Beschwichtigungen
flüstert, um einige Minuten Geduld.

„Ich würde das Zimmer selbst in Ordnung bringen, aber
ich kann von hier keinen Augenblick weg. Das Personal
kommt sofort."

„Man müßte alle entlassen."

„Man wird sie alle entlassen", versicherte Fräulein Wesley, „aber Ihr Zimmer, gnädige Frau, wird erst aufgeräumt."

„Ein Skandal, ich werde Ersatzansprüche stellen."

„Ja, Schadenersatz", sagt auch der alte Herr mit den vielen Arzneiflaschen in seinem Zimmer. Er braucht zwar
nichts, aber die allgemeine Aufregung, die Ungeduld hat
auch ihn erfaßt, und nachdem er an Fräulein Wesleys Tisch
das Wort Schadenersatz vernommen hat, erklärt er, daß er
dringend eine Arznei benötige.

„Ein Page – sofort", flüstert Fräulein Wesley.

„Wir kennen Ihr ,sofort'", schreit die aufgeregte Dame.

Dem Professor gelingt es in diesem Lärm nicht, zu Wort
zu kommen; er bemerkt aber die Dame, die ihm schon wie-

derholt auffiel und die sich auch vergeblich bei Fräulein Wesley Gehör zu verschaffen versucht.

„Kann ich Ihnen vielleicht behilflich sein?" wendet er sich an die elegante Dame und ist selbst über diese Äußerung seiner Hilfsbereitschaft überrascht.

Die große Dame aus der kleinen Stadt, so charakterisiert sie der Professor im geheimen, ist schneller bereit seine Hilfe anzunehmen, als er erhofft hatte.

Ja, sie führt ihn sogar fort von dem Pult Fräulein Wesleys, die weiter von Aufgeregten belagert bleibt, an die Tür ihres Zimmers.

„Sind Sie Arzt?"

Sie ging also von einer falschen Voraussetzung aus, sie hielt ihn für einen Arzt. Der Professor ist enttäuscht, er bekennt ihr aber schnell, daß er ihr nur rein menschliche Hilfe anbieten könne.

Vielleicht sei das mehr als eine ärztliche, meint sie und läßt ihn ins Zimmer treten.

„Sie wollten sich Medizin holen lassen, nehme ich an."

Die Dame lächelt bitter.

„Es wäre für mich viel nützlicher, wenn ich Gift für mich bestellen könnte. Glauben Sie nicht auch, daß kein Mensch zu schrecklichsten körperlichen Qualen gezwungen werden sollte?"

Der Professor kann nur schwer seine Enttäuschung verbergen. Hat er nicht uneingestanden auf ein Abenteuer gehofft? Und nun mußte er eine Unterhaltung führen, die wenig geeignet sein konnte, ihn zu erheitern.

Wirklich, die Dame läßt nicht ab von dem düsteren Gesprächsstoff.

„In welch einer Zeit leben wir! Mit dem Todesurteil in der Hand werden wir gezwungen, Foltern zu erdulden, und kein Arzt ist bereit, unsere Qualen zu verkürzen."

Der Professor wäre gern geflüchtet, aber es scheint ihm gefährlich, diese Frau alleinzulassen. Er muß sie beruhigen.

„Jeder von uns hat Augenblicke der Verzweiflung, die vorübergehen. Stellen Sie sich vor, was mit der Menschheit geschehen würde, wenn man uns jederzeit ohne weiteres Gift zur Verfügung stellen würde. Ich bin überzeugt, Sie sehen Ihren Zustand zu pessimistisch, Sie sehen ja strahlend aus, Sie können unmöglich schwer krank sein. Glauben Sie mir, ich bin kein Arzt, aber ein Laie hat oft bessere Augen."

„Finden Sie das wirklich? Sie übertreiben, man kann unmöglich behaupten, daß ich strahlend aussehe."

Die Dame sucht ihr Bild in dem Spiegel. Die Unterredung hat ihren Augen Glanz verliehen. Sie kann sich nicht verhehlen, daß das Kompliment des Professors ihr nicht unverdient erscheint. Wollte sie wirklich Gift, wollte sie wirklich aus dem Leben flüchten? Wollte sie nicht vielmehr jetzt erst, da sie wußte, daß alles zu Ende ging, das Leben wirklich leben – bewußt, jede Minute wie eine Kostbarkeit? Man wollte sie operieren, zerschneiden – gut, sie war bereit, alles auf sich zu nehmen. Man konnte auch so noch weiterleben. Es war besser, als halber Mensch zu leben als gar nicht. Besser Qualen erdulden als nichts mehr fühlen, überhaupt nichts mehr sehen, nichts mehr wissen. Oder belügt sie sich jetzt nicht selbst? Warum hat sie diesen Unbekannten in ihr Zimmer gelockt? Hat sie Angst vor dem Alleinsein? Planlos geht sie im Zimmer auf und ab. Plötzlich fällt es ihr ein, zu lachen, über sich selbst zu lachen.

Der Professor schaut sie an, als ob er Angst um ihren Geisteszustand hätte.

„Es ist wirklich komisch, ich suche die Zeitschrift ‚Gesellschaftliches Leben im Süden', deshalb telefonierte ich vorhin nach dem Stubenmädchen und war ungeduldig, als es nicht kam. Sie können sich nicht vorstellen, Herr –."

Der Professor holt das Versäumnis nach und stellt sich vor.

„Ich hasse das Leben, das ich bisher geführt habe, es erscheint mir heute erschreckend nutzlos und leer, und doch will ich unbedingt wissen, welche meiner Bekannten eine Gesellschaft gab, wer im Bridge gewonnen hat und was es Neues in unserem Landklub gibt."

„Ja, wir können nicht aus unserer Haut und können nicht über unseren eigenen Schatten springen; so sind wir verurteilt, unser vergangenes Leben nie von uns abschütteln zu können."

Die große Dame aus der kleinen Stadt denkt an ihr vergangenes Leben: sie ging dreimal wöchentlich zu Bridgepartien, jeden Sonntag in die anglikanische Kirche, die vornehmste der Stadt; sie hatte gesellschaftliche Verpflichtungen, besuchte Hochzeiten, Taufen und Begräbnisse der Gesellschaft. Das Leben bestand aus Zeremonien, die jede Wirklichkeit verdeckten.

Sie war über das Einkommen ihrer Bekannten, über die Kleiderrechnungen ihrer Freundinnen, über die Kosten der Gesellschaften, die diese gaben, über die guten und schlechten Eigenschaften ihrer Dienstmädchen und Ehegatten informiert. Sie kannte die Erbschaftsstreitigkeiten und die Scheidungsaffären der Gesellschaft, die sich in der Hauptsache auch nur um das Geld drehten. Das war ungefähr alles, was sie über das Leben wußte. Und nun sollte es zu Ende sein, unwiderruflich zu Ende.

„Das Schreckliche ist, daß ich Angst habe, Angst nicht nur vor dem Ende, sondern auch vor mir selbst. Ich will noch darüber lesen, es schwarz auf weiß sehen, wie das Leben zu Hause ist. Aber ich kann nicht mehr zurück, ich kann nicht mehr in mein Heim. Ich glaube nicht mehr an das Leben, das ich bis jetzt geführt habe. Begreifen Sie aber, was es bedeutet, ohne feste Überzeugungen zu leben, ohne irgendeine Hemmung? Ich brauche ja nichts mehr zu fürchten, da ich bestimmt weiß, das endgültige Ende kommt bald. Und doch fürchte ich mich vor mir selbst. Retten Sie mich, Professor, beschaffen Sie mir Gift."

Der Professor sieht eine Aufgabe vor sich, er muß die Unbekannte trösten. Dieses Trösten könnte vielleicht ihm selbst zum Trost dienen.

Er steht auf und nähert sich ihr. Erst läßt er seine Hände vorsichtig auf ihren Armen ruhen; sie straft ihn nicht für seine Kühnheit. Ihre Hemmungslosigkeit ist also doch schon ziemlich fortgeschritten! – diese Feststellung gewährt dem Professor eine gewisse Befriedigung. Er zweifelt nicht daran, daß es ihm gelingen würde, sie dem Leben zurückzugewinnen. Und diese Lebensrettung könnte vielleicht auch ihm Angenehmes bringen.

Er ist selbst überrascht, als nun seine Arme die Dame auf leidenschaftliche Weise umfangen. Er ist ein Menschenfreund, will trösten. Welchen anderen Trost kennt die Kreatur als diesen?

„Ich fürchte mich vor dem Tier in mir."

„Unsere tierischen Freuden sind noch die einzig menschlichen", hört sich der Professor sagen. Seine eigene Verderbtheit erfüllt ihn mit Scham, aber auch mit Freude.

Während der Spanne einiger Minuten vergißt die Dame ihre Krankheit, den Tod und das „Gesellschaftliche Leben im Süden" – der Professor seine Frau, das Garn und die „neue Jugend".

Aber es dauert nicht lange und alles fällt ihnen wieder ein: der Lärm von draußen dringt ins Zimmer.

„Warum rufen Sie nicht die Polizei, wenn die Leute nicht gehorchen wollen?" Schrill tönt eine laute Stimme durch den Korridor.

„Ich verklage das Hotel auf Schadenersatz."

„Ich habe vor zehn Minuten nach der Schneiderei telefoniert, und niemand kommt, das ist unerhört, ich kann doch nicht in zerdrückten Kleidern ausgehen."

„Sofort, einen Augenblick Geduld."

Leider ist Fräulein Wesley die einzige, die ihre Geduld nicht verliert.

Jetzt fällt dem Professor schuldbewußt das Garn seiner Frau ein.

„Ich muß leider kanariengelbe Wolle besorgen."

Er kann nicht länger seine Zeit der Unbekannten widmen, um sie zu trösten.

Übrigens telefoniert auch sie schon wieder; sie verlangt nach dem Stubenmädchen, man habe eine wichtige Zeitschrift verlegt.

Frau Strong ruft an, sie fordert die beste Büglerin des Hotels für den Brautschleier.

„Sofort, gnädige Frau."

Fräulein Wesley findet, daß sie noch nie eine schlimmere halbe Stunde erlebt hat. Menschen, die nicht gewohnt sind, auf die Erfüllung ihrer Wünsche zu warten, können recht unbequem werden, wenn Hindernisse auftauchen. Schon allein die Vermutung, man lasse sie unbeachtet, erschüttert ihre Sicherheit. Es kann also geschehen, daß die Welt nicht allein für sie da ist. Aber man konnte sich ja wehren! Und sie taten es nun laut und vernehmlich. Jede Minute, die sie vergeblich warten, erscheint ihnen endlos. Man wagt, sie

herauszufordern . . .! Das Schlimmste ist, sie fühlen sich hilflos, nur auf sich gestellt, mißachtet.

„Soll ich vielleicht in einem erstklassigen Hotel mein Zimmer selbst machen?" schrie die hysterische Dame, „ich erwarte Gäste, ich erzähle Ihnen das nun schon seit einer halben Stunde."

Fräulein Wesley beschäftigt sich bereits ernstlich mit dem
Gedanken, einfach selbst auszurücken, als sie die Arbeitsuniformen des Personals auftauchen sieht.

Auf allen dreißig Stockwerken erlebten die Etagenvorsteherinnen Ähnliches wie Fräulein Wesley; die Szenen, die
sich abspielten, waren die gleichen, und auch die Erleichterung bei dem Erscheinen der Arbeitsuniformen war überall dieselbe.

Langsam kommen die Stubenmädchen, die Scheuerfrauen,
die Hausmänner, die Pagen . . . Sie haben es noch immer
nicht so eilig.

„Um Gottes willen, wo bleibt ihr denn alle? Ich weiß
schon nicht mehr, wie ich die Gäste beruhigen soll", ruft
Fräulein Wesley und beeilt sich, nach allen Seiten Befehle
zu erteilen.

„Und wenn wir nun überhaupt nicht gekommen wären,
was wäre dann geschehen?" Es ist Celestina, die das sagt,
und Fräulein Wesley sieht sie mit entgeisterten Augen an.

„Dürfen wir nicht auch einmal darüber sprechen, was uns
angeht?"

„Celestina, um Gottes willen, nimm den Eimer und mache
deine Badezimmer. Ich verrate dich nicht wegen deiner re-
bellischen Reden – aber wenn Frau Magpag dich hören
würde!"

Doch Celestina ist nicht ängstlich. Wenn Shirley so frei
reden konnte, warum sollte nicht auch sie sagen können, was
sie denkt. Shirley steht hinter ihr, sie soll merken, daß auch
ihre Mutter nicht feige ist. Und wenn man überdies die
große Aufregung auf den Gästekorridoren sieht, nur weil
das Personal einige Minuten später zur Arbeit zurückgekom-
men ist, dann merkt man erst, wie wichtig man ist, wie wichtig alle sind, die arbeiten.

Über etwas Ähnliches muß auch Shirley grübeln, denn ihr
Gesicht ist sehr nachdenklich. Es beginnt ihr klarzuwerden,

daß der ganze große Betrieb nur durch die Arbeitenden in Bewegung ist, daß ohne sie alles stillstehen müßte, ohne sie, die am schlechtesten leben. Es fällt ihr ein, daß sie sich doch noch mit dem neuen Küchenjungen unterhalten müßte, bevor sie für immer fortgeht. Was meinte er, als er sagte, sie müsse noch viel lernen, aber dann könnte sie viel tun für alle?

„Nun, Shirley, hast du nichts zu tun?“ fragt Fräulein Wesley.

„Ich muß aus verschiedenen Zimmern noch Wäsche abholen.“ Shirley ist selbst überrascht, daß man sie noch nicht weggeschickt hat. Nun will sie wenigstens die Zeit nutzen und versuchen herauszufinden, was mit ihr nach diesem Tage geschehen wird. Ihr Freund bleibt jedoch unsichtbar, auch jetzt noch, wo sie eigentlich schon Bestimmtes wissen müßte. Man muß schon Geduld haben, wenn man sich in ein höheres Leben hinaufschwingen will.

12

Ingrid steht vor dem Ausgang für die Hotelangestellten und blinzelt beglückt in die Sonne. Sie hat heute abend Inspektion, dafür einen freien Nachmittag.

Den unerwarteten Betrag, den sie vor einigen Tagen in des Professors Zimmer erhielt, hat sie nutzbringend verwertet. Ein Kleid, das sie schon lange in einem Schaufenster bewundert hatte, wurdé gekauft und sofort angezogen, ohne erst auf den Sonntag zu warten.

Salvatore Menelli nähert sich jetzt gleichfalls dem Ausgang. Er hatte Shirley den Vorschlag gemacht, ein Zimmer für sie zu suchen, sie hatte das aber lachend und hochmütig abgelehnt. Wollte sie nicht einsehen, daß man sie bestimmt heute noch hinauswerfen würde, oder bildete sie sich ein, es plötzlich so weit zu bringen, daß sie ihre alten Freunde nicht mehr brauchte? Pah! – Salvatore war nicht der Mann, einem Mädchen nachzulaufen, das ihn nicht mehr mochte.

Salvatore Menelli trägt nagelneue Schuhe, einen gutsitzenden Anzug und eine leuchtende Krawatte. Er sieht so elegant aus, daß man ihn sicher für einen Gast des Hotels Amerika halten könnte, wenn er nicht den Eingang für das Personal benutzte. So denkt Ingrid wenigstens.

Unter ihren bewundernden Blicken bleibt Salvatore geschmeichelt stehen und betrachtet das Mädchen nun auch wohlgefällig.

„Wie hübsch du bist, du siehst ja aus wie eine richtige hier geborene Amerikanerin.“

„Findest du das wirklich?“

„Bestimmt. Wollen wir zusammen spazierengehen? Ich lade dich ein. Wir gehen in unsere Konditorei. Mein Vater hat nämlich eine Konditorei im italienischen Viertel. Willst du mitkommen?“

„Gern, ich war noch nie da, ich möchte es gern sehen.“

„Und mit mir möchtest du nicht gern zusammen sein?“

„Doch, früher habe ich dich oft mit Shirley –“, sie brach plötzlich ab, denn Salvatores Gesicht verdunkelte sich.

„Also gehen wir, ich muß heute abend zurück ins Hotel.“

„Ich doch auch. Wir fahren mit der Untergrund.“

„Nein, lieber mit der Hochbahn. Ich freue mich, wenn ich etwas Neues sehen kann.“

Während der Fahrt kramt Salvatore in seinen Taschen.

„Ich habe heute nicht viel verdient, mußte um so mehr springen. Komisches Leben im Hotel, findest du nicht auch?“

„Ja, warum mußt du als Page im Hotel arbeiten, wenn dein Vater eine Konditorei hat?“

„Ja, siehst du, Svenska, ich will doch das Leben sehen, das große vielseitige Leben, nicht immer nur einige italienische Nachbarn.“

„Ich heiße Ingrid.“

„Aber du bist doch eine Schwedin, nicht wahr? Also, Svenska, höre. Wenn ich bei meinem Vater bliebe, würde ich in einer italienischen Kleinstadt leben, ganz abgeschlossen von der übrigen Welt. Das Hotel aber erscheint mir wie ein ungeheurer Zoologischer Garten, in dem man einfach alle Arten von Menschen entdecken kann, die neueste Arche Noah. Findest du nicht auch, Svenska?“

Ingrid sagt nichts, sie findet, daß man viel Schmutziges im Hotel sehen kann; nein, sie konnte nicht behaupten, daß sie besonders gern in einer so verworrenen Welt lebe.

„Verstehst du auch, was ich sage?" fragt Salvatore, der das nachdenkliche Schweigen mißversteht. „Du bist noch nicht sehr lange hier im Lande, nicht wahr?"

„Wenn man nicht sehr schnell spricht, verstehe ich alles, besonders, wenn die Sätze nicht zu lang sind."

„Du sollst mich liebhaben. Ist das ein kurzer Satz?"

„Das Leben ist schön. Wieviel Menschen es hier auf der Straße gibt. Und die Türme, die Häuser, alles ist so mächtig, alles scheint endlos zu sein, ganz anders als bei uns zu Hause. Nie hätte ich früher gedacht, daß die Welt so groß sein könnte. Ich habe immer in einem kleinen Dorf gelebt, jeder kannte den anderen. Und bei uns ist alles so rein, die Luft und die Häuser."

„Hier gefällt es dir nicht?"

„Anfangs hatte ich schreckliches Heimweh. Ich dachte, ich müßte in der schlechten Luft ersticken. Und dieser schreckliche Lärm in den Straßen, ich hatte immer Angst."

„Und jetzt . . .? Hast du noch Heimweh?"

„Nein, jetzt nicht mehr."

„Siehst du, bei uns gibt es auch Bäume, schau, dort ist einer."

„So ein armer Baum, man sieht ihm an, daß er ein schweres Leben hat."

„Wie kannst du das sehen?"

„Er ist doch ganz krumm und verkrüppelt, steht da ganz allein zwischen den vielen Häusern. Aber das Leben ist schön, auch wenn es schwer ist."

„Beug dich nicht so weit hinaus."

„Und die Frauen hier, sie sind alle so schön gekleidet. Bei uns tragen sie immer die gleichen Kleider. Kannst du dir das vorstellen?"

„Ich weiß nicht."

„Hier kann man eigentlich nur an den Kleidern der Frauen erkennen, welche Jahreszeit es ist, nicht an dem Grün, ich finde das sehr komisch."

„Du hast honigfarbene Haare, Svenska, weißt du das?"

„Ja, ich weiß das, und meine Augen sind wie Kornblumen, das habe ich auch schon gehört."

„Haben Männer dir das gesagt, viele Männer?"

„Bist du eifersüchtig?"

„Siehst du, jetzt beginnt das italienische Viertel. Wir werden bald aussteigen."

„Sieht es hier so aus wie in Italien?"

„Ich kenne Italien nicht, ich war zwei Jahre alt, als wir nach Amerika fuhren."

„Ich kenne das skandinavische Viertel in New York, da gibt es Knäckebrot, geräucherte Fische, viele Holzhäuser und lauter schwedische, dänische und norwegische Zeitungen. Aber es ist doch ganz anders als in Skandinavien."

Jetzt umfängt sie beide das laute Geschrei, die Gebärden, die Gerüche einer südlicheren Welt. Schiebekarren stehen in allen Straßen; Kleider, Wäsche, Schals flattern in lauten, bunten Farben, Frauen kramen und wühlen, reden laut und gebärdenreich in einer fremden Sprache.

In anderen Gassen sind fremde, exotische Lebensmittel in den Karren abgehäuft und hüllen die Straßenzüge in ihren Geruch ein. Paprikaschoten, Knoblauch, Artischocken, stachlige, grüne Früchte, die die Käufer auf der Straße schälen, Auberginen häufen sich in bunten Bergen.

Schnecken, Muscheln und Krabben wimmeln in Fässern, weite Flächen glitzern silbern von abertausend Fischlein. Grüngeäderter Gorgonzola, groß wie Mühlräder, ist auf dem Bürgersteig aufgestapelt, Rehe und Hasen aus weißem Käse erfreuen die Kinder. Dazwischen preisen die Verkäufer mit lautem „Billig, billig!" ihre Waren an.

Das ist wirklich eine neue, eine andere Welt, fühlt Ingrid mit Entzücken.

Sie bewundert die Schaufenster, die mit Papierblumengirlanden und mit Öldrucken in schreienden Farben, die durchweg leidenschaftliche Szenen darstellen, geschmückt sind. Zwischen den Wagen blinzeln beschaulich Katzen oder trillern Vögel in den Käfigen.

Und wie herrlich ist erst die Konditorei des Salvatore Menelli.

Sie heißt „Pasticceria Dante". Den Mittelpunkt des Schaufensters bildet ein Hochzeitskuchen. Bei feierlichen Gelegenheiten will man auch hier etwas Großartiges bieten. Das Brautpaar aus Zucker steht unter einem farbigen Baldachin, der von Tauben, natürlich gleichfalls aus Zucker, umflattert wird.

Daneben befinden sich Heilige aus Marzipan, rosenverzierte Törtchen und eine Abbildung des Domes von Padua aus Schokolade.

Denn die Menellis stammen aus Padua, wo der Großvater Salvatores noch heute eine kleine Pasticceria besitzt, die nach dem großen Künstler Giotto benannt wurde. Ingrid bewundert die Konditorei, Salvatore und die Vorliebe seiner Vorfahren sowohl für Kunst als auch für Literatur.

Die Mutter Salvatores, eine dunkle, starke Frau, empfängt zwar ihn und Ingrid ohne Begeisterung, aber sie bekommen doch Gelato, ein leichtes Eis, und farbige Kringel vorgesetzt.

Verwundert hört Ingrid die fremden Laute, die mit staunenswerter Schnelligkeit hervorgesprudelt werden, sieht die lebhaften Gebärden, die dunklen, südlichen Erscheinungen.

„Soll ich dir mein Zimmer zeigen?" fragt endlich Salvatore Ingrid.

Sie willigt gleich ein.

Es gibt wohl nur wenige Zimmer, die so wenig Sehenswürdigkeiten aufweisen. In dem schiefen, schmalen Raum steht nur ein Bett.

Durch das winzige Fenster sieht man die Wäscheleinen, auf denen die gestopften und geflickten Wäschestücke, die farbigen Bettbezüge der Nachbarschaft wehen.

Das Geschrei der Straßenhändler, einiger heiserer Grammophone, das Weinen von Kindern, das Geschrei der Frauen vermischt sich zu einer merkwürdigen Melodie.

Ingrid sieht die dunklen Augen Salvatores ganz nahe.

Sie ist bezaubert, es ist eine andere, eine neue, die südliche Welt.

13

Shirley war es endlich gelungen, mit ihrem Freund zu sprechen. Doch es schien ihr, als wäre er keineswegs in so zuversichtlicher Stimmung, wie er ihr vortäuschen wollte. Er sah gedrückt aus, ja, geradezu zerknittert, als lebe er in Angst, als wäre er auf der Flucht. Aber er führte doch noch das große Wort. Wenn man nur diese Worte betrachten wollte, stünde ihre Sache sehr gut. Shirley will ihnen glauben; daß er jetzt anders aussieht als sonst, bildet sie sich vielleicht nur ein ...

Er hat wieder einen Auftrag für sie: sie müsse danach trachten, einen Brief unbemerkt zu Marjorie Strong hineinzuschmuggeln.

Das wäre nicht so leicht, wie er sich das vorstelle, man beginne sie schon zu beobachten, besonders seit heute mittag, seit der Kartoffelgeschichte.

Sie kann nicht begreifen, warum ihn das so unwillig macht.

Wie man sich wegen einiger schlechter Kartoffeln aufregen könne, wenn es um Großes ginge. Ob sie denn nicht wüßte, was auf dem Spiel stünde? Sie gefährde durch solche Unvorsichtigkeit ihrer beider Zukunft. Nun beobachte man sie, wie sie selbst sage. Er selbst hätte genügend Sorgen, neugierige Spitzel von seinem Halse fernzuhalten.

Nun, vielleicht wären die Kartoffeln wichtiger als seine geheimnisvollen Briefe, die anscheinend doch nicht ein so großes Vermögen wert seien, wie er vorgebe. Nicht einmal ihre Meinung dürfe sie sagen, jetzt, wo sie sicher war, sie brauche keine Angst mehr zu haben, vor niemandem? Wozu denn reich werden, wenn man nicht einmal reden könne, was man wolle!?

„Na, du wirst dich nicht wenig wundern; wenn man reich ist, muß man erst recht vorsichtig sein. Und nun beweise, daß ich mich in dir nicht täusche. Du bist ein kluges Mädchen, und wenn du nur willst, stellst du es geschickt an mit dem Brief. Die müssen merken, daß sie es mit jemandem zu tun haben, der es versteht, seinen Willen durchzusetzen. Und es handelt sich doch nicht nur um mich, sondern um uns beide, Kleine."

Shirley zieht die Augenbrauen zusammen; es ist also immer noch nicht soweit. Konnte sie denn wirklich helfen? Plötzlich fallen ihr die Zettel ein, die sie im großen Konferenzsaal aufgelesen hatte. Sie will ihm nun beweisen, daß sie wirklich etwas leisten kann, wenn sie nur will.

Sie beginnt in ihrer Tasche zu kramen und hält ihm triumphierend die Papierschnitzel hin.

„Ich kann nicht verstehen, was hier alles steht, aber es klingt so geheimnisvoll. Du wirst sicher wissen, was dahinter steckt.“

Er besieht sich die Papiere und lacht dann schallend auf.

„Liebes Kind, so leicht kommt man Geheimnissen nicht auf die Spur. ‚Zollabsperrung des britischen Imperiums, Gefahr für den Handel der Vereinigten Staaten‘, ‚Englischer Gummiwucher und die Regierung‘, ‚Englische Intrigen bezwecken Erschöpfung amerikanischer Ölfelder‘. Weißt du, was das ist? Das sind Schlagzeilen, und ihr könnt sie alle Tage in den Zeitungen lesen. Aber natürlich: wenn euch die Buchstaben noch so entgegenschreien, neugierig seid ihr nicht, was sie zu bedeuten haben. Ihr kümmert euch nicht darum, ihr regt euch höchstens über ein paar schlechte Kartoffeln auf; deshalb kann man vor euren Augen alles vorbereiten und ihr steht dabei, als wäret ihr blind.“

„Ja, gut, ich verstehe nichts, aber vielleicht verstehe ich alles, wenn man sich die Mühe nimmt, es mir zu erklären.“

„Also, man kann vor eurer Nase einen Krieg vorbereiten, und ihr merkt nichts davon.“

„Wird denn ein Krieg vorbereitet?“

„Vielleicht, wahrscheinlich, sicher.“

„Wo denn? Ich verstehe das nicht.“

„Natürlich verstehst du es nicht. Das erkläre ich dir gerade, daß ihr nur das versteht, was nicht weiter entfernt ist als einen Schritt vor eurer Nase. Und wer wird das ausbaden? Alle, die kein Geld haben. Ich sage nur eins: es rette sich, wer kann. Die beste Rettung ist Geld. Wenn man Geld hat, kann einem nichts Böses geschehen. Hat man keines, ist man ein Sklave, über dessen Leben alle verfügen, die vieles haben.“

„Und die anderen, was geschieht mit den anderen?“

„Das geht mich nichts an, jeder ist sich selbst der Nächste. Den Dummen kann man ohnehin nicht helfen.“

„Ich bin ja auch dumm.“

„Nun, du hast zu deinem Glück mich. Tu, was ich dir sage, und alle Menschen werden dich beneiden. Wenn man einen starken Willen hat und klug ist, kann man alles erreichen und muß nicht das Schicksal der armen Dummen erleiden.“

Shirley bekommt einen Brief ausgehändigt, und es wird ihr noch einmal eingeschärft, ihn unbemerkt zu der Braut zu schmuggeln.

Sie muß jetzt wieder zurück in die Wäscherei.

So einfach, wie der Freund es sich vorstellt, ist die Aufgabe nicht zu erfüllen.

Aber Shirley hat Glück.

Die beste Büglerin der Wäscherei, eine Negerin mit safrangelber Haut, ist von Frau Strong bestellt worden; sie soll den Brautschleier bügeln. Eines der Wäschermädchen soll mit ihr gehen, um ihr bei der heiklen Aufgabe behilflich zu sein.

Shirley drängt sich vor.

Die Aufsichtsdame mustert sie.

Sie ist entschieden das hübscheste Mädchen hier unten und immer nett und adrett. Man munkelt zwar, daß sie entlassen werden soll, aber vorläufig kann sie sich noch nützlich machen.

Und Shirley wird dazu ausersehen, mit der Büglerin zu gehen.

Sie muß lachen; es scheint wirklich etwas Wahres daran zu sein, daß man nur stark zu wollen brauche – und es geschieht, was man will.

Die Räume, die sie nun betreten, kann Shirley kaum wiedererkennen. Noch nie hatte sie die Zimmerflucht in solcher Pracht gesehen. Eine ganze Reihe Zimmer, die gewöhnlich durch Türen und Portieren streng voneinander getrennt waren, bilden jetzt ein zusammenhängendes Ganzes. Die Zimmer ertrinken in einer Flut von Blumen von solcher Schönheit, wie Shirley sie noch nie gesehen hat.

In der Mitte des größten Raumes steht ein riesiger Tisch, der unter der Last der Leckerbissen, die aus allen Teilen der Welt hertransportiert wurden, zu brechen scheint. Bei seinem Anblick erinnert sich Shirley, daß sie den ganzen Tag noch nichts gegessen hat.

Sektflaschen stehen in Eiskübeln, und die Kristallgläser beweisen, daß die Gäste vor der Trauung in diesen von der Öffentlichkeit abgeschlossenen Räumen sich noch zu stärken wünschen.

Den überwältigendsten Eindruck aber macht die Schar

der Gäste. Neben salopp gekleideten Männern stehen Frauen in glitzernden Kleidern, angetan mit den strahlendsten Schmuckstücken. Die jungen Mädchen sind in den zartesten Blumenfarben gekleidet, sie muten selbst wie Blumen an. Umrahmt von Hüten in der Farbe ihrer Kleider erscheinen ihre Gesichter engelhaft schön. Allerdings mutet ihr Lachen, ihr Kampf um die Champagnergläser weniger engelhaft an.

Shirley und die Negerin werden in das Zimmer der Braut gerufen. Sie sitzt vor einem Spiegel. Vor ihr steht ein junger Mann, eine sportlich durchgebildete Gestalt, wohl der Bräutigam.

„Marjorie, du hättest meinen Schlußschlag sehen sollen, meine Chancen sind ausgezeichnet, das versichert mir sogar Bell, der strengste Trainer, der je auf dieser Erde wandelte. Du wirst Grund haben, stolz auf mich zu sein."

„Ich bin schon ohnehin stolz genug auf dich", in ihrer Stimme schwingt leise Ironie.

„Sogar die Caddies*, die an den Spielern doch immer herummäkeln, sagen, sie hätten noch niemanden so spielen gesehen wie mich."

Marjorie wirft einen Blick auf Shirley und die Negerin.

„Sie kommen sicher wegen des Schleiers."

Dann wendet sie sich an den jungen Mann.

„Geh jetzt, Lieber, ich muß mich noch fertigmachen, sonst könnten wir nicht heiraten, und das würdest du doch schlimm finden, hoffe ich."

„Wenn du etwas früher vom Tanz gekommen wärst, hättest du mehr Zeit für mich."

„Willst du schon jetzt den Tyrannen spielen?"

Shirley sieht zum erstenmal Marjorie. Der schöne Kopf leuchtet blaß über dem gleißend weißen Kleid. Sie hat noch kein Rot aufgelegt. Im Spiegel wirkt sie wie eine Statue.

Sie beginnt Ringe mit funkelnden, in märchenhaften Farben sich brechenden Steinen über ihre dünnen, äußerst zarten Finger zu ziehen. Diese glitzernden, toten Edelsteine verändern sie, sie wird einem Götzenbild ähnlich. Marjorie sieht nur sich selbst. Ihre Augen liebkosen bezaubert ihr Spiegelbild.

Aber der Spiegel wirft auch die Gestalt der Negerin zu-

* Golfschlägerträger.

rück, die neben Marjories zerbrechlicher Schönheit aussieht wie ein mächtiges, kräftiges Tier, ein Arbeitstier, das aber auch – vielleicht – wild werden kann. Vorläufig zeigt sie nur ihr starkes weißes Gebiß, als wäre das Bild, das der Spiegel zurückwirft, nur komisch und nicht so überwältigend prächtig mit den Blumen und der glänzenden Gästeschar im Hintergrund, denn die Zimmertür war offen geblieben, als die Büglerin und Shirley eintraten.

Der Spiegel gibt auch Shirleys Bild zurück. Nie erschien sie sich selbst so dürftig und gewöhnlich wie jetzt neben der glänzenden Braut. Die eingefallenen Augen verraten, daß sie heute noch nichts gegessen hat, die billige Schminke verdeckt kaum die Spuren von Müdigkeit. Es scheint Shirley, als sehe man ihr alle Entbehrungen ihrer Jugend an, den unruhigen Schlaf in den von Menschen überfüllten Räumen, die saft- und kraftlose Nahrung, die ewige Hetze bei der Arbeit. Ein solches Leben wäre der Braut unbegreiflich gewesen, sie hatte nur von dem erfahren, was Shirley bisher nie erlebt hatte: Überfluß, Luxus, Sorglosigkeit.

Shirley sieht sich plötzlich ganz winzig, sich selbst vervielfältigt in vielen Millionen von Shirleys. Sind sie sich nicht alle gleich, die vielen Mädchen, die sich plagen in der Wäscherei, in der Küche, in den Korridoren, in den Wolkenkratzern ringsum – plagen für diese glänzende Statue, die wie ein Vampyr sich von allen Genüssen der Nerven und des Geistes, von den vielen Freuden nährt, zu denen das Geld der Schlüssel ist!?

Shirley empfindet Haß und hat das bohrende Gefühl, als hätte sie ihr ganzes Leben lang nur gearbeitet, damit die Braut schöner werden konnte.

Sie fühlt den Brief in ihrer Tasche.

Es wäre jetzt ein leichtes, ihn unbemerkt und doch sichtbar irgendwohin zu legen.

Aber jetzt will sie nicht, vielleicht – daß sie darauf noch nicht gekommen ist! – ist es ein Liebesbrief, und die beiden würden über sie nur lachen, die ihnen in ihrer Naivität geholfen hat.

Oder könnte sie durch ihn doch reich werden? Es wäre schön und eine prickelnde Genugtuung, von dem Geld der Braut gut zu leben.

Wie sie tut, als ob sie eine ganz andere Art Mensch wäre! Ja, Shirley hätte Lust, ihr zu verraten, daß sie über sie mehr weiß, als sie ahnt.

Die Braut hebt die Augen jetzt vom Spiegel und erinnert sich der Büglerin.

„Ich muß Ihnen ja Ihre Arbeit geben, der Schleier liegt dort über dem Stuhl."

Sie wendet sich an den jungen Mann.

„Du mußt jetzt wirklich gehen. Siehst du, ich bringe dir Opfer, ich muß deinetwegen altmodische Museumsstücke tragen."

„Dieses Opfer bringst du deinem Vater und den Zeitungen."

„Aber du wirst auch zufrieden sein, wenn du die schönen Berichte über unsere Hochzeit lesen wirst."

Sie gibt Anweisungen an die Büglerin.

„Geben Sie nur recht acht, mehr als auf Ihr Leben. Dieser Schleier wird fotografiert, man wird Artikel über ihn schreiben, er ist über dreihundert Jahre alt. Dinge haben es doch besser als Menschen. Sie werden nur deshalb für besonders bewunderungswürdig gehalten, weil sie alt sind."

Der Schleier in vergilbtem Goldton zeigt auf weiter Fläche das Leben, das Märtyrertum und die himmlische Hochzeit einer Heiligen. Das Symbol ihrer Heiligkeit sind Rosen: auf dem pergamentfarbenen Hintergrund wachsen spinnwebdünne Rosen; ein üppiger Rosenwald umgibt die Heilige; ihre Hochzeit findet in einem Rosenhimmel statt, und die Mutter Gottes schwebt über ihr auf Wolken von Rosen.

Der junge Mann verläßt jetzt den Raum. Die Tür wird zugemacht, die Gästeschar verschwindet von dem Hintergrund des Spiegels.

Shirley und die Büglerin legen sehr vorsichtig den Schleier zwischen wattierte Bretter.

Marjorie mahnt sie wieder zur Vorsicht.

„Sie müssen sehr vorsichtig sein, dieser Schleier ist eine sehr große Seltenheit; er hat vier Frauen das Augenlicht gekostet."

Die Negerin läßt einen Zischlaut zwischen den Zähnen ertönen, und Shirley blickt böse auf die Braut.

Diese legt jetzt ihre Perlen um, große, gleichmäßige, irisierende Perlen, die mit ihrem Schmelz die Zartheit der Haut noch unterstreichen.

Marjorie sieht in die aufgerissenen Augen der Negerin und lacht.

„Ob das auch wirklich auf Wahrheit beruht, kann ich freilich nicht beschwören, aber es existiert eine Urkunde darüber. Das Dokument gehört zum Schleier und erhöht seinen Wert. Mein Vater hat beides zusammen gekauft. Ich finde es amüsant, daß man schon damals auf diese Art Reklame gemacht hat. Mit der Wahrheit nahm man es wahrscheinlich auch nicht allzu wörtlich – ganz wie bei uns, wo das Publikum ein Kinostück erst richtig genießt, wenn es erfährt, daß dabei mehrere Menschen verunglückt sind.“

„Es kommen auch sonst viele Menschen bei der Arbeit um, und man macht damit keine große Reklame.“

Shirleys Stimme zittert, aber sie sieht unentwegt in die Augen der Braut, die das Wäschermädchen spöttisch und verwundert anblickt.

Machte sich die Kleine etwa auch Gedanken? – das ist ja interessant.

Sie beginnt in ihrer Handtasche zu kramen, reicht Shirley eine Dollarnote.

Shirley wirft den Kopf zurück, legt die Hände hinter den Rücken, ihr Mund ist ein ganz schmaler Streifen.

Du wirst mich nicht so billig los, meine Liebe! Ihre Augen verlassen nicht das Gesicht der Braut. Du wirst noch mit ganz anderen Summen herausrücken müssen, glaub nur ja nicht, daß ich nicht weiß, wer du bist und was du bist.

Aber sie sagt nichts; ihre Lippen bleiben fest verschlossen.

Marjorie hebt nur ein wenig die Schultern. Sie versteht nicht, wird sie gehaßt, warum? Sie gibt die Note der Büglerin.

Die Negerin hat die Gnade, sie mit der Gebärde einer Königin und mit einem spöttischen Seitenblick zu nehmen.

Marjorie findet diese Leute unerträglich frech. Solche Unverschämtheit ist kaum zu glauben; sie hätte mit ihnen nicht sprechen, sich überhaupt nicht mit ihnen einlassen sollen. Man muß ja geradezu Angst haben, mit ihnen allein zu bleiben.

Shirley wendet keinen Blick von Marjorie. Ihre Augen verraten ganz offen ihren Haß. Sie möchte sich auf sie werfen, ihr die Perlen abreißen, den Schleier zerfetzen. Sie hätte nicht übel Lust, zu den Gästen hinüberzulaufen und alles zu erzählen, was sie weiß. Den Brief zeigen! Sie könnte dieser Puppe schaden, wenn sie wollte, sie könnte einen Skandal machen. Aber was würde ihr Freund dazu sagen? Er würde ihr das nie verzeihen.

Marjorie hat Angst; sie fürchtet sich vor der großen, starken Negerin, die auf sie herabsieht. Sie fürchtet sich vor der Kleinen, die so wild dreinblickt, – und atmet auf, als die Tür geöffnet wird und die Zofen hereinkommen, um sie fertigzumachen.

Der Schleier liegt jetzt tadellos geglättet über dem Stuhl.

Auf einen Augenblick sieht man wieder die glänzende Gästeschar.

Shirley und die Büglerin sind entlassen. Shirley hat nichts getan, nichts gesagt, der Brief ruht unberührt in ihrer Tasche.

„Du zitterst ja, Süßes." Die Negerin legt ihre Arme um Shirleys Schultern. „Warum regst du dich auf, Shirley? Das hilft gar nichts, damit kommt man nicht vorwärts. Glaube mir, man muß es schon auf eine andere Weise versuchen."

14

Die Kontrolluhren beginnen wieder zu knarren. Schichtwechsel.

Es gehen die Negerinnen, die Chinesinnen, die Spanierinnen in bunten, billigen Kleidern zurück in ihre Quartiere. Es gehen laut, schwerfällig Hausmänner, Fensterputzer, Handwerker; es kommen Heizer, Nachtwächter, Kellner. Es kommen Köche, es gehen Köche; es kommen Stubenmädchen, es gehen Stubenmädchen. Kommen, Gehen, Kommen, Gehen – es ist Schichtwechsel, die Kontrolluhren knarren.

Vor dem Ausgang des Personals stauen sich die Massen, man hört Zurufe, Lachen, Grüße.

Die Portiers beobachten aufmerksam die Ausgänge. Keiner darf unbemerkt mit einem Paket hinaus.

Zwischen den Kommenden und Gehenden erscheint heute zahlreicher als sonst Aufsichtspersonal. Man achtet darauf, daß keine Gespräche in Gang kommen, damit die Kommenden von den Gehenden keine Aufklärung über die Ereignisse des heutigen Tages erhalten.

Es stehen oder sitzen aber auch manche auf den Treppen und auf dem Boden herum, die nicht fortgehen, die sich nur das Treiben bis zum Essen ansehen oder auf jemanden warten.

Shirley ist da, blaß und unruhig; die Ungewißheit quält sie immer stärker. Sie hatte erwartet, daß man ihr nach Arbeitsschluß eine Anweisung auf ihren restlichen Lohn geben und auf ihre weiteren Dienste verzichten würde; doch nichts von alledem. Anscheinend will die Direktion alles vermeiden, was die Stimmung des Personals erregen könnte.

Shirley weiß jetzt nicht, was zu beginnen. Sie weiß nicht, wie sie mit ihrem Freund in Verbindung treten könnte. Auf telefonische Anrufe in seinem Zimmer bekommt sie keine Antwort. Sie kann auch nicht mehr auf die Gästekorridore; als sie wieder nach oben wollte, um sich persönlich zu erkundigen, wurde sie von Frau Magpag verjagt.

„Du bist ja so fleißig, Shirley, man ist das von dir sonst nicht gewohnt, du willst sogar dann arbeiten, wenn keine Arbeit mehr für dich da ist.“

Ach, diese Frau Magpag! Ob sie wohl etwas ahnte? Jedenfalls: hinauf konnte sie nicht mehr. Wie sollte sie nun ihren Freund suchen – heute, wo sie den ganzen Tag über so sicher war, von hier fort zu können?

Ein Versuch, in die Hotelhalle zu gehen und dort auf ihn zu warten, ist von vornherein zwecklos. Man würde sie erkennen und fortscheuchen. Für Angestellte war es nicht möglich, Gast zu spielen.

Der neue Küchenjunge Fritz hält sich auch beim Ausgang auf und blickt immer wieder zu ihr herüber. Shirley bemerkt das wohl; aber jetzt, wo sie selbst große Sorgen hat, hat sie keine Lust, sich mit ihm zu unterhalten.

Fritz kauert auf dem Boden; er sieht sehr müde, fahl und abgespannt aus. Man merkt es ihm an, daß ihn die Arbeit mitgenommen hat.

Er wartet auf seinen Freund, den Nachtwächter.

Als Heinrich Klüter durch das Tor kommt und den Freund erblickt, strahlt er förmlich.

Sie begrüßen sich, als hätten sie sich seit langer Zeit nicht gesehen.

Heinrich Klüter hat Fritz Sandwiches mitgebracht.

Fritz springt auf und massiert seine Glieder.

„Mensch, man merkt es, wenn man arbeitet, ich bin ganz krumm geworden, soviel mußte ich hin und her springen. Aber es war ein toller Tag, es fehlte nicht viel, und wir hätten einen richtigen Streik bekommen. Aber vielleicht kommt es noch einmal zum Klappen; gäbe es nur noch mehr so Tüchtige wie dieses Mädel hier.“

Fritz steht jetzt bei Shirley.

„Das ist Shirley O'Brien.“

Und zu Shirley:

„Habe ich deinen Namen richtig behalten?“

„Du hast meinen Namen richtig behalten, aber ich mag es nicht, wenn man sich dumme Scherze mit mir erlaubt.“

„Scherze? Heinrich, du hättest das Mädel hören müssen, wie es dem Direktor seine Meinung gesagt hat. Feige ist sie nicht, das ist sicher. Hat man dich nicht entlassen?“

„Nein, man hat mich nicht entlassen.“

„Siehst du, man hat doch Angst vor uns.“

„Vielleicht bin ich eine so tüchtige Arbeitskraft.“

„Wolltest du nicht heute reich werden, als Gast wiederkommen?“

„Ja, das will ich noch immer; du kannst mich ruhig auslachen, ich kümmere mich nicht darum.“

Heinrich Klüter will alles Nähere erfahren.

Aber es ist heute nicht so einfach, etwas zu berichten. Leute, die sonst unter dem Personal nicht zu sehen sind, versuchen sich der Gruppe anzuschließen.

Heinrich Klüter kennt sie alle.

Sobald die der großen Masse der Angestellten unbekannten Gesichter auftauchen, versucht er, das Gespräch in andere Bahnen zu lenken.

Fritz will jedoch immer wieder von den Erlebnissen des heutigen Tages erzählen.

„Du hättest bloß sehen sollen, wie alles durcheinanderging in der Küche, nur weil das Hilfspersonal einige Minuten fehlte. Da merkt man erst, daß wir doch nicht so überflüssiges Füllsel sind. Ohne uns geht es doch nicht, und wenn wir auch die niedrigste Arbeit verrichten.“

„Das kann ich mir denken, daß es ohne dich nicht geht.“

Heinrich Klüter sieht liebevoll, wenn auch etwas spöttisch, auf seinen Freund.

„Ja, ohne uns alle geht auch nichts, glaube mir, wir können das nicht oft genug eingehämmert bekommen. Wir müssen es selbst mit eigenen Augen sehen, dann merken wir erst, daß wir eine Macht sind, und nichts auf der Welt ist wichtiger, als daß wir das wissen. Wir sind mächtig. Hab ich nicht recht, Shirley O'Brien?“

„Nein, wir sind nicht so mächtig; ganz im Gegenteil, mit den Leuten, die kein Geld haben, kann man tun, was man will, die müssen alles ausbaden. Nur wenn man Geld hat, kann einem nichts Böses geschehen, sonst ist man ein Sklave.“

„Da hör einer an, wie die Kleine spricht! Ich möchte nur wissen, von wo sie all die Weisheit her hat.“

„Das geht dich nichts an.“

„Und wie du auf die Idee gekommen bist, reich werden zu wollen, das möchte ich auch wissen.“

„Sei nur nicht gar so neugierig, von mir kannst du nicht mehr erfahren als das, was ich selbst sagen will.“

„Willst du nicht mit mir spazierengehen, wir könnten draußen besser miteinander sprechen als hier, wo es immer wieder Leute gibt, die Gesprächen zuhören möchten, die nicht für ihre Ohren bestimmt sind.“

Shirley überlegt, was sie tun könnte. Ihr wird es wirklich immer ungemütlicher; es scheint, daß man sie beobachtet. Aber sie kann zu keinem vernünftigen Gedanken kommen. Was soll nur aus ihr werden? Heute früh war sie so fest von ihrem Glück überzeugt – und jetzt? Nein, auch jetzt will sie hoffen; es wird noch alles gut werden, man muß nur wollen.

„Nun, willst du nicht kommen? Ich hätte gern noch mit dir gesprochen.“

Fritz steht dicht neben ihr, deren Augen unruhig hin und her wandern.

Plötzlich aber werden sie scharf und wach. Shirley hat in einen der Personalaufzüge verschiedene Kellner einsteigen sehen.

Dabei entdeckt sie etwas so Überraschendes, daß sie nun hineilt, um noch einen Blick in den Aufzug zu tun.

Sie kann es kaum glauben, und doch stimmt es, sie hat sich nicht getäuscht. Der eine Kellner ist ihr Freund. Auf seinen Frack ist eine Nummer geheftet, und unter dem Kragen läuft eine schmale silberne Borte.

Sie hat sich vor kurzem noch beunruhigt, weil sie nicht in die Abteilungen der Gäste gelangen konnte, und nun war er hier bei dem Personal, er gehörte zum Personal . . .!

Warum hat er sie belogen, warum hat er ihr nicht die Wahrheit gesagt? Aber er war doch nicht nur Angestellter, er war auch Gast. Sie hat ihn ja oft selbst in seinem Zimmer gesehen. Wie konnte er nun plötzlich Kellner sein? Es gab sicher vieles, wovon er ihr nie erzählt hatte. Aber jetzt, da er einmal Kellner war, konnte er nicht wieder Gast werden; obgleich es überall Türen gibt, die die Reviere des Personals und die der Gäste verbinden, ist es doch nicht möglich, sich in einen Gast zu verwandeln, wenn man als Angestellter gearbeitet hat.

Sie möchte ihn wenigstens schnell noch sprechen, will endlich Gewißheit haben. Aber der Aufzug steigt hoch, entschwindet ihren Augen.

Ja, Herr Fish steigt empor zu dem Ballsaal. Er wird betreut von dem „schönen Alex“, der sich überraschenderweise in jeder Beziehung, sogar in der finanziellen Frage, zuvorkommend zeigt. Er hat sich bereit erklärt, Herrn Fish auf seine Arbeitsstätte zu begleiten und ihn in die Geheimnisse seines neuen Berufes einzuweihen. Herr Fish nimmt diese Freundlichkeit mit einigem Mißtrauen entgegen. Es gelingt ihm jedoch nicht, der beharrlichen Hilfsbereitschaft des „schönen Alex“ zu entgehen.

„Nun, Shirley O'Brien, willst du nicht mit mir ins Freie?“ Fritz ist beharrlich.

„Nein, ich will nicht ins Freie, ich will hier warten, ich muß etwas Bestimmtes erfahren.“

15

Der untere Ballsaal, an dessen Ausgestaltung erste Garten- und Innendekorationskünstler beteiligt waren und in dem das Hochzeitsmahl stattfinden sollte, hatte sich in einen phantastischen, tropischen Urwald verwandelt.

Aus Westindien und Surinam waren Blumen, Sträucher und Bäume samt Wurzeln in besonderen, zu diesem Zweck mit Wärmeanlagen versehenen Waggons nach New York transportiert. Man hatte noch mehr getan. Exotische Schmetterlings- und Falterpuppen, die in der Heimat der tropischen Pflanzen sich in diese einzunisten pflegten, wurden gleichfalls mitgeliefert, nicht ohne daß man die Zeit ihres Ausschlüpfens genau berechnet hatte. Alle sollten sich am Hochzeitstage Marjories entpuppen. Das war nicht wenig kostspielig; manche Falter hatten einen Marktwert von Hunderten von Dollar, aber sie sollten einen besonderen Schlager der Hochzeit bilden.

Diese kostspielige Ausgestaltung des Hochzeitsfestes betrachteten aber weder Herr Strong, der mit Vorliebe über einfache Lebensgestaltung Leitartikel schreiben ließ, noch die sparsame Frau Strong als einen Luxus. Es war eine, wenn auch nicht billige, so doch großartige Reklame und als solche geheiligt. Über eine so wichtige Hochzeit brachten alle Zeitungen lange Berichte, und es war klug, den Reportern genügend Stoff zu liefern und die Phantasie des Publikums zu befriedigen. H. W. Strong kennt doch den Rummel.

Der Ballsaal bietet jetzt tatsächlich einen außerordentlichen Anblick. Die Pflanzen sind mit viel Geschick geordnet, die Farben zueinander abgestimmt, die Schmetterlinge und Falter haben sich auch zu der vertraglich festgesetzten Zeit entpuppt und umschweben die Blumen wie lebende Edelsteine.

Die Beleuchtungskörper sind unsichtbar angebracht und sollen zu gegebener Zeit die Farbenpracht der Blumen erhöhen. Die Tische stehen unter blühenden Bäumen.

Orchideen von unerhörter Üppigkeit und den mannigfaltigsten Formen und Farben gehören noch zu den zartesten Blumen, denn man hatte die farbigsten und leuchtendsten bevorzugt. Man huldigte damit dem allgemeinen Geschmack. Die Kleinbürger kauften künstliche Blumen in den Fünf- und Zehncentgeschäften, nicht so sehr, weil sie billiger waren, sondern weil sie buntere Farben hatten.

Nun blühen im Ballsaal die Jasinum ingiaum, durchsichtige, lila Blüten, die einen betäubenden Vanilleduft ausatmen. Grüngesprenkelte, veilchenfarbene Falter umgaukeln sie. Die granatfarbene Granata arbor wird von gleichfarbigen Schmetterlingen mit smaragdfarbenen Kreisen belagert.

Falter mit blauen Leibern und durchsichtigen, goldfarbenen Flügeln umgeben die Rosen von den Karibischen Inseln mit ihren reichen, dichten Blütenblättern in den Farben von vergilbtem Elfenbein und von stumpfem Rosa, das man auf alten Altardecken findet. Auch Schmetterlinge, deren einer Flügel giftgrün ist, während der andere auf tabakfarbenem Grund rote, blaue und gelbe Linien aufweist, umschwirren sie.

Auf die Bataten mit langen, feuerfarbenen und violetten Blättern lassen sich Schmetterlinge mit irisierenden braunen Flügeln und leuchtendem Rumpf nieder.

Bergseefarbene Moschusblumen, Malius punicas, deren üppige Blüten tiefrot leuchten, als wären sie aus Rubin, vermengen sich mit den purpurfarbenen Ballias und den Maribonas, deren Blätter wie Flammen züngeln. Sie werden umschwebt von der leuchtend blauen Morpho laertes und der mächtigen, vielfarbigen Thysamia strix aus Surinam.

Diese tropische Wildheit hat etwas Erschreckendes, das nicht zu dem kühlen Marmorsaal paßt, noch weniger zu den erwarteten Gästen. Nur die Leuchtreklame, die schillernd in den Raum bricht, hat in ihrer Überschwenglichkeit eine Verwandtschaft mit ihr.

Vorerst sind es nur die Kellner, die das ungewohnte Schauspiel betrachten. Es sind sechzig Männer, die mit der gleichen Sorgfalt wie die Schmetterlinge und Pflanzen für diesen feierlichen Anlaß ausgesucht wurden. Sie haben alle glänzende Figuren, regelmäßige Gesichtszüge, einen reinen Teint. Sie sehen alle aus, wie man sich englische Lords vorstellt, oder wie Filmliebhaber, natürlich nicht wie im Leben, sondern so, wie sie auf der Leinwand erscheinen. Sie tragen ihre Fracks mit außerordentlicher Eleganz, und nur die kleine Metallmarke mit ihrer Nummer verrät die untergeordnete Rolle, die sie hier zu spielen gezwungen sind.

An diesem Abend müssen sie Franzosen markieren, um die Vornehmheit des Festes zu erhöhen. Unter ihnen befinden sich Vertreter fast aller weißen Nationen der Welt; neben einigen wenigen echten Franzosen gibt es Schweden und Griechen, Deutsche, Spanier und Angehörige der verschiedenen Balkanstaaten. Wenn sie bedienen, müssen sie alle französisch sprechen. Nun, jedenfalls hört sich ein gebrochenes Französisch, dessen Gebrochenheit die Gäste nicht erkennen, besser an als das Einwandererenglisch, das ihre aristokratische Erscheinung Lügen strafen würde.

Auch Herr Fish befindet sich unter den Kellnern. Er muß bekennen, daß das, was ihm der „schöne Alex" über das Äußere der Kellner erzählt hatte, nicht übertrieben war. Herr Fish ist mit sich selbst zufrieden. Er findet, daß der geliehene Frack seine Figur bestens zur Geltung bringt und daß seine Erscheinung sich glücklich dem Gesamtbild einfügt. Sogar der „schöne Alex" gibt das in schmeichelhaften Worten zu.

Allerdings beunruhigt er sonst in jeder Beziehung Herrn Fish. Er weicht ganz einfach nicht von seiner Seite, obgleich man annehmen sollte, er würde vorziehen, sich hier im Saal vor seinen Vorgesetzten nicht ohne Nummer zu zeigen. Der „schöne Alex" scheint hingegen keine Angst mehr zu haben, obgleich er heute früh so eindringlich die Gefahren schildern konnte, denen er sich aussetze, wenn er Herrn Fish als Kellner hereinschmuggeln würde.

Sollte auch der „schöne Alex" wie die beiden „einstigen Kriegskameraden" auf dem Dachgarten in Herrn Strongs Sold stehen? Oder bildete er sich nur selbst ganz überflüssigerweise Gefahren ein? Herr Fish ist selbst nicht mehr ganz sicher, ob er Verfolger oder Verfolgter ist.

Ja, der „schöne Alex" zeigt sich in überraschender Weise entgegenkommend. Er empfiehlt Herrn Fish wohlwollend verschiedenen Kollegen, gibt ihm Erläuterungen und klärt ihn über alle technischen Finessen auf, die ein vollkommener Kellner zu beherrschen hat.

Herr Fish greift während dieser freundschaftlichen Ratschläge wiederholt nach seinem Briefpaket. Es ist aber da, genau an der Stelle, wo er es verbarg.

Jetzt aber gibt es ungeheuer viel zu tun. Herr Fish hat keine Zeit mehr, seinem Verdacht nachzuhängen.

Die Tische werden gedeckt. Silber und Kristallgläser herbeigeschafft. Die Kellner müssen riesige Schüsseln herbeischleppen mit den verschiedensten Süßigkeiten, exotischen Nußarten, Oliven und Salaten.

Die Kapitäne, die zwischen den Kellnern und den Maîtres d'hôtel die Verbindung herstellen, sind heute zahlreicher als sonst vertreten. Sie haben ein scharfes Auge auf die Kellner, kommen mit immer neuen Befehlen und Anordnungen. Es ist ein Laufen und Hetzen, ein Wettrennen in die Küche und an die Büfetts, noch bevor die eigentliche Arbeit begonnen hat.

Die Maîtres d'hôtel verfolgen vom Hintergrund aus die Arbeit. Man ist heute auf allerlei unangenehme Überraschungen gefaßt. Man weiß, wenn das Personal zu mäkeln anfängt, sucht es unbedingt irgendwelche eingebildete Unzulänglichkeiten ausfindig zu machen. Deswegen achtet man darauf, daß die Kellner keine Gelegenheit finden, sich allzuviel miteinander zu unterhalten.

Die Kapitäne klatschen in die Hände und treiben die Kellner zur Eile an.

„Sprecht nicht soviel, Jungens, macht fix, der Spaß beginnt gleich. Ihr müßt euch beeilen."

Die Kellner betrachteten kritisch den Saal.

„Das wird ein ganz großes Affentheater, das uns wenig einbringen wird, paßt auf."

„Ich möchte meinem Jungen den blauen Falter dort nach Hause mitbringen; man ahnt ja nicht, was für schöne Biester es auf der Welt gibt."

„Warte nur ab. Bis die mit der Fresserei fertig sind, wirst du todmüde sein, und es wird dir die Lust vergehen, nach Schmetterlingen zu laufen."

„Habt ihr eine Ahnung! Als ob man hier die Schmetterlinge fangen dürfte! Die wird man extra sammeln; kein einziger darf verlorengehen. Das sind ja ganz teure Nummern, auf die paßt man auf."

Einer der Maîtres d'hôtel nähert sich den Sprechenden und überblickt prüfend die Tische.

„Aber auch auf uns."

„Die möchten am liebsten jedes Wort, das wir sprechen, mit dem Mikrofon aufnehmen."

„Sie haben Angst vor uns."

„Man kann manchmal Lust bekommen, den ganzen Kram hinzuwerfen und der Gesellschaft mal tüchtig die Meinung zu sagen. Ich spüre schon meine Beine, und dabei hat das Fest noch nicht einmal angefangen."

„In der Küche sind die Köche ganz wild – und an wem lassen sie ihre schlechte Laune aus? An uns."

Einige Kellner unterhalten sich über den Tafelschmuck und über die Geschenke, die die Maîtres d'hôtel unter die Gedecke der Gäste legen.

„Ich verstehe nicht, warum man nicht auch uns mit einer brillantenen Krawattennadel überrascht. Warum die reichen Leute immer nur denen was schenken, die ohnehin schon mehr als genug haben?"

„Ich möchte die kleinen goldenen Löffel mit nach Hause nehmen, die sind ganz niedlich; meine Frau könnte mit ihnen gut unsere Kanarienvögel füttern."

„Sprich nicht so laut, du Dummkopf, du kannst noch in die Klauen von Detektiven geraten."

„Mein Lieber, wenn du hier was klauen kannst, dann verdienst du eine Medaille."

Jetzt ruft ein Glockenzeichen die Kellner zum Essen. Die Kapitäne achten darauf, daß die Kellner auch wirklich essen, denn sie sollen nicht in Versuchung kommen, wenn sie das Hochzeitsmahl servieren.

Die Mahlzeit der Kellner hat auch bei dieser besonderen Gelegenheit nichts Festliches. Sie bekommen das Essen zweiten Grades, stehen also nicht auf der niedrigsten Stufe; sie werden von den jüngsten Speiseträgern bedient.

Die Kapitäne, die gewöhnlich in einem anderen Raum essen, denn sie gehören zum dritten Grad, erscheinen dieses Mal vollzählig im Speiseraum der Kellner. Man hat so Erfahrungen. Die Kellner pflegen beim Essen immer mächtig zu schimpfen, und man verspricht ihnen ständig für das nächste Mal Abhilfe. Heute aber befürchtet man ernstere Unzuträglichkeiten. Die Nachrichten über gewisse Geschehnisse im Hotel erreichen in Windeseile jeden einzelnen; Versuche, die verschiedenen Schichten zu isolieren, blieben in dieser Hinsicht stets erfolglos.

Es war auch leicht festzustellen, daß die Revolte im Speisesaal der untersten Stufe beim Personal Gefallen erregt hatte. Alle schienen auf eine Gelegenheit zu warten, den Mund selbst vollzunehmen.

Der Maître d'hôtel, in dessen Händen die Gesamtorganisation des Festes liegt, hält sich in der Nähe der Tür auf, von der er einen guten Blick auf die Kellner hat. Er wünscht, das Ganze wäre schon vorbei; er weiß aus Erfahrung, wie oft bei wichtigen Gelegenheiten alles schiefgeht.

Die Kellner, die sich jetzt über ihre Teller beugen, haben nicht die geringste Ähnlichkeit mehr mit englischen Lords. Schon die Art, wie sie die Suppe beäugen, die Löffel hineintauchen, verrät den Kapitänen und Maîtres d'hôtel, in wie streitsüchtiger Laune sie sind.

Tatsächlich beginnt schon beim ersten Löffel die Hetze.

Es ist ein großer, starker Norweger, der das Signal gibt. Er führt bei jeder Gelegenheit das große Wort und verdankt es nur seiner großen Geschicklichkeit, daß er doch immer wieder eingestellt wird.

„He, pflegt man euch auch zu Hause heißes Wasser zum Löffeln zu geben?"

„Und als Gewürz einen Schuß Spülwasser."

„Man füttert uns wunderbar, aber nur unsere Nase: wir dürfen das Beste riechen."

„Na, und was in den Magen kommt, ist ja nicht so wichtig."

Sie rufen den Speiseträgern zu:

„Räumt die Teller weg, Kinder, schade, wenn das Spülwasser hier kalt wird, vielleicht brauchen es die Tellerwäscher."

Die Kapitäne beginnen einzugreifen.

„Jungens, ihr sucht ja nichts weiter wie Streit; ihr könnt euch die Töpfe in der Küche selbst ansehen, ich wette, nirgends bekommt ihr solche Fleischstücke in der Suppe wie hier."

„Eure ‚Fleischstücke', die ihr uns gebt, die kennt man, davon habt ihr mindestens schon dreimal Suppe gekocht."

„Ja, die Nährkraft müssen die Gäste bekommen."

„Fleischstücke, die für Gäste geeignet sind, kommen überhaupt nicht in unsere Küche. Wir bekommen die ausgekochten von Grad drei und vier."

Der eine Kapitän versucht die Ehre der Angestelltenküchen zu retten: „So ausgekocht wie du, mein Lieber, sind wir noch lange nicht."

„Ihr seid noch ausgekochter als eure ausgekochten Renommierfleischstücke in unserer Suppe."

Die Stimmung wird beim Fleischgang nicht freundlicher.

„Sind wir denn Hunde, zum Teufel auch", ruft ein Spanier wütend, „daß man uns Knochen vorwirft?"

Er hat heute kaum gegessen; seine Garderobe verschlang eine Unmenge Geld.

„Meine Frau ist drüben", sagt ein Schwede, „und ich kann sie nicht herüberkommen lassen, damit sie mir was Anständiges kocht."

„Eine dreckige Welt, ich habe die Nase voll", schimpft ein Deutscher. „Ich war früher Kellner in billigen Restaurants, seitdem kann ich in den Buden nicht mehr essen. Wenn du dort den Küchenbetrieb gesehen hast, vergeht dir für immer der Appetit."

„Die Automaten, die wenigstens rein sind, hängen mir zum Halse heraus, ich muß mir eine Frau anschaffen", jammert ein anderer.

„Du Unglückseliger, friß lieber Sandwiches dein ganzes Leben lang. Hast du eine Ahnung, wie dir die Frauen in den Ohren liegen, wenn du mal ein paar Tage ohne Arbeit bist?"

„Und die Kinder durchfüttern, glaubt ihr, das ist eine leichte Aufgabe?"

„Man hat schon seine Last", seufzt einer der wenigen echten Franzosen, „aber das schwerste ist für unsereinen, eine kranke Frau durchzubringen."

Die Kapitäne blicken auf die Uhr und rufen:

„Jungens, die Zeit vergeht, redet nicht soviel und eßt."

„Essen? Setzt uns doch was Anständiges vor!"

„Iß doch die deutschen Bratkartoffeln", ruft einer höhnisch, „die sind aus den Kartoffeln zubereitet, die die Scheuerfrauen heute mittag ausgespuckt haben."

„Hört jetzt auf", ein Kapitän ist vorgesprungen, „ihr wollt

nur herummäkeln. Man könnte euch das Hochzeitsessen servieren, und ihr kämt doch mit euren dummen Redensarten; ihr wollt euch doch nur einander den Appetit verderben.“

„‚Appetit verderben‘ ist gut, es kann einem schon übel werden, wenn man nur die Speisen auf unserem Tisch sieht.“

Der Maître d’hôtel beeilt sich, den Kapitän, der dazwischenschreien will, zu beruhigen.

„Sie werden nur rabiater, wenn man sie belehren oder besänftigen will, laß sie reden.“

Er fühlt ein stechendes Ziehen in den Schläfen. Die Uhrzeiger rücken weiter, die Gäste müssen bald eintreffen – und die Kellner sitzen da und quasseln! Die Löwenbändiger ahnen sicher nicht, welch beneidenswerten Beruf sie ausüben.

„Laßt sie nur reden, es hat keinen Zweck, sie zur Vernunft bringen zu wollen, das Schimpfen beruhigt sie. Wenn sie gegen alles losgegangen sind und sich selbst genug bemitleidet haben, gehen sie wieder an die Arbeit.“

Aber die Kellner machen immer noch keine Miene aufzustehen. Ihr Wortführer, der große Norweger, gibt sogar eine Art Kriegserklärung ab.

„Solange wir nicht etwas Anständiges im Magen haben, arbeiten wir nicht.“

Der Maître d’hôtel wünscht sie alle zum Teufel, gleichzeitig aber erfüllt ihn Höllenangst bei dem Gedanken, sie könnten einfach gehen und ihn im Stich lassen. Und bald kommen die Hochzeitsgäste; er könnte unmöglich inzwischen Ersatz finden. Mit ungelernten Kräften wäre ihm heute nicht geholfen, und die paar Kapitäne könnten nicht viel ausrichten.

Man muß die Leute beruhigen.

In humoristisch unterwürfiger Weise nähert er sich den Kellnern, indem er selbst einen Kellner kopiert.

„Nun, Jungens, wünscht ihr die mit Trüffeln gefüllten Puten oder geröstete Hummern? Sollen wir euch vielleicht das Hochzeitsessen servieren?“

„Warum nicht? Wir haben auch keinen anderen Magen als die Hochzeitsgäste.“

„Aber einen anderen Geldbeutel, das gebt ihr wohl zu?

Wirklich, Jungens, was ihr tut, ist unvernünftig, nur ihr selbst werdet Verluste zu tragen haben, wenn ihr den guten Verdienst verliert.“

„Ach, ach, die Trinkgelder kennen wir. Je feiner die Gesellschaft, um so magerer der Verdienst.“

„Je mehr wir laufen und rennen müssen, um so weniger hält man es für nötig, dafür zu sorgen, daß wir auch bei Kräften bleiben.“

„Wenn du keine Kraft mehr hast, wirst du zum alten Eisen geworfen; es gibt jeden Tag Neue, die statt deiner arbeiten können“, ruft ein Spanier.

„Nun gut, ich werde dafür sorgen, daß ihr ein Extraessen aus der Direktionsküche bekommt, aber ihr müßt daran denken, daß wir nicht mehr viel Zeit zu verlieren haben.“

„Direktionsessen heute – und morgen geht es weiter wie alle Tage.“

„Wir können, wenn wir heute auch arbeiten, morgen auf die Straße gesetzt werden. Wer garantiert dafür, daß man uns weiterarbeiten läßt?“

„Ich.“

„Und morgen erklärt man, daß der Maître d’hôtel nichts zu sagen hat.“

„Wir wollen in die Kellnergewerkschaft eintreten, dann haben wir wenigstens einige Sicherheit.“

Es ist der Norweger, der spricht.

„Es sollen nur gewerkschaftlich organisierte Kellner angestellt werden.“

„Ihr seid wahnsinnig, mit diesen Sachen fünf Minuten vor einem Hochzeitsfest zu kommen, wir verhandeln morgen.“

„Wir verhandeln heute, wo man uns braucht, oder wir gehen alle.“

Herr Fish, der sich gleichfalls im Eßraum aufhält, ist unzufrieden und ungeduldig.

Nichts ist ihm gleichgültiger als das Essen hier; er hat bedeutend wichtigere Sorgen. Diese Leute sind schrecklich, sie denken tatsächlich nur an ihren Magen und sehen nicht weiter als von einer Mahlzeit zur anderen.

Es wäre ihm ganz und gar nicht erwünscht, wenn die Feier auf Schwierigkeiten stieße, die gehörten nicht zu seinem Plan. Herr Fish war im Augenblick für keine Improvisationen. Er wollte Herrn Strong überraschen und verblüffen, ihm zeigen, daß er sich nicht einschüchtern ließe und ihm gefährlich werden konnte. Aber eine Überraschung von anderer Seite stört Herrn Fishs Pläne.

Er versucht auf eigene Faust die Kellner zu beschwichtigen.

Diesen beginnt es jetzt aufzufallen, daß er ein Neuer ist. Wozu versucht er, sich in alles hineinzumischen; ist er ein Lockspitzel?

Herr Fish ist allein. Der „schöne Alex" zeigt sich nicht im Eßsaal, er sitzt im Warteraum der Kellner. Er will Herrn Fish, wenn nötig, seine weitere Unterstützung für den Abend nicht versagen.

Die Kellner machen immer noch keine Anstalten, in den Saal hinüberzugehen; es fallen ihnen im Gegenteil immer neue Wünsche ein. Sie fordern nicht nur besseres Essen, die Möglichkeit sich zu organisieren, sondern auch noch eine besondere Zulage.

Ja, es gibt sogar einige, die Anstalten machen, in den Ballsaal hinüberzugehen. Im Gehirn des Maître d'hôtel spukt ein furchtbarer Gedanke. Wie, wenn es den Kellnern einfiele, den wunderbaren Feengarten zu zerstören, wenn sie sich an den Blumen und Schmetterlingen vergriffen? Wenn sie das Gold, das Silber und die Kristalle durcheinanderwürfen? Wenn sie sich an den aufgestellten Speisen gütlich täten, wenn sie sein wunderbares Werk zerstörten?

Er muß sie beruhigen, muß ihnen Versprechungen machen.

Er spürt den Schweiß unaufhaltsam aus allen Poren hervorbrechen und hat das Gefühl, als versagten alle seine Glieder den Gehorsam.

Und die Uhr! Der Zeiger der Uhr rückt unaufhaltsam vorwärts.

Er hält eine Rede an die Kellner, seine Stimme schmeichelt, seine Stimme beschwört, und er macht Versprechungen, jede Versprechung, die man nur von ihm verlangt.

16

Die Korridore am Personalausgang haben sich wieder gefüllt.

Mit unglaublicher Schnelligkeit hat es sich herumgesprochen, daß die Kellner im Ballsaal in Streik treten wollen. Kam die Nachricht durch das Küchenpersonal oder die Garderobieren, kam sie durch die Speisenträger oder die Musiker? Jedenfalls gab es in kurzer Frist niemanden, der nicht von ihr wußte.

Sie wurde auch bald ausgeschmückt verbreitet, ins Phantastische vergrößert.

Man erzählt sich, daß die Kellner im Ballsaal alles kurz und klein schlügen, daß die Polizei benachrichtigt sei und daß man auf wahre Kämpfe vorbereitet sein müsse. Das Personal, das sich noch im Hotel aufhält und nicht arbeiten muß, fährt hinunter zum Ausgang, um letzte und authentische Berichte zu erhalten.

Sogar die alte Nanny erscheint, die sonst immer ihre freie Zeit regungslos sitzend in ihrem Zimmer oben verbringt.

Sie hatte schon schwere Lohnkämpfe mitgemacht, bei denen auch Blut floß. Sie erzählt den Umstehenden davon, aber da sie keine Zähne im Mund hat, ist es schwer, sie zu verstehen.

Auch Celestina ist gekommen; sie war bisher oben geblieben, weil sie befürchtete, Shirley könnte meinen, die Mutter spioniere ihr nach.

Nein, das wollte sie nicht mehr tun, denn sie hatte das untrügliche Gefühl, sie könne ihre Tochter nicht mehr verlieren.

Jemand sagt in der Nähe: „Die Kleine hat alle aufgewiegelt."

„Ja, wenn es anfängt unruhig zu werden, kommt es früher oder später doch zu einem Ausbruch."

„Wenn die Leute anfangen zu sehen, ist es nicht so leicht, sie wieder blind zu machen."

„Die Direktion wird unbarmherzig aufräumen."

„Wenn wir es zulassen."

„Pah, was können wir schon viel tun?"

„Weil ihr nichts weiter sagen könnt als dieses: ‚was können wir schon tun'. Können wir auch wirklich nichts tun?"

„Hast du vielleicht Lust zu streiken, wenn man die Kleine an die Luft setzt?“

„Es würde nicht nur dabei bleiben. Die Kellner werden der Gesellschaft schwerer im Magen liegen.“

„Wenn es sich um etwas Wichtiges handelt, will ich auch dabeisein.“

„Aber dumm ist die Kleine doch nicht.“

„Vielleicht kann sie später noch einmal etwas Richtiges werden.“

Celestina zweifelt nicht: man wird Shirley wegschicken, und niemand wird versuchen, sie zu halten. Aber sie würde sich schon weiterhelfen können, sie ist jung und kann arbeiten.

Shirley steht an die Wand gelehnt und spricht wieder mit Fritz. Ihre Blicke wandern unruhig umher.

Wieder kommen neue Nachrichten aus dem Ballsaal.

Man hätte die Forderungen der Kellner bewilligt.

„Nun, freust du dich nicht, daß alles in Fluß kommt? Siehst du, wenn wir zusammenhalten und nur wollen, haben wir auch die Macht.“

„Ich habe gehört, daß wir dumm sind. Ist es wahr, daß man vor unserer Nase Kriege vorbereitet und wir nichts davon merken?“

„Ich ahnte nicht, daß du soviel weißt. Hast du dich schon mit allen diesen Fragen beschäftigt?“

„Ich weiß, daß man viel Geld haben muß, wenn man nicht will, daß einem Böses geschieht.“

„Du hast merkwürdige Gedanken.“

„Ich habe da einiges gehört von jemandem, der sich als besonders klug aufgespielt hat – aber er ist auch sicher klug, klüger als ich oder du.“

„So, du bist ja sehr nett. Ich möchte ihn sehen, den du für so viel klüger hältst als mich.“

„Vielleicht hast du ihn sogar gesehen. Siehst du, er hat auch nichts und lebt doch gut, genau so, als ob er reich wäre.“

„Und das hältst du für so besonders klug?“

„Natürlich, wir müssen schwer arbeiten und haben doch nichts.“

„Aber weißt du denn nicht, daß, wenn wir nur wollen, wir

viel mächtiger und viel reicher werden können als der mächtigste, reichste Millionär? Dann könnte alles uns gehören, alles, was wir sehen, alles, was uns umgibt. Alles!"

„Das glaub ich nicht. Das ist ja gar nicht möglich."

„Freilich würde uns das alles nicht in den Schoß fallen. Wir müßten dafür kämpfen, arbeiten, lernen."

„Aber wie?"

„Ich werde dir die Bibliothek zeigen. Wir gehen zusammen hin. Du wirst sehen, wie viele Bücher es dort gibt. Liest du manchmal?"

„Nur Sachen, über die man lachen kann. Aber vielleicht ist auch anderes interessant. Wenn du es mir gut erklären kannst..."

„Willst du immer noch nicht ins Freie?"

„Nein, ich muß noch warten."

17

Im Ballsaal war alles ruhiger verlaufen, als die wilden Gerüchte glauben ließen.

Von der Direktion kam die Parole: Alles bewilligen. Die Kellner bekamen sofort ihre Zulagen ausgezahlt, man gab ihnen schnell ein anständiges Essen und versprach sogar Verhandlungen über die Unions-Angelegenheit. Aber alle wußten, es war kein Friedensschluß, es war nur der Anfang des Kampfes.

Die Kellner stehen im Saal und sehen wieder wie englische Lords aus. Die Maîtres d'hôtel lassen ihre Augen mit Erleichterung wieder über den Saal schweifen. Die Kapitäne klatschen in die Hände, zum Zeichen, daß die Gäste nahen.

Alle hinter den Pflanzen verborgenen Lichter leuchten auf und erhöhen die Pracht, machen die Farben noch leuchtender. Die unsichtbare Musik beginnt ganz leise zu ertönen, und die Schmetterlinge, aufgescheucht vom Licht, führen einen unerwarteten Tanz auf.

Die Gäste, gefolgt von den Reportern, betreten den Saal. Ein allgemeines „Ah!" ertönt, das Herrn H. W. Strong mit Genugtuung erfüllt.

Im Mittelpunkt der Gesellschaft steht das junge Ehepaar. Marjorie stützt sich leicht auf den Arm Edgar Sedwicks, des ihr eben angetrauten Gatten. Die wie Blumen anmutenden Brautjungfern umschwirren sie lachend.

Sie erhöhen die malerische Wirkung der Braut, die strahlend, in Kostbarkeiten gehüllt, an ein unwirkliches Götzenbild erinnert. Der wertvolle seltene Schleier umfließt ihre Gestalt, die Steine an ihren schmalen langen Fingern sprühen in allen Farben, die Perlen werfen einen matten Glanz auf ihre unvergleichliche Haut. Ein jeder muß bekennen, daß sie schön ist.

Und doch zittert sie ein wenig hinter dem glanzvollen Äußeren. Sie hat Angst, eine nervöse, unbestimmte Angst, die sie sich selbst nicht eingestehen will.

Herr Fish kann mit dem Eindruck zufrieden sein, den er auf sie macht. Ihre aufgescheuchten Augen, ihr Zurückweichen, als sie ihn zwischen der Kellnerschar entdeckt, ist ihm ein gutes Vorzeichen für das Gelingen seines Unternehmens. Sie hat also Angst vor ihm; das ist es gerade, worauf es Herrn Fish ankommt.

In Wirklichkeit fürchtet sich Marjorie, weil sie wieder Gespenster zu sehen glaubt.

Herr Fish findet, daß es eine überaus schlaue Idee von ihm war, sich als Kellner einschmuggeln zu lassen. Die Gäste und Reporter wurden sorgfältig kontrolliert, ihr Eintreten verfolgte ein Heer von Detektiven und ein Schwarm Sekretäre des Herrn Strong. Sicher hatte H. W. angenommen, er würde versuchen, sich eine Eintrittskarte zu verschaffen, und hatte dagegen Vorsichtsmaßregeln getroffen. Jetzt aber konnte man ihn nicht entfernen, ohne einen unliebsamen Auftritt befürchten zu müssen. Herr Fish ist also mit sich selbst zufrieden.

Seine optimistische Stimmung läßt jedoch nach, als er merkt, daß seine Gegenwart nicht den geringsten Eindruck auf Herrn H. W. Strong gemacht hat. Der Vater der Braut nickt sogar seiner Tochter aufmunternd zu, als wollte er sagen, sie hätte keine Gefahr zu befürchten.

Herr Fish fühlt langsam Wut in sich aufsteigen. Er empfindet Haß, er, der nichts weiter wollte, als sein Schäfchen ins trockene bringen. Es scheint ihm selbst unwahrscheinlich, daß Marjorie ihm je angehört hatte, – dieses kalte Götzenbild, diese leere Puppe, die über alle anderen gestellt wurde, kraft des Geldes ihres Vaters. Es war ihr gelungen, sogar ihn, Herrn Fish, auszunutzen. Er hatte ihretwegen Schulden gemacht. Es bereitete ihr einen Kitzel, über Abgründe zu tanzen, und er war ihr dabei ein guter Partner. Als sie genug hatte, verabschiedete sie ihn einfach. Aber er war gewillt, sich das kleine Abenteuer schwer bezahlen zu lassen. Er war nicht der Mann, dem man Schlaraffenland zeigen konnte, um ihn nachher mit einem Fußtritt zu verabschieden. Wenn Herr Strong es mit ihm aufnehmen wollte, nun gut, er war bereit.

Marjórie wagt es wieder, zu ihm hinüberzusehen. Vielleicht sieht sie gar keine Gespenster, er ist es selbst, er verfolgt sie. Jetzt, da sie ihn in Kellneruniform erblickt, begreift sie kaum, was ihn so anziehend gemacht hatte. Er sieht nicht schlecht aus, aber zwischen den anderen Kellnern wäre er ihr nie besonders aufgefallen. Die anderen bieten keineswegs einen übleren Anblick als er. Die meisten sehen sogar entschieden vorteilhafter aus als die Gäste. Vielleicht haben sie auch allerlei Gedanken im Kopf, schlimmere und gefährlichere als Herr Fish, vielleicht hassen sie sie, möchten sie auch stürzen, sie, die reiche Erbin und die ganze Gesellschaft. Herrn Fish würde ihr Vater schon erledigen, sie kennt ihn. Er würde dieses Fischlein nicht hier herumspringen lassen, wenn er nicht wüßte, daß es unschädlich ist.

Aber da gibt es eine andere, eine stärkere, undurchdringlichere Macht, mit der nicht einmal Herr Strong fertig werden könnte. Marjorie sieht sie in den haßerfüllten Augen der Kellner. Sie sah sie heute in den Blicken des kleinen Wäschermädchens und der Negerin. Oder bildet sie sich dies alles nur ein? Sie hat Angst, es ist unleugbar, genau wie die Könige seit eh und je Angst um ihr Leben haben und überall Gefahren wittern.

Sie blickt hinüber zu ihrer Mutter; Frau Strong hält Cercle. Sie ist ganz Königin, unnahbare Majestät, an die das gewöhnliche Leben nicht herankann.

Aber freilich, ähnliche Befürchtungen wie ich hat sie sicher nie, denkt Marjorie. Die ältere Generation hat es doch gut, sie glaubt fest an einen Gott, der ihr als Schutzpolizist beigegeben ist. Sie kleidet ihre Selbstkritik in Gottgläubigkeit und sieht selbst ein, daß sie eine höhere Macht vorschieben muß, um ihre bevorzugte Stellung zu erklären.

Möglicherweise habe ich diese Gedanken von Herrn Fish, stellt Marjorie erschrocken fest. Nun, wenigstens konnte man allerlei von ihm lernen.

Es werden Cocktails herumgereicht. Der französische Chef hat sie kreiert und nennt sie „quelques fruits et fleurs".

Die Reporter, unter ihnen viele weibliche, flitzen zwischen den Gruppen umher und suchen nach bekannten Persönlichkeiten, deren Kleider sie beschreiben könnten.

Herr Fish denkt in seinen rachsüchtigen Phantasien, daß er es leicht hätte, sich hier mit seinen Enthüllungen an die Presse zu wenden. Wenn es den Reportern, die mit solchem Eifer die Dekoration des Saales, die Kleider und die Schmuckstücke der Damen beschrieben, an Stoff mangelte, er, Herr Fish, könnte ihnen genügend liefern.

Statt sich mit Belanglosigkeiten abzugeben, könnten sie ihn um Informationen bitten; er könnte sie über das Leben dieser höheren Gesellschaft aufklären. Dank Marjorie hat er so seine Erfahrungen und weiß mehr über sie, als sämtliche sogenannten Gesellschaftsberichterstatter. Sicher wußten auch sie mehr, als ihre Berichte verrieten; sie waren jedoch die letzten, die darüber entschieden, was zum Druck geeignet war.

Die Kunst des äußerlichen Sehens wird an allen Journalistenuniversitäten Amerikas derart ausgebildet, daß ein guter Reporter fähig ist, auf einen Blick die ganze äußere Erscheinung eines Menschen genau wiederzugeben. Sie irren sich nicht in der Farbe der Krawatte, der Form der Schuhe; sie sind imstande, den genauen Preis des Anzuges festzustellen. Mit dem gleichen Eifer beschreiben sie die Haartracht, die Strümpfe, Handschuhe, ob sie nun über einen Mörder, einen Ozeanflieger oder über eine Braut berichten.

Herr Fish sagt sich, daß von seinem Wissen keine Reporter, keine Zeitungen Gebrauch machen würden. Käme es zu einem Prozeß, dann allerdings müßten sie Notiz nehmen; aber an einem Prozeß liegt auch Herrn Fish nicht viel.

Eine Gesellschaftsberichterstatterin beschäftigt sich jetzt

angelegentlich mit Marjorie, um von ihr eine besondere Information zu erhalten. Marjorie gibt nicht zum erstenmal die Geschichte des Schleiers zum besten. Während sie erzählt, überkommt sie wieder ein leichtes Gruseln. Sie kann das Angstgefühl heute nicht loswerden. Nicht nur von Herrn Fish, der ihr auflauert, scheint ihr Gefahr zu drohen, sie fühlt, es gibt überhaupt keine Sicherheit. Wie ist es möglich, daß sich die anderen nicht fürchten?

Die Reporterin notiert; sie wird aus Marjories Erzählung eine recht farbige Geschichte machen. Für die Frauen, die „Beherrscherinnen Amerikas", ist im Zeitungsbetrieb nur ein bestimmtes Fach reserviert. Sie plaudern über die „Gesellschaft", über das Glück, Amerikanerin zu sein, über die Mode und über die Wege zu ewiger Jugend und Schönheit – Kenntnisse, von denen sie aber selbst nicht immer Gebrauch zu machen scheinen. Sie gleichen Kanarienvögeln, denen man die Augen ausgestochen hat: blind, ohne ihre Umgebung, die rauhe Wirklichkeit, zu sehen, zwitschern sie unbekümmert darauflos.

Marjorie sucht Schutz bei ihrem Mann.

Herr Fish folgt ihr.

Er ist jetzt ganz diensteifriger Kellner.

Der junge Ehemann liest schaudernd das Menü. „Ich kann mir doch nicht meinen Magen verderben, nur weil ich heute geheiratet habe", sagt er zu Herrn Fish, der ihn bedienen soll. „Legen Sie zwei Eier auf drei Minuten in siedendes Wasser, aber lassen Sie sie nicht kochen, ein Glas Milch und zwei Scheiben Toast, das ist alles."

Herr Fish würde lieber den jungen Ehemann in siedendes Wasser tun.

„Wenn man ein guter Sportsmann sein will, muß man wie ein Kind leben", erklärt Edgar Sedwick. „Ein Kind von fünf Jahren entfaltet mehr Vitalität als ein Schwerarbeiter; man lebe also wie ein Fünfjähriger."

Marjorie ist nicht ganz sicher, ob diese Frugalität nicht den Reportern zuliebe, die immer noch in ihrer Nähe herumhorchen, zur Schau gestellt wird.

Jedenfalls, findet Marjorie, hat Edgar etwas Sauberes und Frisches, freilich auch Langweiliges, aber er ist besser als die Männer, die den Krieg mitgemacht haben. Auf alle, auch wenn sie nicht aktiv an ihm teilnahmen, hat er dunkel abgefärbt, hat sie böse und undurchdringlich gemacht.

Herrn Sommer, der es in Amerika weit gebracht hatte und der dem jungen Ehepaar gegenübersitzt, gefällt aber nicht die übertriebene Genügsamkeit Edgars.

„Hehe, wie ein fünfjähriges Kind, nun, wir wollen hoffen, daß Sie dieses Programm nicht allzu wörtlich ausführen werden. Ja, Sie haben es leicht, Sie haben sich den richtigen Vater ausgesucht. Sehen Sie mich an, ich habe die Vitalität von einem Dutzend fünfjähriger Kinder – und die brauche ich, bei Gott."

Er stopft sich gleichzeitig gesalzene Pistazien und Oliven in den Mund und knabbert an Staudensellerie, während er mit überraschender Schnelligkeit Hummern verschlingt.

Er ist Unternehmer der größten Wolkenkratzerbauten. Geraten „kleinere" Häuser von etwa zwanzig Stockwerken in seine Hände, kann man sicher sein, daß er sie sofort niederreißen lassen wird, um mächtigeren Bauten Platz zu schaffen. Man erzählt sich, daß er, bevor er nach Amerika kam, kein höheres Haus gesehen hätte als das einstöckige Herrschaftshaus in seinem Dorf. „Mein Lieber", spricht er weiter zu dem frischgebackenen Ehemann, „wenn man Häuser baut und mit Arbeitern umzugehen hat, braucht man mehr Vitalität, als wenn man einige Bälle springen läßt. Sie würden staunen, junger Mann, was man da Nerven braucht! Diese Gesellschaft möchte uns Bedingungen diktieren. Wenn man sein eigener Herr bleiben will, muß man auf der Hut sein, man muß den Leuten zeigen, daß man keine Organisation, keinen Zusammenschluß duldet. Ich stehe auch allein und wünsche mit meinen Leuten einzeln zu verhandeln. Aber um seinen Willen durchzusetzen, dazu braucht man Kraft, mit zwei Eiern kann man das nicht schaffen."

Der Kellner, ein Pole, der Herrn Sommer schon zum dritten Male geröstete Hummern serviert, verspürt große Lust, ihm mit der Faust die richtige Antwort auf die Nase zu versetzen. Der Kellner hatte eine schreckliche Stunde durchgemacht, während es unentschieden war, ob sie den Kampf gegen die Hotelleitung aufnehmen würden. Er besaß kein Geld mehr und rechnete mit Bestimmtheit auf den Verdienst von heute abend. Es war für ihn eine Frage von

Tod und Leben, und doch wollte er mitmachen, wenn sich die anderen für einen Streik entschieden hätten. Ja, er wünschte einen Streik, er wünschte den Kampf, und doch hatte er das Gefühl, als wäre er einer Gefahr entronnen, als man die Forderungen bewilligt hatte.

Nun mußte er wortlos zuhören, wie dieser Unternehmer behauptete, den Arbeitern gegenüber alleinzustehen. Als ob man so dumm wäre und nicht wüßte, daß hinter ihm die Polizei und das Militär, der Richter und die Kirche ständen, als ob es keine Trusts und Kartelle gäbe.

„Haben Sie keine dunkler gerösteten Hummern?"

Herr Sommer hat in seiner Vitalität für alles Auge.

„Jawohl, Herr, einen Augenblick, Herr."

Ein durchsichtig grüner Schmetterling mit langen, schleppenden Flügeln hat sich auf die Hand des polnischen Kellners niedergelassen. Das ist auch nur eine Störung bei der Arbeit und erbittert ihn noch mehr. Er möchte am liebsten das Tier zerdrücken, aber er sagt sich schließlich, daß es noch unglücklicher sei als er selbst.

Wir werden euch schon die richtige Antwort geben, keine Bange, auch wenn wir vorläufig Bücklinge machen.

Ein anderer Industriekapitän, der von Herrn Fish bedient wird, Besitzer von vielen Eisenbahnen, jammert ebenfalls.

„Die Leute, die uns immerfort angreifen, müßten wissen, mit welchen Schwierigkeiten wir kämpfen, sie sollten unsere Hauptbücher sehen."

Auch Herr Fish führt, wie sein Kollege, einen stummen Dialog.

Was braucht man eure Hauptbücher zu kennen, wenn man sieht, wie ihr lebt.

Geradezu um den Gedankengang Herrn Fishs zu entkräften, macht jetzt der „Große Haifisch", einer der reichsten Männer Amerikas, gleichzeitig einer der ältesten, seine Bestellung.

Wo war sein Grießbrei, sollten die Gastgeber verabsäumt haben, für ihn zu sorgen?

„Ich kann nur einen Grießbrei essen, der sechs Stunden lang in einem Doppelkocher gedämpft wurde."

Er muß, um seine Vitalität zu erhalten, wie ein überzarter Säugling leben.

Ja, natürlich, selbstverständlich wurde die Bestellung gemacht, beeilt sich der Kellner zu versichern, er würde sofort den Grießbrei bringen. Er denkt dabei schaudernd an den Cowboy und an dessen saftige Flüche, wenn er mit dieser Extraorder in die Küche kommt.

„Bring ihm ein blutiges Beefsteak", sagt ein anderer Kellner, „man sollte sabotieren, damit auch die Gäste etwas von unserer Unzufriedenheit merken."

„Wir haben einmal in Paris bei einer großen Gesellschaft alle Bestellungen verkehrt ausgeführt, es war eine tolle Sache. So etwas von Speisezusammenstellungen hat man noch nicht erlebt."

„Wie soll man in Amerika sabotieren? Hier würden sie ja überhaupt nichts davon merken", sagt ein Franzose. „In einem Lande, wo man Schinken mit Ananasscheiben serviert und Apfelkuchen mit Käse, würde sich auch niemand über in Essig gesäuerte Zwiebeln in Honig wundern."

„Ja, wir leben in einer bösen Welt", spricht der „Große Haifisch", er ist mit den anderen Industriekapitänen ganz einer Meinung. Seinen Spitznamen verdankt er seiner Skrupellosigkeit, mit der er alle Kleinen, die ihm im Wege standen, vernichtete. Heute geht er nur noch in die Kirche und folgt der Sonne. Er besitzt unzählige Schlösser in allen Teilen Amerikas; immer fährt er dorthin, wo Sonne ist. Überall wartet auf ihn eine zahlreiche Dienerschaft, um ihm seinen Grießbrei zu kochen. Er hat keinen anderen Wunsch, als mindestens hundert Jahre alt zu werden. Aber nein, jetzt bei der Hochzeitstafel erklärt er, daß er einen wirklich guten Menschen finden möchte. Aber das sei unmöglich, versichert er, die guten Menschen wären ausgestorben.

Die Anwesenden antworten ihm nichts.

Herr Fish, der die richtige Antwort wüßte, ist leider zur Stummheit verurteilt.

Zum Teufel auch, was für Sorgen sich der alte Haifisch macht; ich selbst habe noch nie einen Menschen gefunden, bei dem man ohne weiteres hätte feststellen können, ob er gut oder schlecht ist. Aber wie leicht ist es, herauszufinden, ob jemand gut oder schlecht lebt – und darauf allein kommt es an.

Gut sein, wer sich das leisten könnte! Es ist höchste Zeit,

denkt Herr Fish, daranzugehen, seine eigenen Angelegenheiten zu ordnen. Sein Kellnerdasein nimmt ihn mehr, als ihm angenehm ist, in Anspruch.

Die Kapitäne verfolgen jede seiner Bewegungen; er wurde schon wiederholt von ihnen zurechtgewiesen und auf Ungeschicklichkeiten, die einem erstklassigen Kellner nicht unterlaufen dürfen, aufmerksam gemacht.

Viel nervöser aber machen ihn die Sekretäre des Herrn H. W. Strong. Es scheint ihm, als folgten sie mit ironischem Lächeln jeder seiner Bewegungen.

Man mußte Herrn Strong merken lassen, daß man nicht hier war, nur um den Kellner zu spielen. Der große Mann sollte merken, daß die Sache ernst wurde, wenn er nicht nachgab. Herr Fish ist es nicht, der einen Skandal zu fürchten braucht.

Herr Fish ist davon überzeugt, daß er auf die Presse nicht rechnen könne, aber Herr H. W. Strong hat nicht wenige Feinde unter den Eingeladenen. Er hat Feinde – und Herr Fish kennt sie.

Da ist zum Beispiel Herr Vandercock, ein Mann von umfangreichen Formen und ebensolchem Appetit.

Herr Vandercock, der früher angeblich Hahn hieß und sich seinen neuen Namen nur ausgesucht hatte, um von holländischen Vorfahren sprechen zu können, ist der größte Straßenreklamefachmann Amerikas. Außenreklame ist seine Devise. Er ist der Erfinder der feurig auftauchenden und dann wieder im Dunkel verschwindenden Kuppeln und Türme. Er ist es, der das Dunkel mit glänzenden Buchstaben vollschreibt, der farbige Lichter über die Häuser rieseln läßt, der die Straßen in Lichtkaskaden taucht, er ist es, der in die Nacht hineinschreit, wo die Menschen kaufen sollen, welche Bedürfnisse sie haben, was ihnen gefallen müsse.

Herrn Strongs Zeitungen aber veranstalten schon seit längerer Zeit eine Kampagne gegen die übertriebene Straßenreklame.

Ärzte geben in Rundfragen Erklärungen ab, daß das starke Licht für die Augen überaus schädlich sei und die heutige Generation befürchten müsse, in Blindheit zu sterben. Man alarmiert die Polizei, um die Lichtreklame verbieten zu lassen, natürlich nur aus allgemein menschlichem Interesse.

Herr Vandercock behauptet allerdings, die Zeitungen sähen in seiner Reklame eine zu starke Konkurrenz, die Anzeigeneinnahmen würden geringer.

Solche Verleumdung wiesen die Zeitungen freilich weit von sich, sie fühlten nur Verantwortung dem Publikum gegenüber. Die Menschen wollten schon ohnehin nicht viel von Druckerschwärze wissen, sie sähen sich höchstens Bilder an oder die Leuchtbuchstaben, wodurch nicht nur die Augen, sondern auch das Seelenheil der Allgemeinheit ernstlich gefährdet würde. Man begann sogar schon von der Kanzel herab gegen die Lichtreklame zu predigen.

Aber auch Herr Vandercock versteht sich auf geschickte Schachzüge.

Er erklärte sich für die Durchführung einer unentgeltlichen Außenreklame für alle Kirchen und Bethäuser bereit. Bald flammten überall in den Straßen elektrisch beleuchtete Kreuze und Bibelsprüche auf.

Freilich geben auch die Zeitungen den Kampf noch nicht auf. Die Plänkeleien werden unterirdisch fortgeführt.

An geeigneten Bundesgenossen hätte es also Herrn Fish nicht gefehlt. Auch unter den Zeitungskönigen waren solche, die lieber allein herrschen würden, als mit Herrn H. W. Strong die Macht zu teilen. Sie hätten sicher Interesse an den geheimen Quellen und Zusammenhängen der Strongschen Propaganda, obgleich sie sich natürlich hüten würden, sie der Öffentlichkeit bekanntzugeben. Man verrät nicht so leicht gemeinsame Geschäftsgeheimnisse, wenn man auch bereit ist, von ihnen zu profitieren.

Herr Fish zweifelt nicht daran, daß es ihm möglich sei, die Briefe in die richtigen Hände zu spielen und dadurch nicht nur einen gesellschaftlichen Skandal zu verursachen, sondern auch die wichtigen Verhandlungen Herrn Strongs zu stören.

Auch Marjorie hat viele Feindinnen. Wahrscheinlich würden die anwesenden Damen alle erfreut sein, wenn sie in eine lächerliche Lage käme.

Sie scheint etwas von Herrn Fishs Gedanken und Plänen zu ahnen, denn sie ist unruhig und ängstlich.

Herr Strong dagegen zeigt nur Gleichgültigkeit und Nichtachtung statt Eile, mit Herrn Fish in Verhandlungen zu
treten.

Gut, wenn er mit dem Geld nicht herausrücken will, schadet er sich nur selbst. Seine Feinde werden weniger klein-
lich sein, wenn sie die Möglichkeit sehen, ihm zu schaden.

Diesen Gedankengang behält Herr Fish nicht nur für sich,
er verrät ihn einem der Sekretäre des Herrn Strong, der sich
wieder in seiner Nähe zu schaffen gemacht hat.

„Sie spielen Ihre Trümpfe zu schnell aus; wir könnten
Sie jetzt ohne weiteres wegen Erpressung verhaften lassen.“

„Warum tun Sie es nicht? Nichts wäre mir erwünschter,
dann kann sich wenigstens die Öffentlichkeit mit der Angelegenheit befassen. Wenn ein Räuber nach der Polizei ruft,
kann man überzeugt sein, daß weit und breit keine in der
Nähe ist. Ich muß schon sagen, daß Sie auf keine besonders
geschickte Art mir Angst einjagen wollen.“

Eine Hand legt sich auf Herrn Fishs Schulter. Sie gehört
keinem Detektiv, sondern einem der Kapitäne.

„He, Junge, was fällt dir ein, herumzuträumen und lange
Gespräche zu führen? Man hat sich schon über diese Bedienung beklagt.“

„Machen Sie Ihre Sache gut, Kellner.“ Der Sekretär ärgert
ihn durch einen ironischen Seitenblick.

Zum Teufel auch, diese Rennerei! Man kann kaum einen
vernünftigen Gedanken fassen, spürt Arme und Beine —
verdammte Quälerei, dieses Bedienen! Der „schöne Alex“
hat nicht unrecht, eine Hochzeit ist kein Vergnügen, besonders nicht für die Kellner.

Der „schöne Alex“ hält sich immer noch in der Nähe auf,
in den Gängen wartet er mit rührender Anhänglichkeit
auf Herrn Fish, immer bereit, ihn mit Ratschlägen zu versehen.

In der Küche geht es wild zu. Man muß schon ein „Alter“
sein, um dabei nicht nervös zu werden.

Einige Kellner haben doch allerlei kleinere Sabotageakte
versucht.

Sie servierten die heißen gebackenen Austern auf Eis, sie
verwechselten Mayonnaise mit Eiercreme und brachten den
blumenhaft anmutenden Brautjungfern, die alle diät leben,

statt der bestellten leichten Salate schwere Gänseleberpaste-
ten.

Die Kapitäne schäumen vor Wut, aber es ist unmöglich
festzustellen, wer die Bestellungen verwechselte oder ob sich
die Kellner nur zufällig irrten.

Herr Fish wird von allen Seiten angeschrien; seine offen-
sichtliche Ungeschicklichkeit erregt den Unwillen aller Köche
und der Kapitäne.

„Bei Gott, dieser Kellner weiß nicht einmal, wie man
eine Order anzugeben hat.“

„Ich möchte auch wissen, von wo der Kerl hereingeschneit
kommt.“

Das „fix, Junge“, „dalli, Kellner“ der Kapitäne verwirrt
ihn vollends.

Es erscheint ihm immer schwieriger, bei der Hetze Pläne
und klare Gedanken zu fassen, und er beginnt zu begreifen,
warum ihn Herr Strong mit solcher Ruhe herumrennen läßt:
man will ihn, Herrn Fish, nur müde werden lassen, um ein
leichtes Spiel mit ihm zu haben. Diese Erkenntnis steigert
nur noch den Haß und die Wut, die Herr Fish auf die ehren-
werten Mitglieder der Familie Strong hat. Er will nicht mehr
warten.

Herr Vandercock sollte die Briefe Marjories gleich zu
Gesicht bekommen.

Er wußte auch, sie würden bei den blumenhaft anmutenden Brautjungfern Interesse finden.

Es ist nicht leicht, die Briefe unbemerkt auf die Tische zu
legen, denn die Kapitäne behalten Herrn Fish scharf im
Auge. Andererseits möchte er um keinen Preis den Augenblick versäumen, in dem das Auftauchen der Briefe bekannt
würde, wenn sich die hämischen Augen auf Marjorie und
den großmächtigen H. W. richteten.

Er sagt sich zwar, daß auf diese Weise seine Chancen, je
Geld für die Briefe zu erhalten, gleich Null würden. Aber
jetzt wollte er sich wenigstens rächen, vor allem rächen für
die Gleichgültigkeit, die Nichtachtung, mit der man sein
Erscheinen aufgenommen hatte. Herr Strong tat so, als ob
es das Natürlichste auf der Welt wäre, daß er, Herr Fish,
bei Marjories Hochzeit als Kellner diente.

Nun, man sollte etwas erleben.

Herr Fish entnahm seinem Briefpaket vorsichtig eine Anzahl Blätter; er möchte sie zu gern noch schnell durchsehen, um sie an die richtigen Adressen zu verteilen, aber dazu bleibt keine Zeit übrig, er muß flink und vorsichtig sein. Und schon ist der Streich geführt!

In der Küche bemächtigt sich seiner eine nicht geringe Erregung. Was wird geschehen, wenn er wieder den Saal betritt? Wird man ihn sofort hinausschmeißen? Werden die Gäste lachen und kichern über den jungen Ehemann und Marjorie? Und Herr und Frau Strong, die würdevollen Eltern, werden sie immer noch so majestätisch tun? Wird Herrn Strong die Einsicht gekommen sein, daß es besser für ihn gewesen wäre, weniger geizig zu sein?

Herr Fish macht seine Kollegen aufmerksam, daß sie sich auf ein amüsantes Zwischenspiel gefaßt machen könnten, und bittet sie, herumzuhorchen, was die Gäste sprächen.

Es dauert eine ganze Weile, bis Herr Fish mit kalten Händen und einem Kitzelgefühl in der Kehle und einigem Herzklopfen wieder den Festsaal betritt.

Er kann keinerlei Änderung in der Stimmung bemerken. Sind diese Leute wirklich so gleichgültig, daß sie durch nichts aus der Ruhe zu bringen sind? Sogar die Freundinnen Marjories, auf die er so bestimmt gerechnet hat, sehen eher gelangweilt drein. Aber schon ruft ihn Herr Vandercock zu sich. Aha, er hat etwas Besonderes mit ihm vor. Er hält die Blätter in der Hand, die Herr Fish vor sein Gedeck gelegt hatte. Er ist in sehr jovialer Stimmung.

„Das ist brav, junger Mann. Sie waren es doch, der die Blätter verteilt hat, nicht wahr? Das gefällt mir, ein junger Mann in der heutigen Zeit, der noch Gedanken für Gott übrig hat und sich um das Seelenheil seiner Mitmenschen sorgt. Sie gefallen mir, junger Mann. Sie wissen, ich bin beauftragt, die Außenreklame für unsere Kirchen und Bethäuser zu besorgen; ich glaube, ich werde Sie brauchen können. Ich gebe Ihnen eine Chance, kommen Sie morgen vormittag in mein Büro."

Herrn Fish erscheint diese Rede reichlich merkwürdig. Er war auf alles eher als das gefaßt. Die Worte Vandercocks sind reichlich dunkel. Trotzdem beeilt er sich, sein Kommen zu versprechen.

Aber jetzt hört er Mildred Allen, eine Freundin Marjories, sprechen. Nicht etwa mit gesenkter Stimme, sondern recht laut. Sie weist ganz offen auf ihn.

„So etwas, was sich dieser Kellner hier erlaubt, ist nur in Amerika möglich. Uns mit Bibelzitaten zu kommen! Er sollte in die Mission zu den Obdachlosen gehen."

„Laß ihn doch, er ist spaßig; sein Pastor hat ihm wahrscheinlich den Himmel versprochen, wenn er uns zu dem guten Weg bekehrt. Er hat sicher gehört, die gute Gesellschaft sei zu frivol."

„Echt amerikanische Sitten", läßt sich wieder Mildred vernehmen, „daß einem überall die Bibel vor die Nase gehalten wird. In Wirklichkeit wird sie aber von niemandem gelesen, so merkt man wenigstens nicht, was für ein gefährliches Buch sie ist."

Herr Fish fühlt sein Herz stillstehen. Warum wird er plötzlich für einen Heilsarmeeprediger oder Sektierer gehalten? Hier geht etwas nicht mit rechten Dingen zu.

Er beeilt sich, den Rest des Briefpaketes, das er so sorgfältig über seinem Herzen trug, herauszunehmen. Nicht einmal die Gefahr kümmert ihn mehr, hinausgeworfen zu werden. Er blättert fieberhaft, er will seinen eigenen Augen nicht trauen: es ist die Schrift Marjories, ihr Briefpapier, aber statt der die Strongs kompromittierenden Briefe hält er ein großes Paket Bibelzitate in der Hand. Er liest: „Die Starken bedürfen keines Arztes, sondern die Kranken", – „Ich bin gekommen, zu rufen die Sünder zur Buße und nicht die Gerechten", – so ging es weiter von Seite zu Seite: „Und ich sage euch auch, macht euch Freunde mit dem ungerechten Mammon, auf daß, wenn ihr nun darbet, sie euch aufnehmen in die ewigen Hütten." – Immer noch hofft Herr Fish, wenigstens einige der Originalbriefe zu entdecken, aber er hält nur Bibelsprüche in der Hand.

Obgleich er sich für so besonders schlau hielt, war er kopflos in die Falle gegangen. Hatte er sich wirklich eingebildet, Herr Strong würde nicht schnell Mittel finden, um ihn unschädlich zu machen? Der „schöne Alex" konnte sich ins Fäustchen lachen. Er war mit Herrn Strong im Bunde, und er, der schlaue Herr Fish, hatte nichts gemerkt, ließ sich das

Briefpaket in der Tasche vertauschen. Jetzt hatte sich der „schöne Alex" gesundgemacht.

In dieser Annahme täuschte sich Herr Fish nicht. Die Flüsterkneipe in der 81. Straße New York-Ost war dem „schönen Alex" sicher. Er sah schon in seinen Träumen die 81. Straße mit Betrunkenen besät, die alle aus seiner Kneipe kamen.

Ja, Herr Fish muß sich eingestehen, daß er Herrn Strong bei weitem nicht gewachsen ist. Es bleibt ihm wirklich nichts anderes übrig, als zu Herrn Vandercock zu gehen und die Außenreklame für die Bethäuser zu machen.

18

Es ist schon dunkel, als Ingrid und Salvatore zurückfahren.

Von unwirklicher Schönheit ist jetzt die Stadt. Als hätte die Dunkelheit sich wohltätig über alles Häßliche geneigt, als hielte sie das Alltägliche verborgen oder machte es so phantastisch, daß es aufhörte, häßlich zu sein.

Die Straßen der Armen mit der gespenstisch wehenden Wäsche, den Feuertreppen, die die Häuser umgittern; die kleinen, schmutzigen Hotels, die Märkte in den Seitenstraßen, die jetzt von Menschen belagert sind, dämmern im Halbdunkel, im Schatten der leuchtenden Wolkenkratzer.

Brücken, die sich mit unvergleichlicher Kühnheit über den Strom spannen, leuchten auf. Zu Bergen sind die Warenlager am Ufer aufgetürmt. Aus Tausenden von Fenstern leuchtend, spiegeln sich die Schiffe in den Gewässern.

Dann tauchen immer wieder ganz in Licht gehüllte Wolkenkratzer auf, die Burgen der Gegenwart, aufstrebende Türme, hell leuchtende Kuppeln.

Die Kinos beginnen schon ihre farbigen, bunten Lichter aufzusetzen, und in den Straßen schwillt immer mächtiger das Leben an.

Die Hochbahnzüge sausen dahin wie feuersprühende Schlangen. Die kleinen Angestellten, die Arbeiter, die Einwanderer, die kaum ein englisches Wort richtig sprechen können, die alle über ihre Kräfte schuften müssen, sie blikken hinaus und denken voll Stolz: Amerika.

Auch Salvatore zeigt es Ingrid: ist es nicht eine märchenhafte Welt?

„Nie hätte ich gedacht, daß es mir hier jemals gefallen wird. Ich war anfangs krank nach unseren Wäldern und nach Ruhe. Abends ist es bei uns so still. Und im Sommer bleibt es immer hell. Aber die Helligkeit in der Nacht ist anders als am Tag. Sie ist wie ein durchsichtiger, bläulicher Schleier, der alle Gegenstände einhüllt.“

„Schade, daß wir zurück müssen, an die Arbeit. Ich würde dich in das Palast-Kino einladen. Etwas so Großartiges hast du sicher noch nie gesehen. Überall Marmor und Kristallleuchter und so viel Menschen und Musik und Tanzvorführungen. Aber nächstens, wenn wir frei sind, geh ich mit dir hin.“

„Jetzt fühle ich mich nicht mehr fremd. Jetzt gehöre ich auch schon zu dieser Stadt. Der Gedanke ist mir nicht mehr schrecklich, daß ich immer hier werde arbeiten und leben müssen.“

„Nirgends in der Welt kannst du so viel Wunderbares sehen.“

Sie können jetzt in das Herz der mächtigen Straße sehen. In diesem flammenden, betäubenden, von Menschen wimmelnden Schacht erhebt sich das Hotel. Umgeben von Speisehäusern und reizenden kleinen Geschäften, die den Appetit anregen.

Schmuck gekleidete Negerinnen backen Waffeln, Schokoladenberge werden in wechselndes Licht gerückt.

In einem Schaufenster steht ein weißgekleideter Koch vor einem riesigen Herd, in dem elektrische Glühbirnen glimmen, die in ihrer geschickten Anordnung brennende Kohlen vortäuschen. Auf dem Herd aber lagern mächtige goldbraune Gänse und riesige Hammelkeulen, um die Zuschauer in das Geschäft zu locken.

Unweit davon, in einem italienischen Spaghettihaus, brodeln in ungeheuren Kesseln Makkaroni. Die Köche, die durch ihr Aussehen und ihre lebhaften Gesten ihre italienische Herkunft ohne weiteres verraten, türmen auf Schüsseln und Teller die Makkaroni auf.

In der Austernbar öffnen in Schweiß gebadete Männer ohne Unterlaß Austern, die die auf hohen Stühlen kauernden Kunden beleben sollen.

Nebenan werden im Schaufenster Hühner gegrillt, und in einer anderen Auslage tanzen rotgesottene Hummern in künstlerischem Arrangement einen Black bottom.

„Das ist eine komische Welt, in der wir leben“, sagt Salvatore, „die gebratenen Tauben fliegen nur den Satten in den Mund.“

„Es ist mir doch lieber, ich gehöre nicht zu den Satten. Weißt du, wir haben keinen Augenblick darüber nachgedacht, was inzwischen im Hotel geschehen ist.“

„Solche Plänkeleien sind nichts Besonderes, die kommen fast alle Tage vor. Einmal aber, wenn es zum richtigen Kampf kommt, machen wir alle mit.“

Das Hotel steht jetzt vor ihnen wie eine riesenhafte, ungeheuere, hellerleuchtete Schachtel, in die unzählige Menschen, unzählige Schicksale gepfercht sind, Menschen aus allen Klassen und aus allen Teilen der Welt, Reiche und Arme, Glückliche und Elende. Hier ist alles angehäuft, Hölle und Himmel, Trauer und Glück, Krankheit und Übermut.

Von der höchsten Spitze des Hotelturmes aus, der über den Dachgarten hinausragt, durchsucht ein Scheinwerfer das Firmament. Er ist so leuchtend, als wollte er die Himmelskörper erblassen machen. Wonach sucht er? Nach etwas Neuem, noch nie Dagewesenem, das man hier auf Erden nicht finden kann?

Salvatore und Ingrid stehen jetzt am Ausgang für das Personal.

„Es ist doch schade, daß wir wieder arbeiten gehen müssen.“

„Ich habe jetzt Hunger und denke nicht gern an unseren Speiseraum.“

„Siehst du, du hättest mehr Kuchen essen sollen.“

„Es gibt hier alles, alles, was man sich nur ausdenken kann, aber nicht für uns.“

Sie werden jetzt von zwei Gestalten fortgeschoben, die aus dem Ausgang herauseilen.

Die eine ist im Kellnerfrack und scheint ziemlich zerknirscht, die andere in Zivil und in um so strahlenderer Laune.

Herr Fish und der „schöne Alex".

Sie werden von einer dritten Gestalt verfolgt, die ihnen atemlos nacheilt, aber an der Schwelle von Ingrid und Salvatore aufgehalten wird.

„Wohin rennst du denn, Shirley? Was ist denn mit dir?"

Shirley macht keinen weiteren Versuch, den beiden Männern, die an der nächsten Straßenecke vor ihren Augen verschwinden, nachzueilen.

Sie zuckt die Achseln. Wozu auch? Sie weiß ohnehin schon alles, und vielleicht ist es auch besser so.

„Nun, Shirley, bist du inzwischen eine reiche Dame geworden? Muß man vor dir tiefe Verbeugungen machen?"

„Sei nur nicht so spöttisch, ich bin im Gegenteil ganz arm geworden. Man hat mir vorhin meinen Lohn ausgezahlt. Die haben nur darauf gewartet, daß das Personal fortgehe, an die Arbeit oder nach Hause. Frau Magpag hat mir sogar erklärt, man brauche mein Bett noch heute abend."

„Siehst du, ich habe dir angeboten, ein Zimmer für dich zu suchen, ich wußte, daß es so kommen würde. Aber du warst ja so hochnäsig."

„Fang jetzt nicht wieder an, ja? Übrigens, du hast dich schnell getröstet."

„Du wolltest es ja selbst."

„Bist du mir böse, Shirley?"

„Ach nein, Ingrid; heute morgen dachte ich, es ist der letzte Tag, und wirklich, es ist so gekommen. Und doch ganz anders, als ich ahnte."

„Wir werden dir helfen, wir halten zu dir. Wir haben jetzt von dir eine viel bessere Meinung als früher. Siehst du, wenn du eine große Dame geworden wärst, hätte sich keiner von uns weiter um dich gekümmert, du wärst uns genau so fremd gewesen wie alle anderen Gäste."

„Ich verstehe eigentlich nicht, daß ich das so sehr gewünscht habe."

„Warte auf uns, bis wir mit der Arbeit fertig sind, wir gehen dann zusammen ein Zimmer für dich suchen. Dann feiern wir, daß du keine große Dame geworden bist, sondern weiter zu uns gehörst. In Ordnung?"

„Freilich! Der neue deutsche Küchenjunge kommt sicher auch mit. Ihr würdet staunen, was der alles weiß. Er geht in die Bibliothek lesen, mich wird er auch mitnehmen. Doch jetzt muß ich packen gehen.“

Im Vorraum steht Fritz bei Heinrich Klüter. Der Nachtwächter hat eine kleine Pause; er trägt seinen Revolver und die Nachtlampe am Gürtel, während er sein Sandwich ißt.

„Viele Morde verhindert?“ fragt Shirley.

„Die Kleine ist aber spöttisch.“

„Ich bin heute gefeuert worden; das war mein letzter Tag hier.“

„Heute wäre es mir auch bald geschehen, daß man mich gefeuert hätte. Ein Nachtwächter muß vorsichtig sein bei der Entdeckung von Verbrechen; er muß wissen, wann er nichts zu entdecken hat.“

„Was ist denn passiert?“

„Ich höre heute abend in einem Zimmer verdächtiges Geräusch. Es scheint mir, Koffer werden aufgebrochen; es ist ein Einzelzimmer, und ich höre, daß mehrere Personen sich an dem Gepäck zu schaffen machen. Das kann doch nicht mit richtigen Dingen zugehen, denke ich, und will schon meine Alarmglocke in Betrieb setzen. Vorsichtshalber bleibe ich doch noch vor der Tür stehen und warte ab. Und wer kommt da heraus? Mit wichtiger Miene und gerötetem Kopf? Zwei unserer Hausdetektive in Begleitung von zwei anderen, die im Dienst eines unserer gewichtigsten Gäste stehen. Sie haben tüchtige Arbeit geleistet, die vier. Das Zimmer sah wieder ganz unberührt aus, aber ihre Taschen waren mit Schriften vollgepfropft. Ich wette, sie haben kein Papierschnitzelchen drin vergessen. Ich habe so getan, als ob ich nichts gesehen hätte, sonst wäre sicher dem Personalleiter eingefallen, daß ich meinen Dienst nicht zur Zufriedenheit versehe. Na ja, was ich nicht weiß, macht mich nicht heiß. Ein Nachtwächter muß eben wissen, wann er nicht zu wachen hat.“

„Und der Gast, wird er denn keinen Krach machen?“

„Wahrscheinlich nicht; viel würde es ihm auch nicht nützen. Der Stärkere hat nicht nur die Macht, sondern auch das Recht.“

„Wie war die Zimmernummer?" fragt Shirley.

„Es war, glaube ich, Nummer 1025."

1025, das ist ja die Nummer des Herrn Fish.

Ein Speiseträger kommt vorbei und wischt sich den Schweiß von der Stirn.

„Ich wünschte, das Fest im Ballsaal wäre vorbei, ich bin halbtot. Und die langen Reden, die sie halten! Wenn es anfängt, müssen wir zu einer Statue erstarren, es muß so still sein im Saal, daß man eine Nadel auf den Fußboden fallen hören kann. Die Gäste freilich brauchen die Sache nicht so ernst zu nehmen, die können ruhig lachen, aber wir dürfen das Gesicht nicht verziehen. Dabei könnte man sich krank lachen über den Unsinn, den sie sich gegenseitig weismachen, ohne selbst daran zu glauben. Die Braut sitzt da wie eine Ausstellungspuppe, und die anderen tun so, als wäre sie ein höheres Wesen. Dabei hat sie Angst, Angst vor den Kellnern. Immer blickt sie nervös nach uns."

Oben in ihrem Zimmer packt Shirley ihre Sachen. Celestina hilft ihr. Es ist nicht viel, was sie zu tun haben.

Die Lichter von der Straße und der Widerschein des Scheinwerfers fallen in das Zimmer, sonst ist alles wie am Morgen.

Patrizia kniet vor den Heiligen und dem Papst und betet.

Die alte Nanny sitzt steif auf ihrem Stuhl, wie eine Figur aus Holz geschnitzt.

Aber als sie Shirley packen sieht, steht sie auf und kommt zu ihr.

„Gehst du wirklich?"

„Sie wird bessere Arbeit finden, es war mein Fehler, daß sie hier so lange blieb, ich habe sie gehalten", sagt Celestina. „Shirley wird weiter zu uns gehören, aber sie soll lernen, vieles sehen, dann kann sie uns allen besser helfen. Ob sie auch mich fortschicken werden? Ich alte Frau könnte schwerer neue Arbeit finden."

„Sie können doch nicht alle wegschicken, sie brauchen doch unsere Arbeit. Ging nicht alles drunter und drüber, weil wir uns eine halbe Stunde verspätet haben?"

„Hier eine Erinnerung für dich, Shirley."

Nanny kramt ein altes, vergilbtes Bild hervor.

„So sah es hier aus, als ich noch jung war."

Shirley sieht eine Straße mit niedrigen Häusern, Pferdewagen und altmodisch gekleideten Leuten.

„Verdankt man nicht uns, die gearbeitet haben, daß alles so groß und mächtig wurde?"

„Besonders dir, Shirley." Patrizia wirft ihr aus den Augenwinkeln einen spöttischen Blick zu.

„Du brauchst nicht über mich zu lachen, Patrizia, ich werde viele Bücher lesen und manches erfahren, was ich jetzt noch nicht weiß."

Sie zieht jetzt den Pappkarton mit dem Flitterkleid unter ihrem Bett hervor.

„Aha, und dazu brauchst du dein schönes Tanzkleid."

„Patrizia, jetzt, wo ich für immer fortgehe, könntest du mir wirklich verraten, ob du Augen in deinem Dutt hast. Immer betest du und weißt doch alles, was hinter deinem Rücken vorgeht."

„Ich brauche keine Augen zu haben, um zu wissen, wie es um dich steht, Shirley."

„Hab nur keine Angst um mein Seelenheil. Meinst du, ich werde Trübsal blasen und nie tanzen wollen? Deshalb kann ich doch arbeiten und lernen. Vielleicht kaufe ich mir nie wieder ein solches Kleid wie dieses, aber hier lassen tue ich es nicht, darauf hast du ganz vergebens gehofft, Patrizia. Ich wette, du hattest vor, heute deine Heiligen im Stich zu lassen und in meinem Kleid auszugehen. Aber tröste dich, du hättest vielleicht auch Abenteuer erlebt, und dann kann leicht alles schiefgehen wie bei mir."

„Kannst du jetzt auch in den letzten Minuten nicht aufhören mit deiner Uzerei?"

„Ach ja, die letzten Minuten, unten wartet man schon auf mich, Fritz und die anderen."

Und sie sieht noch einmal auf die hellerleuchteten, glitzernden, strahlenden Wolkenkratzer, die so nahe scheinen.

„Ich bin jung, und das ganze Leben steht noch vor mir. Schwer wird es sein, aber ich werde es schaffen, denn ich bin nicht mehr allein."